逆転のバラッド

第一章　雪うさぎ

土砂降りの雨だった。

一月の冷たい雨だ。おまけに風も強い。吉良《きら》の革ジャンはずぶ濡《ぬ》れだ。革靴の中まで水が浸《し》みている。

自動販売機の側面に、引きずってきた男をもたれかけさせた。若い男は、その場にズルズルと座り込んでしまった。街灯のかすかな明かりが、チンピラヤクザの顔を浮かび上がらせていた。確か、向井《むかい》という名前だった。薄汚い濡れネズミのような向井は、ガタガタ震え続けている。寒さのせいか、初めて人を殺してしまったせいか、半開きになった口からは、言葉にならない声が漏れていた。

「しゃんとせいや！」

吉良は向井の腰の辺りを蹴り上げた。青ざめた向井は虚《うつ》ろな目で男を見上げたが、震えは止まらない。

「あいつ、死んでしもたやろか」

「そら、あの川に落ちたんや。もう助からんやろ」

向井は悲痛な呻《うめ》き声を出した。吉良はうんざりした。大阪から松山まで出張ってきて、面倒なことになったものだ。彼が所属する大阪の組織の傘下である地元の暴力団に顔を出し、「兵隊を一人貸してくれ」と頼んだ。ちょっとした脅迫を頼まれていた。素人を脅すという簡単な仕事だ。自分が手を下すこともなかろうと判断したのだ。土地勘もないから、案内役も欲しかった。それで今晩、ついてきたのが向井だった。

この雨にもうんざりだ。ホテルの部屋に戻って、熱いシャワーを浴びれば、人心地がつくだろうか。それともどこかの酒場でウイスキーのダブルを一杯やるか。

「しょ、消防署に連絡したら、まだ助かるんじゃ……」

「アホか！　お前は」

また向井を蹴り上げる。チンピラヤクザは短い悲鳴を上げて体を縮めた。

吉良の耳の奥に、さっき川に転落した男が上げた叫びが蘇《よみがえ》ってきた。銀行員だという。きちんとした身なりで、黒い傘をさしていた。指示された場所へ向井に案内させ、待ち伏せしていた。大雨の夜だ。誰にも見られていなかった。そこには自信があった。増水した川にかかる橋の上で呼び止めたのだから。

銀行員はきょとんとした顔で、近づいてくる二人を見ていた。こんなヤワそうな奴《やつ》を締め上げるのはお手のものだ。向き合った途端に吉良は思った。

「ちょっと話があるんじゃ」

言い含めてあった向井が、一歩前に出た。向こうはやっと不穏な雰囲気を感じ取ったとみえて、一歩下がった。向井が銀行員の襟首をつかんだ。

「何なんですか？」

怯《おび》えた声に、向井は肩をいからせた。あの時はまだチンピラも威勢がよかった。

「つまらんことに首を突っ込むなよ」教えた通りのセリフを、向井は口にした。

「さっさと言われたことをやったらええんじゃ。お前の上司に言われた通りのことをな」

吉良が付け足す。彼も内容がよくわかってはいなかった。この真面目を絵に描いたような男が余計な詮索をして、ことがうまくはかどらないのだということだけは理解していた。それなら簡単だ。口で言ってわからない奴に、道理を教え込む要領は心得ていた。この男なら、たいして痛めつけることなく、軽く脅しただけで済むと踏んだ。

だが、予想に反して相手は抵抗したのだった。絡んできた二人が、強盗ではないとわかった途端、態度が変わった。

「あんたらのような人間が関係しているとは、やっぱりまっとうなやり口ではないんですね」

「あんたらのような人間とは何じゃぁ、コラ」

向井はいきり立った。相手はさしていた傘を閉じて振り回し、向井を威嚇した。向井の手が襟首から離れた。傘の先が、向井の首に当たった。向井の口から「ぐぅ」という声が漏れた。

「警察を呼びます」

銀行員は傘を放り出して、コートのポケットからスマホを出そうとする。それをもぎ取ろうとする向井ともみ合いになった。首を突かれた向井は、頭に血が上っている様子だ。まずいな、と吉良は思った。暴力で相手をこらしめるのが脅迫だと思っているバカなチンピラは、たいていドジを踏む。大阪から来たヤクザの前で、恰好《かっこう》をつけようとしている様子も手に取るようにわかった。

向井は銀行員を欄干に追い詰めた。銀行員は向井を押し返そうと必死だ。バッグを無茶苦茶に振り回し、それが向井の顔や肩に当たった。向井もやり返す。吉良がそろそろ割って入ろうとした時、ひと際強い風が吹いた。

向井の攻勢に、身をのけ反らせていた銀行員の体は、欄干を越えた。短い叫びは、はっきりと雨の音の中に聞こえた。空中で反転した体は、うねる茶色い水の中に落ちていった。

「あっ！」

向井は暗い宙を手で掻《か》いた。

「ああっ！」

欄干に手をついて速い流れを見下ろすが、猛《たけ》る波の中に、人の体は見えなかった。吉良を振り返った向井は、泣きそうに歪《ゆが》めた顔をしている。吉良は舌打ちした。こんな展開になるとは思っていなかった。まずいな。また思った。とにかくここから離れなければ。棒のように硬直した向井を引きずって橋を渡り、人目につかない場所まで来たというわけだ。

振り返って見た橋の中央部分に、男がさしていた傘が畳まれて落ちていた。後は何の痕跡もない。争った跡も、雨がきれいに消してくれるだろう。

向井は、さっきまでの勢いはどこかへ飛んでいき、震え上がっている。この男も、まさか相手を殺すことになるとは思わなかったのだ。自販機の横の地面から、すがるような目を向けてくる。こうなったら仕方がない。吉良は街灯の明かりをたよりに、スマホを操作した。

何回かのコールの後、相手が出た。

吉良は簡単に不首尾を報告した。怒鳴りつけられるのは覚悟の上だった。ただ脅して、つまらない詮索をやめさせるのが目的だったのに、図らずも川に転落させてしまったのだから。

吉良の話を黙って聞いている相手の様子を思い浮かべた。きっと歯嚙《はが》みをしているに違いない。そう思うと、彼の喉の奥から苦いものが込み上げてきた。

「で？　死んだんか？　そいつ」

「おそらく。凄《すご》い流れでしたから。どこかへ泳ぎ着くということはないかと」

「そうか」

なぜか背中がぞくりとした。相手の残忍さは、よくわかっていた。

「それもええやろ。一番手っ取り早い口封じや」

急に雨の音が増幅した。吉良はスマホを思い切り耳に当てた。電話から流れてくる声を聞き取るために。

「ようやった。ご苦労さん」それからちょっとだけ間が空いた。「やったんは、金子組の若いもんやゆうたな」

「はい」

「もしなんぞ不都合なことになったら、そいつに何もかも押し付けたらええ」

吉良はちらりと足下でうずくまる向井を見た。まだ二十歳を少し出たくらいの年頃だ。ちょっとかわいそうな気がした。だが仕方がない。電話の向こうの相手がこうと決めたらその通りになるのだ。

「理事長――」

「ええな。ほな、そういうことで。お前もさっさと大阪へ帰れ」

相手は吉良の言葉を無視して、通話を切った。

耳を聾《ろう》するほどの雨の音が、夜の世界を支配した。


1月14日（水）午後11時30分頃、松山市西久保《にしくぼ》町6丁目の屋代《やしろ》川に人が浮いているとの通報があった。警察と消防が駆けつけて川に流された男性を発見。中州に引っ掛かっていた男性を救出した。男性は心肺停止状態で病院に搬送されたが、その後死亡が確認された。男性は会社員、丸岡将磨《まるおかしょうま》さん（29）で、死因は溺死。橋から転落したものと思われる。当時、屋代川は雨で増水していた。警察は事件と事故の可能性を視野に入れて捜査している。

1月16日（金）東洋新報《とうようしんぽう》愛媛版

宮武弘之《みやたけひろゆき》は、じっと川面《かわも》を眺めていた。

未明まで降り続いた雨はやみ、屋代川の水位はだいぶ下がっていた。

丸岡が流れ着いていたという中州は、堆積した土の部分まで露《あら》わになっていた。生えていた木々は途中で折れたり、なぎ倒されたりしてみすぼらしい有り様だ。低気圧によって一昨日から降り続いた雨の量は相当のものだった。よって川の流れも激しかったに違いない。

一本だけかろうじて立っている木があった。上流から流されてきた草やごみが、幹に絡みついている。丸岡は、あの木に引っ掛かっていたのだろうか。いや、流されながら自分であの枝をつかんだのかもしれない。だが、力尽きた。

弘之は、三園《みその》橋の欄干を拳で叩《たた》いた。ここから丸岡が転落したのだとしたら、警察が欄干を入念に調べただろう。しかしあの雨の降り方では、指紋や靴跡の採取などはできなかったに違いない。

「宮武さん」

後ろでじっと控えていた斎藤《さいとう》が声をかけてきた。弘之は振り返らない。

「溺死した人って、宮武さんの知り合いだったんですか？　銀行員だったんでしょ？」

黙したままの弘之に、かまわず斎藤は話しかけてくる。

「事故でしょうかね。まさか自殺ってことはないでしょう」

いきなり振り向いた弘之に、新人記者の斎藤は、ぎょっとして一歩下がった。

「警察はどう見ている？」

「いや、あの……」

答えを待たずに歩きだした上司の後を、斎藤は慌てて追いかけた。

「だから、事件と事故と――」

「それは警察の公式発表だろ？　本当のところはどうなのか、腹を探って来いよ」

「腹？」

この記者の鈍感さには心底失望する。こんな気のきかない新人社員の教育を押し付けられた自分にも腹を立てた。

「でも、あの、よその新聞も同じように──」

弘之は地元の伊予新聞《いよしんぶん》を始め、他社の記事には全部目を通していた。どれも似たような記事だった。警察が各紙の記者に配った報道資料の内容を、そのまま記事にしたものだ。東洋新報松山支局でこれを書いたのは、斎藤だった。彼も特に疑念を抱くことなく、この記事を書いたのだ。

松山支局の記者は五人。そのうち警察担当になっているのは、弘之と斎藤の二人だ。あとは県庁担当が二人、司法担当といって裁判所の担当が一人という構成になっている。その上にデスクと支局長。それに事務の女性が一人いる。五人の記者は、担当が一応決められているものの、経済、教育、スポーツ、文化と何でも書く。支局の記者は数が少ないから、オールマイティでなければ回らない。

弘之は、川沿いの土手道を歩いた。まだ泥水が流れた跡が残っている。ここにもし事件性を指し示す証拠が残っていたとしても、やはり雨がその痕跡を流し去っただろう。

人が死ぬには、最悪の夜だった──。

「風が強かったから煽《あお》られたんでしょうか。それにしたって、いい大人が橋の欄干を乗り越えて落ちるなんてあり得ない気がするけど」

独り言めいたことをぶつぶつと口にする斎藤が、弘之の後ろからついてきた。

この男に、担当刑事に張り付いて情報を取ったり、見込みを探って来いと言っても無駄だろうな、と弘之は思った。

斎藤幹也《みきや》は去年の春、東洋新報に入社して愛媛県の松山支局に配属された。新人記者は、まず地方の支局へ回される。そこで先輩記者から取材の仕方や原稿の書き方を仕込まれて、本社へ戻るというのが新聞社の常道だった。

支局で警察回りをやり、春と夏には高校野球の取材を経験する。地域を歩き回ってネタ探しもする。新人時代のこうした経験は、後々、記者人生に大いに役立つのだ。

だが最近の新人の中には、地方でのんびりしてくればいいのだと勘違いしている輩《やから》がいる。斎藤もその中に入るのか、それともこの男の能天気ぶりは、生来のものなのか。とにかくおっとりしていて反応も鈍い。たった一つの取柄は、誰からも憎まれないということか。たいした記者にはなれないだろうな、と弘之は早々に匙《さじ》を投げた。

支局で後輩を鍛え上げて立派な記者に育てようなどという気概が、そもそも自分にはない。四国のような東京から離れた地域では、新聞は地方紙が圧倒的に強い。県警とも密につながっている。どうしても情報は地方紙優先で流れていく。東洋新報のような一流の全国紙でも、地方では地方紙の後塵《こうじん》を拝《はい》するしかないのだ。

だからベテラン記者でも、「そこそこ」の記事しか書かなくなる。そして本社に戻してもらえる日を待っている。だが、もうこの支局で骨を埋《うず》める覚悟の弘之には、そんな希望を持つこともなかった。五十八歳になった去年、斎藤の教育係を支局長から頼まれた。本来、新人記者を指導する予定だった中堅記者が病気療養に入ってしまい、適当な人材が見つからないという事情があった。仕方なくそれを引き受けた。

愛媛は弘之の出身地で、三年半前に戻ってきた。母親が高齢になっていたので、この地へ異動願を出したと支局長の横川《よこかわ》は理解しているのだろう。定年間際とはいえ、本社の第一線で社会部記者をしていた弘之は、新人教育にはうってつけだと横川は考えたようだ。その支局長は弘之より年下だった。

それで今、弘之の後ろを二十三歳の斎藤が歩いているというわけだ。

「で、亡くなった銀行員と宮武さんは、どういう関係なんですか？」

弘之は答えることなく、土手を下りた。


丸岡将磨は、弘之の自宅近くの瀬戸内《せとうち》銀行三ツ浦《みうら》支店に勤務する銀行員だった。融資係の彼と知り合ったのには事情があった。

弘之がよく行く『みなと湯』という銭湯が設備投資のため、銀行から融資を受けるというので、経営者の戸田邦明《とだくにあき》から相談を受けたのだ。それで邦明と一緒に丸岡の説明を受けた。ただそれだけの関係だ。だが、ついこの間まで話していた銀行員が死んだということに少なからず衝撃を受けた。しかもその死に方がどうにも気になる。

それに――最近の彼の様子はおかしかった。

とうに忘れたと思っていた記者魂が、弘之の中でむくりと頭をもたげたのだった。

「もう一回東署へ行ってきました」

支局の弘之の机に寄ってきた斎藤が言った。

「で？」

目でパイプ椅子に座るよう合図して、弘之は居ずまいを正した。

「担当の刑事さんに話を伺いましたが――」

斎藤の口調で、新たな情報をつかんではいないだろうと見当がついた。本当は弘之も一緒に行きたかったのだが、取材の約束があったので斎藤一人に行かせた。新人教育という意味もあった。簡単な記事なら、彼一人の裁量で書かせているが、斎藤の書いたものは、毎回デスクに突き返されている。

「まだ捜査中だから、詳しいことは話せないとは言っていましたが、事件性はないと踏んでいて、それだけは確信を持っているみたいでした」

考え込んだ弘之の様子を一度見やってから、斎藤は続けた。

「一昨日は、丸岡さんは、午後七時二十分に三ツ浦支店を出たそうです。そのまま電車に乗って、帰路についたということでした。たいてい平日はそんな具合みたいです」

詳しいことは話せないと言いながら、刑事は邪険にはせず、対応してくれたわけだ。地方の警察では、こうして新聞記者が取材に来てくれること自体を喜ぶ警察官が結構いる。東洋新報のような全国紙の記者が下手に出て情報をもらいにいくと、気をよくしてつい口が軽くなるのだ。地方紙の記者にも漏らさなかった情報をぽろりと話してしまうこともまれにある。刑事の性格を見抜いてこのテクニックを使うと、いいネタを拾うこともある。若い頃に支局を渡り歩いた弘之が、あれこれ試して身に着けたテクニックだ。

斎藤が、こうしたやり方を体得していい記者になるかは本人しだいだ。そこまで丁寧に教えてやる気は、弘之にはない。

「丸岡さんは、あの現場近くに住んでいたのか？」

丸岡がどこに住んでいたかは、弘之は知らなかった。

「そうです。三園橋を越えた先のワンルームマンションで一人暮らしだったということです」

「現場の様子を聞いたか？　彼の持ち物は？」

斎藤は慌てて手帖《てちょう》を取り出した。書いたものを見ながら答える。

「ビジネスバッグを提げていたそうです。それは下流で見つかりました。財布はコートのポケットの中にありましたが、スマホは見つかっていません。川の底に沈んでいるんじゃないかと刑事さんは言ってました。それから橋の上に丸岡さんのさしていた黒い傘が一本だけ落ちていたそうです。びしょ濡れになって」

「ふん」弘之は顎を親指の腹でゴシゴシ擦《こす》った。「それ、おかしくないか？」

「え？」

「雨の晩に誤って川に転落するなら、傘も一緒に落ちるだろ？」

「あー、そういえばそうですね」

斎藤は膝を打って宙を見上げた。

あの大雨の中、自宅に向かって歩いていく丸岡の姿を思い浮かべた。傘を片手に、もう片方の手でバッグを提げて。だとすると、スマホをいじることはできなかったわけだ。なぜスマホはポケットにもバッグにも入っていなかったのだろう。

「気に入らんな」

斎藤は自分が叱られたみたいに首をすくめた。

二日前の深夜、丸岡が溺死体で見つかったという小さな記事は、今朝の新聞各紙に載った。

その記事を見た邦明が慌てふためいて電話をしてきたのだった。

「宮さん！」

親しく付き合いだしてから、弘之は気安くこう呼ばれるようになった。邦明からも、釜焚《かまだ》きの定本吾郎《さだもとごろう》からも、みなと湯の常連客である小松富夫《こまつとみお》からも。皆、六十歳を超えた同年配だった。

「丸岡さんが死んだんやて」

起き抜けの頭がうまく動かない。

「何だって？」

「ほじゃけん、瀬戸内銀行の丸岡さんよ。あの人、死んでしもうた！　あんたとこの新聞にも出とろうが」

あっと思った。斎藤が警察からもらってきた報道資料には、弘之も目を通した。名前も確かに見た。それなのに、それが自分の知っている丸岡だとは思わなかった。自分の迂闊《うかつ》さを呪った。

斎藤が書いた記事は、デスクのチェックが入り、例によって書き直させられて新聞に載ったというわけだ。

新聞を見てみろと言われ、スマホを耳に当てたまま、急いで郵便受けを見にいった。東洋新報と、伊予新聞との二紙を引き抜いた。ダイニングテーブルの上に散らかった雑誌類や食器を片方に寄せて、新聞を開いた。社会面のその記事を読む。

邦明は、弘之が読み終わるのをじっと待っていた。電話の向こうから、彼の息遣いが伝わってきた。

「これ、本当にあの丸岡さん？」

同姓同名ではないのか。そんな考えが弘之の頭の中をよぎった。それほど信じられなかった。興奮ぎみの邦明は、間違いないと言う。雑談ついでに、丸岡の住んでいる場所を訊《き》いたら、あの辺だと答えたことがあったらしい。それでもにわかには信じられなかった。

弘之が出社した九時過ぎに、もう一回邦明から電話があり、銀行に問い合わせたら、間違いないという返答を得たとのことだった。それで弘之は斎藤を伴って現場へ出向いたのだった。前途のある若い銀行員が死んだというだけで衝撃的ではあるが、現場を見ると、なぜここから川に転落したのかという疑問が湧いてきた。午後になって斎藤によりもたらされた所轄署からの情報も、弘之の疑念を拭い去るものではなかった。

「みなと湯さんへの一千万円の融資は妥当だと思います」

丸岡の落ち着いた声が、蘇ってきた。二ヵ月ほど前のことだった。

「利益も出ていますし、自己資金もありますしね」それから丸岡はちょっと顔を引き締めた。

「ただし、これは私見ですので、上司に諮ってみます」

丸岡が稟議書《りんぎしょ》を書いて融資課長に提出してくれると言った。

いよいよほっとして笑みを浮かべた邦明に、丸岡も嬉《うれ》しそうだった。ただ単に仕事で金の貸付をやっているというのではなく、客の利益のために骨を折っている融資係という感じだった。その有能な銀行員が命を落とした――。

やはり事故なのか。おそらく警察はその方向でケリをつけるつもりなのだろう。事件性はないと踏んでいる様子だ。万一自殺だとしても、警察にとってはたいして変わらないということだ。

自殺――？　そんな可能性はあるだろうか。

定時に仕事を切り上げ、弘之は帰途についた。

私鉄の三ツ浦駅で降りて商店街を歩く。弘之の自宅は、商店街の途中で横道を入るのだが、そこを素通りして、みなと湯へ向かった。

松山市の西部に位置する三ツ浦町は、古い街並みの残る港町だ。かつては海運で栄えた町で、商売人も多かったと聞く。三ツ浦商店街も賑《にぎ》わっていたらしいが、今はもうその面影はない。商店街はあるにはあるが、多くの店がシャッターを閉めてしまっている。店じまいはしたが、二階に老夫婦が住んでいるところもある。店から出入りするようになっているので、シャッターは開けてあって、コンクリート張りの暗い空間が見えたりする。そういう形態の住宅は、ここでは多い。

その錆《さ》びたシャッターの間に、唐突にしゃれた店が顔を見せる。この寂れ具合と人情味のある町に惹《ひ》かれて、閉じた店舗を安く借りて若者が店を出したりしているのだ。古着屋や雑貨屋、コーヒー店などがここ数年のうちにぽつぽつ開店した。面白い傾向ではあるが、まだ町の活性化というところまではいかない。うまくいかなくて去っていく者もあるようだ。

三軒あった銭湯は、今はもうみなと湯だけになった。地下水を汲《く》み上《あ》げ、薪釜《まきがま》で湯を沸かすので、経費を抑えてなんとかやってきたと邦明は言っていた。

ところがこの薪釜がとうとう調子が悪くなった。邦明の父親が始めたみなと湯は、六十年を超えて設備も古くなっているのだ。

「なんとか機嫌をとってここまでやってきたんじゃけんど、もういかん。業者に見てもろたけど、どうにもならんと言いやがる」

富夫と弘之を前にして、邦明はそう言った。

六十六歳の邦明と富夫は小、中学校の同級生だという。業者は新しくガス釜にする費用を含めての修理費を一千万円と見積もった。それを聞いて邦明は一念発起した。設備を一新して、地元民に愛される銭湯を続けていくことを決心したのだ。

「釜をガス釜にやり替える。そんで、あと三十年は頑張る」

「う」富夫が間の抜けた声を出した。「そんならクニはもう九十六やで」

「お前もな」

邦明が面白くもなさそうにそう返すのを、弘之は脱衣所の椅子に座って眺めていた。

富夫も内港のそばで、父親から受け継いだ『天狗堂《てんぐどう》』という名の骨董屋《こっとう》をやっている。が、あまり商売には熱が入らず、しょっちゅうみなと湯に来て油を売っている。

ずっとこの町で暮らしてきた邦明と富夫は長い付き合いで、お互いを「クニ」「富夫」と呼びあっている。猪突猛進型《ちょとつ》の邦明と、やや柔弱な富夫とは、いいコンビだ。彼らと知り合えたことは、一人暮らしの弘之にとって幸運だった。本社から支局へ異動したことで屈折した思いを抱く彼にとっては、町に根付いた邦明と富夫は貴重な存在だ。彼らに地元のことを教えてもらったり、世間話に花を咲かせたりする時間がなければ、今の生活は殺伐としたものになっていただろう。

商店街を抜けたところにみなと湯はあった。背後には倉庫が何棟か建ち並んでいて、その先はもう海だった。

古びた町で一軒だけ残っている銭湯は貴重だ。そのことを、一度弘之は東洋新報の地方版に書いた。みなと湯の外観の写真も自分で撮って載せた。そのことを、邦明は恩に着ているのだった。その時の記事を切り抜いて額に入れ、しばらく脱衣所の壁に飾っていたくらいだ。以来、彼は全国紙の記者である弘之に全面的な信頼を寄せるようになった。

その流れで、瀬戸内銀行に一千万円の融資を申し込む時、説明の場に弘之もいてくれと頼まれた。断る理由もなく、自分でよければと了承した。みなと湯のすぐ隣にある邦明の自宅まで来てくれた丸岡と相対した。

実直な銀行員という印象だった。丸岡は邦明が提出したみなと湯の決算書を、その場ですぐに開いて見た。業者が作成した見積《みつもり》書にも目を通す。隅々までじっくりと検分するその顔つきから、頭の切れる男だなと弘之は思った。

弘之と並んで座る邦明と妻の寿々恵《すずえ》は、そんな銀行の融資係を食い入るように見入っていた。とにかく一千万円の借金をするのだから緊張の極みにあったのだ。その後、丸岡はいくつかの質問をした。自己資金はどれくらい用意できるのか。何年で返済するつもりなのか。九十六歳までみなと湯をやると息巻いていた邦明だが、素直に訥々《とつとつ》と答えていた。

今は他県でサラリーマンをしている邦明の息子が、父親の決断を聞いて、跡を継いでもいいと言ったらしい。それを聞いて、丸岡はにっこりと笑い、明るい見通しを口にしたのだった。この融資に関しては、支店長決裁でいける。難しい融資になると、本店の審査部の決裁をもらわなければならないが、みなと湯は堅実な経営をしているから、そこまでいくことはないだろうと、丸岡は言った。邦明夫婦もほっと体の力を抜いた。そばで見ていた弘之も、これでみなと湯は安泰だと思ったのだった。

丸岡はその後、仕事帰りにみなと湯で入浴してくれたりしたそうだ。釜場まで来て、吾郎が釜を焚く様子をじっと見ていたりもしたらしい。そういうところにも、彼の真摯な姿勢が表れていた。

それが去年の十一月のことだ。それから一ヵ月経《た》っても、丸岡からは融資が決まったという連絡が来ない。業を煮やした邦明が電話をしたり、直接訪ねていったりして催促するのに、丸岡は言を左右にしてはっきりしない態度を取る。

「今、稟議書を上司に見てもらっている」

「収支計画に無理があると言われ、見直している」

「もしかしたら、本店の審査部に上げないといけないかもしれない」

そう言い訳する丸岡には、以前のような自信や快活さがなかったと邦明は言った。

それが気になった。その後の丸岡の死に関係しているのだろうか。何かが起こって、丸岡は自ら死を選んだのか？

みなと湯の男湯の暖簾《のれん》を掻き分けて中を覗《のぞ》くと、番台に邦明が座っていた。番台に肘をついた富夫もいた。どうやら二人で話し込んでいたらしい。弘之の顔を見ると、邦明は番台を寿々恵に替わってもらって下りてきた。

そのまま、三人は裏の釜場へ向かった。邦明は富夫と話したせいか、慌てふためいていた朝とは違い、落ち着きを取り戻していた。

「丸岡さんは気の毒なことやったが、まあ、それで融資がふいになったっちゅうわけでもないしなあ」

みなと湯と隣の倉庫との間の細い路地を通り抜けながら、富夫がのんびりした声で言った。三人は、釜場の入り口付近に積まれた薪の上に腰を下ろした。

重厚な薪釜が据えられた奥は暗い。釜の蓋を開ける時だけ、ぱあっと明るくなる。

釜焚きの定本吾郎が、せっせと薪をくべていた。吾郎はちらりと振り返りはしたが、何も言わず、自分の仕事に専念している。

弘之は、警察から斎藤が聞いてきたことを、二人に告げた。自分が抱いた疑念のことは、口にしなかった。

「ええ人やったのになあ」邦明が言う。

「それでもまた別の人が担当になって、融資はしてもらえるやろ」

「そらそうや。なあ、宮さん」

「大丈夫。丸岡さんが稟議書を作って提出するところまではしてくれてるんだから」

弘之が答えると、ようやく笑みが出た。邦明もこのところ丸岡の様子がおかしかったことに引っ掛かりを覚えていたようだ。

「何でまたみなと湯担当が川に落ちたりするんやろ。縁起が悪いこっちゃな」丸岡とは面識のない富夫は、気づかいすることなく、そんなことを言った。「ちゃんと仕事してくれな困るわ」

「ほんとや。こっちは一世一代の決心をして一千万借りよとしとるのに」

邦明も元気が出てきたようだ。それを見て、弘之も安堵《あんど》した。邦明がみなと湯の営業継続を決心したことは、弘之にとっても歓迎すべきことだった。長年離れていた故郷の町と、彼をつないでくれたのが、みなと湯だった。前に銭湯の記事を書いた時に、釜などの設備が壊れてしまうと、修理費用の捻出に困って、そのまま廃業してしまう銭湯が多いと知った。みなと湯がそうならないためには、瀬戸内銀行からの融資は不可欠だ。

しばらく黙り込んでしまった三人は、同時に首を回《めぐ》らして釜の方を見た。

吾郎がちょうど蓋を開けたところで、ゴオオォォッと火が勢いよく燃える音がした。吾郎はすかさず薪を放り込んだ。長い柄《え》の火掻き棒でかき回すと、釜の中から火の粉が舞い上がった。腰を落として重い蓋の向こうの炎をじっと見詰めている。真剣な横顔だ。六十そこそこの小柄な男は、頬についた煤《すす》をくたびれたトレーナーの袖でぐいっと拭う。

みなと湯の開店は午後四時だが、その数時間前からこうして薪を燃やして湯を沸かすのだ。営業中も三十分に一回は、薪を投入する必要がある。うかうかしていると湯の温度が下がってしまい、気の短い客に文句を言われる。銭湯に来る客は、大方が熱い湯を好む。

薪は、邦明の知り合いの解体屋や製材所から廃材を分けてもらうのだ。一日に軽トラック半分ほどの木材を使うそうだ。トラックを運転して廃材をもらいにいくのも吾郎の仕事だ。釜に入れやすいサイズに切《き》り揃《そろ》えて積み上げるのにも、力と根気がいる。

それに加えてお湯の入れ換え、風呂場と脱衣所の清掃や自動販売機の管理、物販品の整理、古くてちょこちょこ壊れてしまう設備の修理まで吾郎は引き受ける。朝から晩まで、いや、時には夜を徹して吾郎はくるくると動き回っている。近くのオンボロアパートに住まいながら、文句ひとつ言わずに、毎日みなと湯に出勤してくるのだ。

しかもアルバイトなので、そう報酬はもらっていないはずだ。まさに愚直と勤勉を絵に描いたような男だ。

「おおい、ゴロー、ちょっとこっちに来いや」

富夫が呼ぶと、吾郎は釜の扉を閉めて寄ってきた。邦明も富夫も、アルバイトの釜焚きのことを、「ゴロー」と呼び捨てにする。

「ゴロー、よい、精出して釜焚いとけよ。もうすぐきんぴかのガス釜になるんやけんな」

「そうなったら、お前も楽になるなあ」

富夫と邦明にそう言われて、吾郎はえへへと笑った。

「楽になるかわからんけど、薪で焚いた湯の方が柔らこうてええんじゃないんかな」

「そうかもしれんが、お前ももう年やろ。いつまでも薪の世話もできまいが」

邦明が元気な釜焚きを、労《いた》わった。

彼は常々、「こいつがおらんかったら、みなと湯はやっていけん」と言っていた。

邦明も妻の寿々恵も年を取り、あちこちにガタがきていて、力仕事は無理だ。

吾郎は変わった経歴の持ち主だった。富夫や邦明が面白おかしく語るのを聞いて、ちょっと驚いたものだった。

吾郎は、元は暴力団員だったそうだ。

「チンピラヤクザな」富夫が含み笑いをしながら言った。「アホやし要領が悪いしで、何年経っても出世せんのや」

「年下にも顎で使われてよ。五十になっても使いっぱしりや」

「しまいに自分の組でも騙《だま》されて、いい塩梅《あんばい》にお払い箱になったんやて」

「遅いんよなあ。五十の声聞くまで、自分で気づかんとはなあ。どう見てもお前は暴力団員てタマじゃないわ」

　富夫と邦明にさんざん言われても、吾郎は照れ笑いを浮かべていた。

「まあなあ。わしも向いてないとは思うたんやけど、他に行くとこなかったよってなあ」

　のんびりした口調でそんなことを言う。

　人のいい吾郎を見ていると、暴力団などに本当に所属していたのかと疑いたくなるが、本当らしい。もともとは東北の出だという。山深い貧しい集落で生まれ育ち、中学を出てあちこちで働いたが、元来要領が悪いのでうまくいかず、結局仕事先での知り合いに引っ張られて大阪でヤクザの世界に足を突っ込んだようだ。

　組でも足手まといだった吾郎は、うまくお払い箱にされた。それでよかったのだ。それでも五十歳からの再出発がうまくいくはずもない。生家があった東北の山村は、限界集落となって親族もいない。所帯を持つこともなかったから、独りぼっちだ。

　職業を転々として、四国まで流れてきた。初めは松山の歓楽街のキャバクラで働いていたのだと言っていた。買い出しや掃除、ビラ配り、女の子の送り迎えなどの下働きをしていたらしいが、そこもクビになった。

い草だ。

「使いもんにならん」と支配人に言い渡されたという。半年以上も低賃金でこき使った後の言

「ちょっとそれはあんまりだよな」

そのいきさつを聞いた時、弘之は同情した。

「仕方があらへんわ」吾郎はこれも他人事《ひとごと》のように言ったものだ。「店の名前が『サザンクロス』やったからな。『サザンクロス』、つまり『さんざん苦労する』や」

富夫と邦明は、膝を打って笑いこけたものだ。

吾郎は気を悪くしたようでもなく、一緒に笑っていた。とにかく、割を食う性格なのだ。

その後、彼は三ツ浦町でみなと湯に拾われたというわけだ。ここで嬉々《きき》として働く吾郎は、ようやく安楽の地を得たということなのだろう。彼の経歴を聞いても、偏見を持つことなく雇ってやったみなと湯の邦明も、たいしたものだと思う。

吾郎は富夫の経営する骨董屋にも出入りして、富夫の父親とも親しくしているらしい。父親から売り物にならない商品の蘊蓄《うんちく》や使い方を吹き込まれて、吾郎は単純に喜んでいたりする。嫌々親の商売を継がされた富夫にとっては有難《ありがた》い存在だ。

海に向かって開けた港町は、やってくるものを鷹揚《おうよう》に受け入れるという気質がある。定期の船便も減り、漁業者もやめていき、商店街はシャッター街になっても、そういうところは残っているものだ。だから自分もここで心地よく過ごしているのだ、と弘之は思った。ヤクザくずれの男も、第一線で活躍した挙句、ぺしゃんこにされたどうにも手のつけようのない新聞記者も、同等の扱いを受けている。

倉庫と倉庫の間から夕陽《ゆうひ》が見えた。

富夫はふと足を止めて、膨張した太陽の下辺が海に接し、そのまま溶けるように吸い込まれていく様を見ていた。

冬の太陽はひと際赤い。太陽が沈んだ後も、海面はその残照で燃え立っていた。

最近、三ツ浦商店街の空き家に、移住者がぽつりぽつりとやってくるようになった。築何十年も経った家を買い取ったり、借りたりして、自分で手を入れて住んでいる。中には商売を始める者もいる。

物好きな、と富夫は思う。彼らはいちように、「海のそばでのんびりと暮らしたかった」と言うのだ。生まれた時からこの町で暮らしている富夫には、その心理が理解できなかった。海はあまりにも生活に馴染《なじ》んでいたから、特に感慨を抱くこともない。子どもの頃から岸壁で釣りをしたが、それも生活のありふれた一場面に過ぎなかった。

我に返って歩を進める。富夫の家は商店街から少しはずれた一角にあった。宮戸《みやと》川という川が三ツ浦港に流れ込む河口付近は、内港と呼ばれていて、四トンほどの小さな漁船がごちゃごちゃと係留されている。内港を背にして建っているのが、天狗堂だ。

ペンキが剝げかかった時代物の看板を一度見上げ、ため息をついて、富夫は店の中を覗いた。薄暗い店の中には、誰もいない。開けっ放しにしていても、商品を盗まれるということもないだろう。それほど価値のあるものは一つもない。もう一回ため息をついた。

店の横にある自宅の玄関の戸を引き開けた。有難いことに富夫の家の造りは、自宅玄関と店の入り口とが別になっている。自宅に入るのに、夥《おびただ》しいガラクタ商品を見ずに済む。

玄関で靴を脱いでいると、父親が「カーッ」と喉を絞って痰《たん》を吐き出す音が聞こえてきた。玄関横の六畳間が、父、勢三《せいぞう》の部屋になっている。その部屋の前を素通りし、茶の間まで行った。台所で夕飯の支度をしていた妻の多栄《たえ》が不機嫌な顔をして振り返った。

「またみなと湯？　お風呂ならうちで入ったらええでしょうが」

「店、閉めてくる」

廊下に出て、店につながる引き戸を引いた。上《あ》がり框《がまち》からつっかけを履いて土間に下り、狭い通路を通って入り口まで行くと、シャッターを下ろした。古びたシャッターは途中でつかえてなかなか下りてこない。四苦八苦しながらなんとか店の戸締りをした。

このシャッターが壊れたら、その時は天狗堂も店じまいをする時だ。シャッターを下ろすたびに思うことが頭をよぎる。シャッターを新しいものに付け替えるとなると、五十万円かかると聞いて、そこまでして骨董屋を続けることはないとすぐに思った。

薪釜をガス釜に替えて、あと三十年は営業するつもりの邦明のことを思い浮かべた。一千万円の借金をしてでもそれを決心した幼馴染《おさななじみ》は、昔から腹の据わった男だった。融資担当者が不慮の事故で亡くなるというミソがついたが、邦明ならやり遂げるだろう。そこまでの意欲は富夫にはなかった。天狗堂がなくなっても、困る人はいない。

だがみなと湯は違う。あの小さな銭湯は、三ツ浦町の住人の憩いの場、また社交場になっている。そこを邦明はよくわかっているのだ。彼の中には収入を得るというだけではない何かがあるに違いない。

「五十万でびびってしもうたわしとは大違いやな」

苦笑とともにそう声に出して言い、通路を引き返した。店の照明を消すと、大小いくつもの信楽焼《しがらきやき》のたぬきの白い腹がぼんやりと浮かんで見えた。そのまま、上がり框に腰を下ろして、暗い店内を見渡した。背後の引き戸が開いているので、廊下からの照明が届く。薄ぼんやりと照らされた骨董品を見るともなく見た。

富夫が不承不承継いだこの天狗堂は、父の勢三が始めたものだ。店内にところ狭しと並んでいる商品は、彼が道楽で集めたものだ。道楽――そうだ。勢三がどれほどの価値を見いだしたか、それがただ一つの基準だった。世間のそれとはずれていてもそんなことは問題ではない。邦明は、ここにあるのは骨董品ではなくてガラクタだと憎まれ口を叩くが、富夫も同じ考えだった。ガラクタが言い過ぎだとすれば、いいとこ、民俗学的資料、あるいは珍品館にでも寄付すべき時代の遺物だ。

もともと富夫の家は、小松製瓦《せいが》という屋根瓦を作る工場を経営していた。曾祖父《そうそふ》が始めた家業だった。三ツ浦町の内港のそばのかなり広い敷地《しきち》に工場を構えて操業していたのだった。曾祖父、祖父と続いたこの家業は堅実な成長を遂げた。

富夫が子どもの頃は、家と同じ敷地内の工場から、土練機《どれんき》や成型機が稼働するガシャンガシャンという音が始終聞こえていたものだった。職人が大勢働いていたし、製品を運ぶトラックも出入りし、活気があった。

父、勢三が工場を受け継いだ時は高度経済成長期で、さらに景気がよくなった。建築ブームで、瓦の需要は高かった。小松家は、当時はかなりの財があったはずだ。この辺りに借家や駐車場をいくつか持つほどだった。

そのまま家業を続けていれば、安泰な生活が送れただろう。高度経済成長期が終わっても、家を建てる人はいたのだし、以前のように儲《もう》かることはないにしても、地道にやっていけたはずだ。万一、製瓦業が行き詰まったとしても、あれほどの不動産があれば、そこからの収入が生活を支えてくれたに違いない。

だが勢三は、祖父のような職人気質《かたぎ》の人間ではなかった。泥にまみれて働くことを嫌った。製瓦業の方は、雇い人にまかせっきりだったのだが、数年後にはたいそうな売上金を持ち逃げされて行き詰まり、廃業した。

そんな顛末《てんまつ》も、勢三は苦にしていない様子だった。大学を出ていた彼は、妙な教養と的外れな学識があった。自分を文化人だと勘違いしているふしがあった。古美術や歴史の本を読《よ》み漁《あさ》り、民俗学に傾倒した。富夫が印象に残っているのは、年取った祖父が、「そんなもんでは飯は食えん」と父を怒鳴りつけていた姿だった。「職人の子を大学なんぞにやったのが間違いやった」とも。勢三の兄二人は戦争に取られて死んでいたので、祖父は勢三に将来を託していたに違いない。

そんなふうに言われても、勢三はどこ吹く風だった。家業を潰された祖父は、失意のうちに亡くなった。

勢三はその後、金にあかして日本各地、いや、世界中で失われようとしている古い生活用品や民具、玩具、武器や祭祀《さいし》道具、古文書などを蒐集《しゅうしゅう》し始めた。そんなものを集めても、それこそ何にもならない。コアな研究者や同好の蒐集家にその価値を認められるだけだった。だが、そういう輩との付き合いが、勢三に得も言われぬ優越感をもたらすのだった。その結果、持ち上げられるだけ持ち上げられてさらに散財した。

工場や家屋が建っていた広い土地も、数々の不動産も人手に渡った。勢三はたいして働きもしなかった。時々、知り合いの仕事の手伝いをさせてもらうくらいで、働かない時間は、自分の道楽に費やしていたと思う。

富夫が中学生の時、母親はそんな夫に愛想を尽かして出ていった。一人っ子だった富夫は、変人の父と二人、家に残された。それと膨大な蒐集品。瓦を保管していた倉庫の中に満載だった。妻に去られて少しだけ我に返ったのか、勢三は倉庫を改装して骨董屋を始めた。その名前が天狗堂だった。近隣の人々に、天狗が天狗堂を始めたと陰口を叩かれたのを、知っているのかどうか。

まさに勢三は、落ちぶれようとも鼻高々の天狗だった。

そんな父を見て育った富夫は、地道に生きることだけを心掛けてきた。高校を出て郵便局に就職し、その大方を配達員で過ごした。結婚した時、倉庫兼骨董屋にくっついていたボロ家を建て替えた。父は当然のように息子が建てた家に移り住んだ。

羽振りのよかった小松家の変遷を知っている人から見れば、絵に描いたような凋落《ちょうらく》ぶりだろう。それでもこの土地を離れることはできなかった。お荷物以外の何ものでもない父を捨てられないように。

富夫は、また一つ大きくため息をついて、腰を上げた。

「お義父《とう》さん、ご飯！」

多栄が乱暴な口調で勢三を呼んでいる声がした。

玄関脇の勢三の居室の引き戸がガタガタッと開く。建て付けの悪さに、毒づく声が続く。この家もすでに建って四十年近くになる。隣の倉庫同様、どこもかもガタがきている。廊下の先からガツン、ガツンと杖《つえ》をつく音がして、茶の間に向かう勢三が見えた。脚が衰えているので、家の中でも杖が必要になった。家中に手すりも付けてある。

九十二歳の父は、それでも去年転倒して、右の上腕部を骨折した。年寄りなのでなかなか骨がくっつかず、リハビリも入れるとまるまる二ヵ月入院していた。家に帰ってきても、右手が上手に動かせず、何かと世話を焼かせた。まだ脚を折ったのでなくてよかった。大柄な勢三が寝たきりになったりしたらと思うと背筋が凍る思いがする。

猫背の勢三は、杖にすがってゆっくりと歩を進めた。体が左右に揺れている。

茶の間のテーブルには、煮魚を中心にした夕食が並んでいた。父の向かいに、富夫は腰を下ろした。元は座卓だったのだが、勢三の足腰が弱くなってから、ダイニングテーブルに替えた。畳敷きの茶の間に絨毯《じゅうたん》を敷き、そこにテーブルと椅子を置いた。純和風の天井から蛍光灯が下がり、襖《ふすま》から出入りする部屋にはちぐはぐな設《しつら》えだが、もうそんなことは気にならなくなった。

多栄が汁物の椀《わん》を三人分配り、席に着いた。

「ほな、いただこか」

勢三の言葉を合図に、各自が黙って箸を取る。二人の娘が結婚して出ていってからの陰気な習いだ。

「おお、今日はカレイか。こんまいのう。どこで買《こ》うたんぞ。マルジュウでこんなチンケなカレイ、売りよったんか」

マルジュウは、商店街にある魚屋だ。多栄は、目を上げて義父を見はしたが、ぶすっとしたまま答えない。

「まあ、マルジュウも昔のように売れんけん、そうはええ魚を仕入れんのやろ」

富夫が弁解すると、「これはスーパーで買うたんです」と下を向いたまま、多栄が言った。

「ほうじゃろうのう。スーパーなら、こんなもんじゃろうの」

箸をカレイの身に突き立て、「痩せとるのう。食うんが気の毒なくらいじゃ」と呟《つぶや》く。

多栄がきっと顔を上げた。富夫はその動作に、びくんとした。

「大きなカレイは高いですけん」

「まあ、そうじゃろうな。ほやけど高い金を出してでも買うてやらんといかんぜ、多栄さん。漁師もマルジュウもそれで生活しよんじゃけん。助けあわんとな、町のもんは」

多栄は燃えるような目で義父を睨《にら》みつけた。

「ほな、お義父さんのだけ大きいもんにしましょか」

富夫の胃がきりりと痛んだ。

「そらあ、申し訳ないわ。なんぼ年寄りは食べるんだけが楽しみや言うても。遠慮せんとあんたらもええもん食べや」

多栄はまた勢三を睨んだが、結局言葉を返すことなく、黙々と箸を動かした。定職に就いたことのない勢三の年金は雀《すずめ》の涙ほどしかない。もちろん、彼名義の貯金もない。天狗堂からの売り上げもゼロに等しい。勢三の生活費は、息子夫婦から出ている。富夫の年金と、多栄がスーパーマーケットのパートをして稼ぐ金だけが頼りだ。

勢三もそこは重々わかっているはずなのに、自分は天狗堂の店番をして働いていると自負しているのだ。天狗堂の経営を委譲された時、きっぱりと断れずに結局継ぐことになった気の弱い夫を、多栄は呆《あき》れかえって見たものだ。

「わしも退職して暇やけんな」

そう言って父を庇《かば》った富夫に「ほな、あんたはあの酔狂な店に一生座っときや。私は一切かかわらんけん」と言い放った。

富夫には一言《いちごん》もなかった。ただ、あの父親の意に逆らっても、結局は無駄な労力を使うだけだと知っていた。

「まあなあ、近頃は不景気やけんなあ。海の中もええ餌がないんかもしれんなあ。カレイも太りとうても太れんのじゃろ」

勢三はアハハと大口を開けて笑った。もはや多栄は顔も上げなかった。この前のように、大笑いした途端に、入れ歯が卓上に飛んでくるのではないかと富夫はひやひやした。

勢三のような人間を、伊予では「よもだ」という。いい加減で無責任。それでいて、頑として我が道を行く輩のことである。努力や堅実さを嫌い、そこを突かれるとのらりくらりと言葉を弄してうまく逃げる。まさに勢三はその典型だった。よって、多栄はこの義父を嫌っている。義父が始めた訳のわからない骨董商売も嫌っている。当然だと思う。

「天狗堂なんか焼けてしもたらええのに」

富夫にはそんなふうに言う。富夫は、「まあ、そう言うなや」ととりなすことしかできない。気の強い多栄は、勢三にも面と向かって同じことを言ったことがあった。その時は、富夫は心臓が口から飛び出るくらいの思いをした。しかし、勢三は泰然としていた。

「多栄さん、あそこが燃えたって、一銭にもならんぜ。火災保険に入っとらんけん。こっちの家まで水浸しになって、大損や。消防車が来ても、わしが水掛けるな、ほっといてくれて、言うてやるけどな。まあ、向こうも仕事やけんな。難儀なこっちゃ」

多栄は下の唇をぐっと突き出したきり、答えに窮した。この義父には、とことん愛想が尽きたと顔に書いてあった。そういう表情を、多栄は今まで何度も浮かべた。だが、嫌みを言わずにはおれない。その妻の心理も手に取るように富夫にはわかった。

父はどうしてあんな天《あま》の邪鬼《じゃく》なもの言いができるのか。バカの振りをして、その実、相手をバカにしているのだ。時折、その巧妙さに富夫は舌を巻く。

勢三の性情は、三ツ浦町の古くからの住人にはよく知られている。だから誰もまともに相手にしない。時折天狗堂を覗く暇な老人はいても、身代を潰してしまった店主の趣味に付き合おうとは思わない。それでも勢三は飄々《ひょうひょう》としている。一生をかけて集めた意味のない骨董品に囲まれて、それで幸せなのだろう。もう今さら意見をする気にもならない。天狗堂を息子に押し付けて、勢三は悠々自適の生活だ。

息子に骨董屋は譲っても、蒐集品は自分のものだと勢三は思っている。以前は倉庫の中のものを富夫に手伝わせて整理したりもしていた。ガラクタをあっちに動かせ、これを修繕しろと命じられるのは苦痛以外の何ものでもなかった。言いなりになる自分にも嫌悪感を覚える。しかし、今さら己の気の弱さを呪っても仕方がないのだ。

こんなことをして何になるんだ、誰があんたの趣味を認めてくれているというんだ、あんたのこのおかしな道楽とひねくれた性格のお陰であれだけあった資産は消滅し、母は出ていったではないか。それを認めて、年相応におとなしく暮らせ、ともっと早くに言えなかったことに思い至るだけだった。

その後悔は、長い時間をかけて、富夫を内側から浸食していく。今はその穴が広がらないよう、心掛けるしかない。

有難いことに、浸食された穴は、一定の大きさで留《とど》まってくれている。みなと湯に定本吾郎が来てから、富夫の気持ちは随分楽になった。あの単純で人のいい男は、勢三のお気に入りだ。骨董屋の前を通りかかり、もう誰も見向きもしない商品を、興味深そうに見入ったのが、彼の運の尽きだった。

店番をしていた勢三が、吾郎を引き入れた。そして、蘊蓄を披露した。ゼンマイ式蓄音機をかけてみせ、中国の少数民族の装束を見せてやった。エジプトのファラオの墓から出たというフンコロガシのミイラまで出してきた。その干からびた甲虫には、多栄は悲鳴を上げたのだった。どれも眉唾ものの品物だ。だがそのいちいちに、吾郎は感嘆の声を上げた。家族も近隣住民もついぞ示さなかった反応に、勢三は悦に入った。

吾郎は養蚕の道具や笠《かさ》の割れたランプを懐かしがった。彼は山形県の相当に山深いところで育ったので、そういった生活用品に馴染んでいたのだと言った。東北地方独特の武者絵の凧《たこ》を見つけて大はしゃぎした。倉庫の裏の内港のそばで、凧を揚げたりもしていた。

「お義父さんにはちょうどええ遊び相手やね」

多栄がそんな吾郎を見て皮肉を言った。

いい年をして子どもっぽい素行の吾郎を蔑んでの言葉だった。

当時、八十代だった変人の勢三と五十代の新参者の吾郎は、馬が合った。吾郎が暴力団からドロップアウトしたという経歴も、勢三はさもないことと聞き流した。それより、自分の趣味の理解者、いや、無条件に信奉してくれる者が現れたことに欣喜《きんき》した。以来、吾郎は天狗堂にちょくちょく出入りするようになった。

小器用な吾郎は、勢三の指図で倉庫の掃除や整理、壊れかけた商品の補修などを文句も言わずやった。本来なら富夫がやるべき仕事なので、申し訳ないとは思った。だが、吾郎はしんから喜んでそういうことをやっているのだった。

つまり吾郎は、天性の明朗快活さでここの生活を楽しんでいるのだ。富夫が気に病むことはない。それが理解できて胸を撫で下《お》ろした。

元暴力団員は、みなと湯で職を得、天狗堂で気晴らしをする。それが波乱の人生を歩んできた彼がたどり着いた安寧というわけだ。

うらぶれた港町の片隅。それは富夫にとっても人生の最後を送る馴染んだ場所であった。新しい場所に行くことにも、大きなことをすることにも尻込みをする。生活能力のないくせに高慢で扱いにくい父親を突き放すこともできず、妻の機嫌をとりながら、変化のないことをよしとして生きていく。少々情けないけれど、それが自分の分《ぶん》に合った生き方だ。

みなと湯へ行けば、そんな自分を肯定してくれる幼馴染の邦明や、お目出度《めでた》いほど邪気のない吾郎がいる。それから新聞社に勤めている宮武弘之も仲間入りして、いい関係だ。

弘之は、東洋新報という大きな新聞社に就職するほどだから、優秀な人物だったのだろう。宮武家は長くこの地に居を構えていたが、弘之は大学入学と同時に松山を離れ、ずっとよそで勤務していたので、三年半前にこっちの支局に戻るまでよく知らなかった。みなと湯で出会って気楽に付き合うようになった。まさに裸の付き合いだ。

第一線で活躍していた新聞記者だったのに、東京時代のことはあまり話さなかった。そういうところも好もしかった。

邦明も富夫も、また吾郎も、そんな弘之を自然に受け入れた。

新聞記者だけに視野も広く、思慮深く、適切なアドバイスをくれるので、邦明も富夫も彼には一目置いていた。今回、邦明が釜を新しくするに当たり、弘之に相談を持ち掛けたのは、そういう背景があるからだった。

「ごっつぉさん」

富夫の前で、勢三が手を合わせた。多栄は返事をしなかった。

生前の丸岡将磨と面識があったのだという弘之の言葉を聞いても、横川支局長は「へえ」としか言わなかった。

若い銀行員の事故死は悲劇的ではあるが、特に目を引くものではない。事実を報じて終わりだ。背景を追うべき要素も出てきていない。

「警察が何か捜査でもしてるんですか？」

「いえ」

斎藤が担当刑事から聞いてきたことを伝えた。聞き終わると、支局長はやや気まずそうに押し黙った。彼は、弘之に対しては敬語を使う。宮武弘之という年配の記者の取り扱いに苦慮しているという雰囲気は、初めからあった。彼が数年前に本社社会部で起こった人事に関する紛《ふん》擾《じょう》のことを知っているのかどうか。その当事者である弘之が、自分の部下になったことをどう思っているのか。そこのところはよくわからないし、知ろうとも思わなかった。

ただ支局長が、平の記者として黙々と仕事に勤《いそ》しんでいる弘之に据わりの悪い思いをしているのは確かだ。

一礼して自席に戻った弘之に、はす向かいの席でパソコンに向かっていた斎藤が小さな声をかけてきた。

「宮武さん、やっぱり納得できないんですか？　あの銀行員が何で死んだか」

「そうじゃない」

ぶっきらぼうに答えた。斎藤は、それ以上は突っ込んでこなかった。

丸岡の実家は宇和島市で、両親が遺体を引き取っていったという。もう葬儀も終わっているだろう。家族も彼の死を受け入れたということだ。

その日は、斎藤が一人で県警に顔を出したが、目ぼしい情報はなかった。弘之は地元放送局主催の文化功労賞の記事を書くために、授賞式に出た。帰って記事を書き上げ、デスクに提出した。やはり年下のデスクは、「ご苦労さんです」と受け取って目を通し、すぐにＯＫを出した。デスクも弘之の書いたものに注文をつけることはほとんどない。

他の記者たちがまだ仕事をしているのを尻目に社を出た。いつものように電車に揺られて三ツ浦駅で降り、商店街を通って帰宅した。

郵便受けから郵便物を取り出して、玄関の鍵を開けた。

へたったスリッパをつっかけて居間に入る。郵便物をダイニングテーブルの上に置いて石油ファンヒーターに点火した。古びたファンヒーターは、ボンッと大きな音を出して動きだした。しばらくファンヒーターの前で冷えた体を温めた後、腰を伸ばして立ち上がった。郵送されてきた冊子やダイレクトメールの間から、絵が描かれた葉書がはみ出しているのが見えた。絵手紙だ。

その葉書をつまみ出した。絵手紙には、雪うさぎの絵が描かれていた。

うさぎの目　赤い赤いまんりょう

拙《つたな》い筆文字が添えられている。

弘之は、和紙でできた葉書にじっと目を凝らした。お世辞にもうまいとは言えない絵だ。太くて黒い輪郭線は、微妙に震えている。

雪うさぎの赤い目は、文にある通り、万両《まんりょう》の実だろう。耳には笹《ささ》の葉が二枚。

昨日はぐっと冷え込んだ。兄が入所している施設の周辺では、雪が積もったのだろう。それで雪うさぎを作ったのか。子どものように夢中になって雪を掻き集める兄を思い浮かべて、弘之は顔をしかめた。

宛名面には、筆圧の強い文字で、ここの住所と弘之の名前が書いてある。鉛筆書きで、ところどころ、消しゴムで消しては書き直した跡が見える。差出人は宮武秀一《しゅういち》。「秀」という漢字は歪んでいて、書くのに苦労した様子が見てとれた。

兄、秀一は、知的障がいがある。六十二歳になった今も、小学校低学年の子ほどの知能しかない。長く世話をしてきた母が高齢になり、弱ってきた時に、松山市の隣の東温《とうおん》市にある障がい者施設へ入れた。母は最後の力を振り絞って、長男の身の振り方を考えたのだ。彼の世話を、弘之やその妻、安沙子《あさこ》に押し付けるわけにはいかないという配慮からだった。

母のそうした気持ちを感じ取ったのか、秀一は特に嫌がることもなく、施設へ入った。そこで絵手紙を書くことを始めた。施設にボランティアスタッフがやってきて、指導してくれるのだと訪ねていった安沙子が言っていた。おそらくは入所者の精神衛生のため、あるいは長い時間をそこでやり過ごすための暇つぶしとして。

「お義兄《にい》さんは、とても楽しそうに絵を描いてたわ」

母の死後も、何度も施設に会いにいっていた安沙子は弘之に報告してくれた。弘之自身は、彼女に促されても、数えるほどしか行かなかった。面倒なことは、全部妻に押し付けていた。妻からの報告も、いい加減に聞いていた。内容もほとんど憶《おぼ》えていない。

だが、その安沙子も家を出ていってしまった。正式に離婚が成立して、安沙子は、今は息子夫婦の近くで暮らしている。

結局、弘之はこの家に一人で住むはめになった。

東京から松山に戻ってきたのは、老いた母と障がい者の兄の面倒をみるためというのが表向きの理由だった。三年半前のことだ。その時は、こんな生活を営むようになるとは思ってもみなかった。

兄が施設に入り、母は死に、妻は去った。

男一人の家に、時折、兄から絵手紙が届く。弘之は、雪うさぎが描かれた葉書を、無造作にゴミ箱に捨てた。

年末に、施設から正月を家族と一緒に過ごすかと問うてきた。それを弘之は断った。そのことを秀一がどう思ったかはわからない。兄にとっては長年親しんだ家だ。一年に一度くらいは帰りたいと思って当然だ。それを弟に拒まれて、悲しんだだろうか。だが、ここで兄と二人で数日を過ごすことを考えると、どうにも気が重かった。

ヤカンの湯が沸き、ピーッと間の抜けた音がした。

コーヒーのカップを手に、古い安楽椅子に腰を下ろす。傷んだスプリングがギギギッときしんだ。かつては父の定位置だった場所だ。庭に向かって置かれたこの椅子で、新聞を広げていた父の姿を思い浮かべた。厳格な父だった。亡くなってもう九年になる。椅子には、母が編んだ毛糸のカバーがかかっている。その縁がほつれている。

安沙子が出ていってから、掃除もおざなりだ。わびしい蛍光灯の光の中に細かな埃《ほこり》が舞っている。

俺もここで古びていくんだ、と心の中で呟いてコーヒーを啜《すす》った。

弘之の父が三ツ浦町に土地を買って家を建てたのは、弘之が中学三年生になった年で、大学進学とともにここを離れたから、実家があるといっても、ほとんど地元という感覚がなかった。定年前にこの土地に帰ってきたのは、想定外の出来事だった。

戻ってきた時、四年しか住んでいなかった土地の記憶はほとんど失われていた。そこを新たな気持ちで歩き回った。そしてふらっと入ったみなと湯で、邦明や富夫、吾郎と知り合った。向こうは宮武家のことはよく知っていたから、すんなりと弘之を受け入れてくれた。

松山の西の端、海に面したこの港町を、家を建てるに当たってなぜ父が選んだのかわからない。その当時は聞いたかもしれないが、忘れてしまった。

高校生の時は、ただ寝に帰るだけの場所だった。商店街も自転車でさっと通り過ぎていた。そこで買い物をするなどということもなかった。母は人情の残るこの町が気に入り、買い物に便利だと言っていたが、父は自分で選んだくせに、あまり土地には馴染まなかった。秀一が出歩くのも嫌った。広い敷地の家を建てたのだから、その中でじっとしていろというつもりだったのか。

養護学校の高等部を出た秀一は、週に二、三日障がい者向けの作業所に通っていた気がする。いつまで続いたか、そのうちにやめてしまった。それで家にばかりいるようになった。そういうことも父は見越して、ゆったりした家を構えたのかもしれない。穏やかな性格の兄は、母と一緒に庭の手入れをし、念願だった動物も飼った。犬や猫、文鳥、金魚、亀。そういえば一時、うさぎも飼っていた。

あのうさぎの名前はデンスケだった。ふいにそんなことを思い出した。太ったうさぎで、

「でんとしているからデンスケ」と兄が名前を付けたのだった。庭に放すと、花壇に植えた植物を食べてしまうので、母は閉口していた。それでも兄は、しょっちゅう小屋から出して好きに走り回らせていた。

「デンスケを狭いところに閉じ込めとくのはかわいそうじゃろ」

そんなふうに言って、白い大きなうさぎを目を細めて見ていた。どうしてそんなことを今思い出すのだろう。

冬枯れの庭に、黄色の塊りがある。安沙子が植えた小菊が、手入れもしないのに、律儀に花を咲かせる。妻が去って二度目の冬だ。

――あなたには、何も見えていない。新聞記者なのに、人の心がわかってない。そんな人にいい記事なんか書けるわけがない。

安沙子が最後に残した言葉は、まだ弘之の胸に突き立っていて、時折苦い気分を呼び起こす。

弘之は立っていって、棚の上のスマートフォンスタンドにスマホを立てた。無垢のヒノキでできたもので、去年商店街に開店した木工雑貨店で買った。スタンドの下部がスピーカーも兼ねていて、単純な作りなのに案外いい音が出る。それでよく音楽を聴くようになった。

スマホを操作して、イーグルスの『デスペラード』をかけた。聴くのは若い頃にはやった古い曲ばかりだ。一人暮らしになって妙に広く感じられるようになった家の中で、弘之は懐かしい曲に耳を傾けた。

築四十三年の家はどう思っているだろう。たくさんの家族が生活していたこともあるここに、結局残ったのはたった一人のくたびれた男だけだということを。

――デスペラード　正気に戻ったらどうだい
　おまえは随分と長い間数々の塀を乗り越えてきた

ドン・ヘンリーが優しい声で歌っている。

「デスペラード」とは「ならず者」という意味だ。若い頃は、この曲を聴いて自分を孤独なならず者になぞらえていたのだったか。甘い疼きが、弘之の心の柔らかい部分をさっと撫でていった。

「なあ、富夫さん、銀行、クニさんにお金貸してくれそうにないんか?」

吾郎が眉根を寄せて訊いてくる。

「かもしれん」富夫が答えると、吾郎は驚いて「なして?」と問うてきた。

吾郎は大阪や愛媛での暮らしが長いから、たいていは関西弁混じりの伊予弁を使うが、たまに東北の言葉が出る。

瀬戸内銀行の融資係が亡くなってから、邦明は銀行に足を運んで融資の件がどうなっているのかと問いただした。すると驚いたことに、丸岡は稟議書を提出していないということが判明した。邦明や弘之の話では、丸岡は稟議は通ると自信満々だったらしいのに。銀行員も当てにならない。

一千万円が借りられないと、みなと湯は立ちゆかない。今度は融資課長が担当するというので、彼に改めて融資の申し込みをした。末広《すえひろ》という名の融資課長は、丸岡とは正反対でつっけんどんな対応しかしなかったそうだ。挙句に、みなと湯への融資は難しいと返答してきた。

丸岡は無担保でいいと言っていたのに、さんざん難癖をつけた上での返答だったらしい。担保を入れろとか、信用保証協会に保証してもらう必要があるとか、

「支店長決裁で、融資見送りとなりました」

木で鼻をくくるようにそう言われた。邦明は怒り心頭だ。

「丸岡さんは、無担保でいいし、支店長専決でいけると言った」と食い下がっても無駄だった。

「丸岡にはそんな判断をする権限はない」の一点張りだったそうだ。

末広課長には、溺死した丸岡を悼む気持ちがないと邦明は言う。

「あいつは非人間的じゃ。情っちゅうもんがないな。まるで部下が勝手に何でもしたような言い草じゃ」と憤っていた。

それを聞いて、弘之は黙り込んでしまった。

「何かおかしな感じだな」

しばらくしてぽつりと言った。

「何が？」と問うた富夫には、ただ首を振るだけだった。

そういうやり取りを吾郎もそばで聞いていた。それで不安を募らせたのだろう。暇をみて天狗堂へふらりとやってきた。ちょうど勢三は近所の歯医者へ出かけていたので、店番をしている富夫のそばに腰かけて問いかけてきた。

背中を丸めた小男は、さらに小さく見えた。吾郎にとっては、みなと湯の営業が続けられなくなるというのは、由々しき問題だろう。彼はもうどこにも行くところがないのだ。それを邦明はよくわかっているから、薪釜をガス釜にやり替えても、吾郎はずっと雇ってやると伝えてあった。

「クニさん、また今日も銀行へ掛け合いにいったんじゃ。帰ってきて頭抱えとる」

邦明は、瀬戸内銀行としか付き合いがなかった。別の銀行と今から取引をして、さらに融資を申し込むとなると、手間と時間がかかるし、第一それがすんなり通るとは思えなかった。

「はようせんと、薪釜、ようにダメになってしまうぜ。毎日、わし、機嫌取りもって動かしよるんじゃ」

「一千万なあ……。宝くじでも当たらんかのう」

富夫は店の天井を見上げて呟いた。改装はしたものの、まだここは倉庫然としている。天井板も張っていないので、梁《はり》が剝《む》き出《だ》しだ。足下では石油ストーブを焚いているが、たいして役に立たない。屋根と壁の合わせ部分に隙間があるのか、冷たい風が吹き込んでくる。

「お前の手品でも一千万は出せんじゃろ」

そう言うと、吾郎は弱々しく笑った。

吾郎は、天狗堂に置いてあった手品道具の使い方を勢三から教わった。店の隅で忘れ去られていたくたびれた手品道具を大事に持って帰って、釜場でも熱心に練習していた。

「奇術だ」

手品という言葉を嫌って、勢三はそんなふうに吾郎に伝授したものだ。まずまず腕を上げた吾郎は、今やその奇術を披露して、いろんな施設を慰問して回るほどになった。近隣の町のイベントを始め、老人ホームや病院を回っているという。お馴染みになった施設では、「奇術のゴローさん」と慕われていると邦明や弘之に自慢していた。

生まれ故郷を捨て、四国まで流れてきた男が得たささやかな生活が、今、脅かされそうになっている。

「ゴローが持っとる金の延べ棒が本物やったらな」

「富夫さん、あれは金の延べ棒ちゃうで。あれ、インゴットて言うんや」

「どっちにしたってニセもんやろが」

吾郎は「ハハハ」と笑った。前歯が二本欠けた笑い顔は間が抜けている。

下っ端の暴力団員だった頃、吾郎はただメッキ加工して金のインゴットに見せかけたものを持たされ、別の組との覚せい剤の取引に向かわされたのだという。当然、そんな子どもだましの手口が通用するはずもなく、すぐに見破られた。一緒に行った若造を逃がすために、吾郎は袋《ふくろ》叩《だた》きに遭った。折れた歯はその時のままだ。

半殺しの目に遭いながらもなんとか逃げおおせたけれど、所属していた組は知らん顔を決め込んだらしい。それでようやく吾郎も目が覚めてヤクザから足を洗ったというので、吾郎にとってはいいきっかけだった。組の方も、雑なやり方でお荷物のチンピラヤクザをお払い箱にしたのかもしれない。

その時に持って逃げた数十個のインゴットを、吾郎は後生大事に保管していたのだった。

それを知った勢三が、模造品の金を店に置こうとして、富夫が慌ててやめさせたといういきさつがあった。

「別にええじゃないか。本物と偽って売るわけじゃなし」

勢三は文句を言った。どうせ天狗堂にあるのは似たようなものではあるが、そんなことをしたらさらにいかがわしい店になってしまう。

その時の若造が、吾郎に時々会いに来る。組に入ったばかりの若者を、身を挺《てい》して庇ってやったことを、恩に着ているらしい。それがもう十年以上続いている。

「ええんじゃ。わし、殴られ慣れとるしな。あんなん、どうってことない。まだ右も左もわからんタツがひどい目に遭《お》うたらかわいそうやったし」

そう言った吾郎に、邦明は「お前は人がええんか、バカなんかようわからんな」と呆れていた。この愛すべき元チンピラヤクザを、一生面倒みてやろうと決心している様が見てとれた。

「タツ」と吾郎が呼ぶ巽達郎《たつみたつろう》という男が来ると、邦明は吾郎に休みをやった。吾郎の唯一の旧知との時間を作ってやるのだ。色白で、人当たりのよさそうな中年男だった。富夫も当たり障りのない話くらいはした。

巽が来ると、吾郎は彼を伴って天狗堂へ寄り、勢三と話していった。道後温泉だとか松山城、石手寺などの観光地を一通り巡った帰りのことだ。話し好きな勢三も歓迎しているようだ。

「タツミタツロウて、冗談みたいな名前やな」

勢三に言うと、「おう。あいつも苦労しとんのや」と口元を歪めた。

巽がドサ回りの三文役者みたいな名前になったのは、彼が子どもの頃に、母親が実の父親と離婚して、巽なる男と再婚したせいだという。ろくでもない男で、なさぬ仲の子をいたぶるのが彼の唯一の楽しみだった。タツはさんざん耐え抜いた後、十五歳の時、義理の父をボコボコにして家を出た。以来、母親とも一度も会っていないのだそうだ。

「ほうか。まあ、ゴローと似たような身の上じゃの」

「ゴローはみなと湯で拾うてもろたが、あいつはうまいこといかんでのう。今は大阪で詐欺師をやっとるらしいで」

勢三が何食わぬ顔で答えたので、肝を潰した。多栄に知れたら大事だ。

吾郎に確かめると、それは本当らしい。暴力団に嫌気がさして足を洗ったのに、やはり彼も世渡りはへたくそだった。それで吾郎と同様、職を転々とする間に、詐欺集団に組み込まれた。知恵はある男で、様々な詐欺のからくりを知悉《ちしつ》しているという。だから詐欺集団の中でも策士として一目置かれているらしい。孤独をかこつ彼は、恵まれない境遇から這《は》い出《だ》して、一発逆転を図るには、その道を極めて上りつめるのが一番だと悟ったのだ。

「今は詐欺言うても、ここの時代なんやてタツは言うとった」

吾郎は自分のおでこをつんつんと突《つつ》いた。

「変に小利口なんよな、タツは。そやけど、今はああいう商売も厳しいわ。どこかのでっかい組織に組み込まれてしもて、自由にならんて言うとった。知恵を絞って稼いでも、それをかすめ取っていく奴らがおる。タツは汗水垂らして働いとるっちゅうに、上前をはねるとは、世の中、うまいこといかん」

詐欺師は、汗水垂らして励む職業ではないだろうと富夫は思った。詐欺はどんなに言いつくろっても他人を騙し欺くもので、犯罪以外の何ものでもない。だが巽が吾郎とのんきに話しているところを見ると、そこに悪辣なものは感じられない。

吾郎が金に困っているようなら、いくばくかの金を置いていったりもしているようだ。他人から騙し取った金かもしれないが、たった一回だけの恩を忘れないとは、妙に情に厚い男ではあるなと富夫は感心した。隠しもせずに自分は詐欺師だと言うあたり、変わった男だという印象だ。

巽も吾郎と同じで不器用な生き方しかできず、頼る先々から弾《はじ》き出《だ》されて、結局犯罪者になってしまったのかもしれない。嘆いて悔やんで、結局そこに腰を落ち着けた。そしたらもう成り上がるしかない。そんなさっぱりした諦念らしきものが、巽からは感じられた。

天狗堂の入り口から、ひょいと勢三が顔を覗かせた。バスケット付きのシルバーカーを押している。

「おう！　ゴロー、ちょうどよかった。お前に手伝わすことがあったんじゃ」

ぴょこんと立ち上がった吾郎に、裏に回れと尊大に命じる。吾郎はおとなしくそれに従った。

天狗堂の裏には、野積み場という港湾用地が広がっているのだが、そこにまで倉庫や裏庭に納まりきらなかった大ぶりな蒐集品が溢《あふ》れ出《だ》している。たまに松山市の空港港湾課から注意されるが、勢三は知らん顔を決め込んでいる。

野積み場に置いてある品は、それこそガラクタとしか言いようのないものなのだが、勢三にとっては価値のあるものらしい。それを吾郎と組み立てたり、移動させたりしている。ボートやオール、大掛かりな狩猟用具、ヨーロッパ中世に使われていたという拷問具や運搬具など、どう考えても使い道もないし、ましてや売れそうもない代物の山だ。吾郎でなければ、誰も手伝おうという気にはならないだろう。現に息子の自分が匙を投げてしまっているのだから。

天狗堂の隣は、何年も前に廃業した造船所で、放置されたままになっている。勢三は持ち主に断って、その敷地で組み立てたりばらしたり、試しに動かしてみたりという作業をやっている。造船所の建物の中には工具も残っているので、勢三と吾郎にとっては恰好の作業場だった。

倉庫の裏から聞こえてくる勢三の声に、富夫はしばらく耳を傾けた。挙句、力なく肩をすぼめた。

市内で暮らしている長女の真希《まき》一家が、三ツ浦町に帰ってきて一緒に住んでもいいと言ってきている。この敷地内に家を新築したいというのだ。多栄は大喜びだ。そのためには天狗堂を店じまいして、倉庫兼店舗を倒す必要がある。

「一銭にもならん店をやっていくより、その方がなんぼか真希らのためになるやろ」

そう多栄は、富夫を焚きつける。早く勢三にそのことを告げ、天狗堂のカタをつけさせろというのだ。それに毎回、富夫は生返事をしている。そんな提案を勢三が受け入れるはずがない。あのよもだ男が言いそうなことも想像がつく。そのことを考えると、気が重い。

「いや、親父《おやじ》が生きとるうちは無理やな」

ぼそりと呟いた富夫に、多栄は嚙みつきそうな顔をした。

「それなら、あの人はいつ死ぬん？」とその表情が語っていた。富夫はそろりと背を向けたのだった。優柔不断な夫に愛想を尽かしたとばかり、大仰にため息をついた多栄の、ドスドスと荒い足音が遠ざかっていった。

どうしてだか、丸岡の死が頭から離れない。

弘之は、一人でまた三園橋までやってきた。少し雪がちらついていて、コートの襟を立てた。土手から川を見下ろすと、この前来た時と比べて水量はぐっと減っていた。水も澄んでいた。中州の上には、まだ倒れた草木がへばりついていたが、十日ほど前に人を呑《の》み込《こ》んだ川とは思えないくらい穏やかな流れだった。

三園橋の真ん中に人が立っているのが見えた。欄干に両肘を乗せて、じっと川を眺めている。近づくにつれて、それが知った人物だというのがわかった。地元伊予新聞の緒方《おがた》だった。弘之とは同年配で、向こうも警察担当なので、県警や取材先でよく一緒になった。それで口をきくようになり、二、三度飲んだ。他社の記者の中でそんな関係なのは、緒方だけだった。

弘之がゆっくりと近づいていくと、向こうも気がついて、顔を上げた。橋を半分渡り、緒方のそばに立った。

「何か気になることがありますか？」

同じように欄干に肘をついて尋ねた。

「まあ、ちょっとな」

緒方は言葉を濁した。

「雨風がひどかったとはいえ、若い男性がこの欄干を越えて転落するとは、ちょっと考えられませんね」

「そやなあ」

わざとのんびりした声を出す緒方の横顔を盗み見た。この男、何かに引っ掛かりを覚えているのだ。だからこそ、ここに来た。刑事も新聞記者も「足で稼げ」と教えられる。現場には、何かが落ちているものだ。

「僕は三ツ浦町に住んでいるんですよ。瀬戸内銀行の支店とも取引があります」

「ほう」

そうは言ったが、緒方の表情は変わらない。気のない様子で、流れを見詰めている。

「丸岡という行員のことはよく知っているんです。僕の知り合いが融資を受けようとしていて、彼が担当でしたから。僕も融資の説明の場に立ち会いました」

緒方が弘之の方を見た。興味を持ったという顔だ。

「でも彼、亡くなる一ヵ月前から様子がおかしかった」

「どんなふうに？」

やっと食いついてきた。

「初めて会った時は、仕事もできて、自信に溢れている銀行員という印象でした。知り合いが申し込んだ融資にも真摯に取り組んでくれて、すぐにでも融資ができると言っていたのに、だんだん言葉が曖昧になってきて、悩んでいるというか――」

結局その融資に関してては、まったく進めてくれていなかったということが、死んでからわかったのだと告げた。

「まさかそんないい加減なことをされているとは思わず、信じて待っていた知り合いは、意気消沈していますよ」

黙り込んでしまった緒方に、弘之は畳みかけた。

「そして、唐突に死んでしまった。警察は誤って転落した事故だと言っていますが、どうにも納得できなくて」

「宮武さんは、自殺やと思うわけ？」

「いや、そこまではわかりません」

「何があったんかいなあ」

またはぐらかすような口調に戻った。こうなったら直球で当たるしかない。

「緒方さんは、どうしてここに来たんですか？　やっぱり何か気になることがあって？」

「うん。ある情報をつかんで探りを入れよんやけど、それ、瀬戸内銀行がちょっとだけ関係しとってな。そやけどたぶん、この事故とは関係ないと思う」

それだけ言うと、「ほなな」と弘之の肩をポンと叩いて背を向けた。

寒そうに背中を丸めて去っていく緒方を見送った。ある情報とは何だろう。気になったが、仕方がない。人間関係が濃密な地方にあっては、地元記者の情報収集力にはかなわない。刑事とも特別な地縁でつながっていたりする。

緒方が追っているのは、瀬戸内銀行に関係していることらしいが、皆目見当がつかない。瀬戸内銀行も伊予新聞も地元の有力企業だ。そこから入ってくる情報は、いくら地元出身者だといっても、東洋新報の支局に三年半前に戻ってきた弘之には手の届かないものだ。

また雪混じりの冷たい風が吹いてきて、弘之も急いで橋を渡った。


「あの丸岡さんが死んでしまうとはなあ」

「かわいそうじゃねえ」

寿々恵が、番台で釣銭を用意しながらぽつりと言った。

「かわいそうやけど、あいつ、うちが申し込んだ融資の稟議書、書いてもなかったんやぞ」

「そうやねえ。死んだ人のことを悪うに言いとうはないけどねえ」

開店前のみなと湯の脱衣所で、邦明夫婦の、どこにも持っていきようのない繰り言が続く。

風呂場のガラス戸が開いていて、吾郎が不安そうに突っ立っていた。脱衣所の式台に腰を下ろした弘之は、腕組みをして考え込んだ。吾郎は緩く首を振って、洗い場へと戻っていった。すぐに浴槽に湯を張る音が聞こえてきた。みなと湯は、毎日地下水を汲み上げてタンクに溜《た》め、それを薪釜で焚く。閉店後の深夜には、吾郎が時間をかけて洗い場を掃除する。だから客は毎日、清潔な湯船できれいな湯に浸《つ》かれるのだ。それがこの銭湯が愛される理由の一つでもあった。

みなと湯を維持していくには、どうしてもガス釜を導入し、ガタがきた配管設備の修理をしなければならない。銀行からの一千万の融資がないと、何もかもがおじゃんになってしまう。

まさかこんなことで融資話が頓挫するとは、思いもしなかった。まだ何かを言いあっている夫婦を尻目に、弘之は考え込んだ。

丸岡が数字に明るく、有能な銀行員であったことは間違いない。長年、多くの取材を手がけ、たくさんの人と接してきた新聞記者の勘がそう指し示していた。邦明が揃えた書類にも遺漏はなかった。あの日のうちに、丸岡は稟議書を書き始めた気がする。

しかし一ヵ月後には、態度がおかしくなっていた。邦明が問い合わせた時には「稟議書を上司に見てもらっている」と言い、うまくいかないことを匂わせていた。その理由も見込みも口を濁して答えなかったという。少なくとも稟議書はできていたのだ。支店内でいったい何が起こっていたのだろう。

「なあ、どう思う？　宮さん」

だが邦明にそう問われても、弘之は首をひねるしかなかった。

商店街の中を歩いて家に向かった。土曜日午後の陽はいくぶん明るく感じられた。吹き通る風には、どこかの家の庭に咲いている花の香りが混じっていた。ロウバイか梅か。数日前には雪がちらついたというのに、春は確実にやってきている。

ふと思いつき、商店街から逸《そ》れて瀬戸内銀行のある方へ行ってみた。幹線道路に面して銀行はあった。土曜日だから、シャッターは下りている。シャッターの横のガラス戸の中に、ATMが一台だけ据えられていた。瀬戸内銀行は、愛媛では古株の銀行だから、弘之が中学生の時からここに建っていた。県内どこでも見かける中規模の支店だ。銀行名の上に、五弁の白い花を、青い円が囲んでいるマークが掲げられていた。愛媛特産のミカンの花が、青い海に囲まれて咲いている様を表しているらしい。

弘之も、松山に帰ってきた時、瀬戸内銀行に給料振込用の口座を開いた。ごくたまに三ツ浦支店も利用していた。それだけだった。どんな行員がここで働いているかなど、気にしたことはなかった。真面目な融資係が死んだ後、人員は補充されるのだろうか。弘之は、しばらく銀行の建物の前に立って、ぼんやりとそんなことを考えた。

歩道を犬を連れた人がやってきて、ガラス戸を押し開いた。背を向けた飼い主がATMを操作している間、小さな犬がこちらを見ていた。つぶらな瞳に見詰められながら、弘之は銀行の前から離れた。

自分の家の荒れた庭の踏み石を渡って、玄関まで行く。黄色い菊の花は萎《しお》れて、雑草の中に埋もれてしまっていた。玄関の鍵を開けながら、弘之はそこをちらりと見た。来年はもう咲かないかもしれない。理由もなくそう思った。この家から、妻の気配が少しずつ消えていく。

廊下を通って居間でコートを脱いだ。無造作にそれをソファの背に投げる。男一人暮らしの家は、居間も寝室も台所も似たような乱雑さになってしまった。それにももう慣れた。

ふと足下にあるゴミ箱の中に目をやった。この前来た秀一からの絵手紙がまだあった。たいしてゴミも溜まらないので、いつまでも処分せずに残っているのだ。かがんでそれを拾い上げた。いびつな雪うさぎをじっと見る。もう施設の庭の雪も溶けただろう。

思えば、安沙子との間に亀裂が生まれたのは、秀一を施設に入れる時のことだった。まだ母のフミ枝《え》が生きていて、秀一の面倒をみてくれる施設を探していた。フミ枝はもうその頃には体調がすぐれなかったのだが、なんとかしていい施設を見つけてやろうと躍起になっていた。

そんなフミ枝を見て、安沙子は言ったのだった。

「お義兄さんは、私がお世話をしますから、施設にはやらないでください」

驚いた。妻がそんなことを言いだすとは思わなかった。フミ枝も驚いたようだが、それに応えて言った。

「ありがとう。そやけど私が死んだ後は、そうもいかんからね」

「いいえ、大丈夫です。お義兄さんのことは心配しないでください。ここにいさせてあげて。この家はお義兄さんの家なんですから」

愕然《がくぜん》とした。母が死んだ後も安沙子が秀一の面倒をみて過ごすつもりでいるとは思わなかった。夫婦の間でそんな相談をしたこともなかった。知的障がいのある長男が、次男夫婦の重荷になってはいけないと母が気を配っているというのに、それを拒絶するとは。

その後、猛然と腹が立ってきた。

「兄貴の面倒をみるなんて、そんなに簡単にいくもんか。おふくろが施設に入れると言っているんだから、その通りにしたらいいじゃないか」

あの時に、安沙子は燃えるような目で夫を見たものだ。あんな表情を彼女が浮かべるとは思っていなかった。目を逸らしたのは、弘之の方だった。あの瞬間に二人の間にピリッと入った亀裂に気づかない振りをした。だが、それはその後、どんどん大きくなって、とうとう向かい合わずにいられないほどのものになった。

秀一は、母が見つけてきた施設に入った。彼の意見を聞くことはなかった。今思えば、兄にも考えがあったはずだ。でも結局何も言わずに施設に入った。フミ枝が弘之の知らないところで言ってきかせたのだとは思うが、そこに弘之は触れることはなかった。入り込みたくなかった。それなのに、安沙子はそこに口を挟んだのだ。秀一の処遇については、身内である母と自分が決めるべきことだと思っていた。なぜ安沙子が秀一を家にとどめておきたいのか、理解できなかった。義理の兄である秀一の世話を押し付けられるのを避けたいと思うのが心情ではないか。

二人になった時に問《と》い質《ただ》してみた。

「お義兄さんは、自分の気持ちを出さない癖がついているんだわ。本当はどこにも行きたくないはずよ」

「何でお前にそんなことがわかるんだ」つい言葉を荒らげた。

「もし、そうだとしても――」安沙子が口を開く前に言葉を継いだ。「この家にずっといられても困る。僕よりもお前が困るだろ。きれいごとを言うな」

安沙子は寂しげに目を伏せた。

「きれいごと？　そうね。そうかもしれない。お義母《かあ》さんがいなくなったら、私ではお世話をしきれないかもしれないわ。でも、少なくとも私は困らない。困るのはあなたでしょう」

図星だった。母亡き後、兄と自分たち夫婦で暮らす生活が想像できなかった。いや、正直に言うと、嫌だった。成人してからは、兄とまともに口をきいたことがなかった。兄のもたもたした動作や、バカ丁寧な言葉を使う会話に嫌悪感を抱いていた。

隠しておきたい本当の気持ちを言い当てられた。安沙子は東京の山の手育ちのおっとりした性格なのに、鋭い感知力を持っていて、時折ぎょっとさせられた。だが、その時は素直にはなれなかった。

　フミ枝は、施設に足繁《あししげ》く通った。母が死んだ後は、安沙子が面会にいった。たまには家で過ごさせることもあった。そういう妻を、弘之は苦々しい気持ちで見ていた。

　だんだん妻との間での会話が少なくなった。居心地が悪かった。一人息子の一成《いっせい》は神奈川県で就職し、そこで家庭を持ったので、愛媛に来ることはまれだった。主に東京で育った一成にとっては、愛媛は馴染みのない土地だったのだ。

　松山支局での仕事の量は、本社から比べるとたいしたことがない。たいてい定時に社を出ることができた。妻と家で向かい合うのが苦痛で、弘之はみなと湯に通った。

　安沙子の方は、平然としていた。数少ない話題は、一成夫婦のことと、秀一のことだった。秀一に会いにいって、ああだった、こうだったと安沙子が報告するのが鬱陶しくて、生返事をするのが習慣になった。秀一が絵手紙を始めたことを彼女が伝えた時のことだった。

　秀一には、画才があると安沙子は言った。

「対象物をじっと見て、その本質をとらえるのがうまいわ。お義兄さんのその能力って、一成に遺伝したのかも。あの子もそういうとこ、あったでしょう。絵を描くの好きだったし」

　不快な顔をした夫に、安沙子は畳みかけた。

「ねえ、一成の『一』って、秀一の『一』から取ったの？」

　とうとう我慢ならなくなって、「違う！」と怒鳴ってしまった。

「お前は他人だから、気ままに兄貴のことが言えるんだ。一成は一成だ。兄貴に似ているわけがないだろう。あんな知能指数の低い奴と」

安沙子はきっと顔を上げて、真っすぐに夫を見た。

「でもお義兄さんは、心のきれいな人よ」

あなたより、ずっと——と続けるかと思ったが、それは言わなかった。その代わりこう言った。

「あなたには、何も見えていない。新聞記者なのに、人の心がわかってない。そんな人にいい記事なんか書けるわけがない」

あれが決定的な言葉だった。安沙子は家を出ていき、一成のそばで暮らすようになった。一成夫婦は、両親が元に戻るように何かと骨を折ったが、安沙子の決意は固かった。昔からこうと決めたら梃《てこ》でも動かない強情さを持った女だった。それはよくわかっていた。だから結局離婚に応じた。


東洋新報松山支局は、松山城の麓にある。城山公園は、歩いて五分ほどの距離だ。

弘之は、お堀にかかった橋を渡った。渡りきったところで立ち止まり、支局が入ったビルを振り返った。市中心部の一等地に建つビルの窓ガラスが、春めいた光を反射してきらりと光った。

そのまま堀に沿って歩き、ベンチの一つに腰を下ろした。木陰にあるベンチの座面は、ひんやりと冷たかった。

お堀に一羽《わ》の白鳥が浮かんでいる。淀《よど》んだ水を、白鳥の水かきが掻き混ぜる様を、弘之はぼんやりと見やった。

支局に異動した当初、よくここに来て座っていた。この年で地方局に何の肩書もなく異動するということは、明らかに都落ちだ。しかも、自分から願い出ての異動だった。社会部長は、送別会などを一切断った弘之を気味悪そうに見ていた。

最後に挨拶にいった時も、弘之とまともに目を合わそうとはしなかった。

「松山支局も大変な戦力を得て、大喜びだと思うよ。それに君が地元に帰れば、親御さんも安心だろう」

心のこもらないあの言葉に何と答えたか、よく憶えていない。もう戻ってこなくていいという裏の言葉を読み取って、歯ぎしりしたか。それとも、こんなことは何でもないと見せかけたくて淡々と挨拶をしたか。

お堀の向こうの線路を、路面電車がのろのろと通っていった。愛媛はミカンの産地だからと、安易にオレンジ色に塗られた車体が垢《あか》ぬけない。昔はもっと落ち着いて街に馴染んだ色だった気がするが、よく思い出せない。

東洋新報に就職が決まった時は、意気揚々とこの街を出ていったものだ。あの時、悦に入っていた若い自分に、その行く末はたいしたことがないんだと言ってやりたかった。尾羽《おは》打ち枯らして、またここに戻ってくることになるんだと。

遠くの支局の窓に斎藤の姿が見えた。ここに上司が座っているのを認めたかどうか。頭を掻いてまた離れていった。

弘之は、新聞社に入ってすぐに熊本支局勤務になった。そういえば、あそこも窓から城が見えた。志望通り、一流の新聞社の記者になったのだ。浮き立つ気持ちで赴任した。サツ回りなど、持ち場を回ってネタを取ることや原稿の書き方、自社や他社の記者との付き合い方、酒の飲み方まで、徹底的に仕込まれた。弘之は夢中だった。

時々本社勤務の辞令をもらった。生活情報部やスポーツ部の記者として働いた。安沙子と結婚したのは東京での勤務期間中だった。先輩記者から紹介されて、一年ほど付き合った後に結婚した。東京育ちの安沙子だったが、どこへ行ってもその地の生活を楽しんだ。息子の一成が生まれたが、子育ては安沙子にまかせっきりだった。

金沢支局時代、県議会議員の収賄事件をスクープして、編集局長賞をもらった。その手柄を引っ提げて、本社政治部に戻った。弘之の取材力を買われてのことだった。入社後十四年が経っていた。

本社で実績を残そうと必死で働いた。政治部、校閲部、メディア戦略部、どこに配属されても手を抜かなかった。田舎から出てきて、上を目指すにはそうするしかないと一途《いちず》に思い込んでいたし、仕事はどれも面白かった。とにかく仕事中心の生活だった。

政治部にいる時は、官邸記者クラブに詰めていた。政治に大きな動きがあれば、夜中の二時に帰宅して、翌朝五時に自宅を出るという生活だった。

だから一成がどんなふうに育ったのか、弘之には記憶がないのだった。面と向かって妻と話すことすらまれだった。それでも安沙子は文句ひとつ言わなかった。一成もいつの間にか大きくなった。彼は小学校四年生の時から野球を始めたが、弘之は一度も試合を見にいったことがなかった。休みが取れても、一日中家で寝ていた。

一度青森支局の支局次長として赴任したが、青森には単身赴任した。一成は高校生になっていて、野球に没頭していた。その頃に、愛媛にいる父親が脳梗塞を起こして介護が必要になった。兄の秀一の世話もある母親を助けるために、安沙子は頻繁に愛媛に通った。弘之は、安沙子からの電話で様子を知るだけだった。それが当たり前だと思っていた。

青森支局には二年いて、また本社に戻った。今度は社会部に配属になった。

「花の社会部、花の捜査一課担当」と言われ、そこに行きつくのが新聞記者の誉れのように言われていた。捜査一課が担当する事件は殺人、強盗、放火、強姦《ごうかん》、誘拐といった強行犯罪で、ニュースバリューも格段に大きかった。

ベテラン記者になった弘之は、念願の社会部での仕事に期待を膨らませていた。社会部こそが新聞社の真髄だと思っていたし、実際にそうだった。今まで積んだ実績から、キャップにも据えられた。だがすぐに、社会部という百人近い記者を抱える組織は、異様な秩序で治められているということに気がついた。

まず目についたのは、管理職であるデスクや次長、部長らと部下の記者との乖離《かいり》だった。記者には、現場で働き続けることを望んで、専門職記者としての肩書だけに固執する「記者コース」と、取材に出ることのないデスクなどから社会部次長、社会部長、さらには新聞編集部門のトップである編集局長へと上りつめる言わば「管理職コース」がある。

この管理職たちが部下の記者を統率しているのだが、彼らの頭の中は、旧態依然としたままだった。たぶんあの管理職たちは、凄絶な記者時代を過ごしてきて、それに打ち勝ってきた人々だったのだろう。「夜討ち朝駆け」という名の下、担当刑事の家に押しかけて情報を取り、上から怒鳴りつけられて記者として一人前になった。そうやって上りつめてきたから、自分たちが新聞社の屋台骨なのだという尊大過ぎるプライドもあった。

翻って若手の記者は、昨今の傾向で、効率を重視し、仕事は仕事と割り切り、プライベートを充実させることの方に重きを置くようになっている。つまらない精神論を口にして、改革や工夫を嫌って実績だけを重んじる管理職たちからは距離を置いていた。記者コースに身を投じてきた弘之と同年代の記者たちは、黙々と仕事をこなすのみだった。彼らがいるおかげで東洋新報社会部はなんとか機能しているのだった。だが、東洋新報としての特色は失われ、どこの新聞が書いても同じというような紙面が出来上がっていった。

当然のように弘之は、百人ほどの記者の中での中堅に位置付けられた。支局回りから社会部記者に取りたてられた弘之は、そこだけを有難がっておとなしくその中に納まるべきだった。だが、彼はそうしなかった。書いた原稿を突き返されて、デスクとはよく衝突した。社会部記者にやっとなれたという高揚感と、経験を生かして他の記者とは違う視点の記事を書きたいという意欲とに溢れていた。

無謀なことに、この硬直した組織をどうにかしなければならないとまで思った。若い記者の意識を変えようと、小さなネタでも率先して追った。警視庁だけでなく、所轄署も回った。丁寧に取材すれば、何かしらの情報を提供してもらえる。そうして拾ったものから面白い記事ができることもある。派手な事件、大きな事件だけがいい記事になるとは限らないと教えた。そういうノウハウは、支局を渡り歩くうちに身に着けていた。若手にもどんどん原稿を書かせた。

その原稿をデスクは通さなかった。弘之はその理由を質した。彼の目には、変わった視点からのいい原稿に映った。

「まったくなってない。こんな記事を載せるわけにはいかん。うちにはうちの書き方がある」

「その書き方とはどういうものでしょう」

デスクは口をへの字に曲げてそっぽを向いた。無能な奴だ、と思った。ただ変化を恐れているだけなのだ。取材力も筆力も自分の方が上だという自信があった。

目立つ動きをする弘之は、常に目の敵《かたき》のように扱われた。次長にもよく説教された。管理職と話すたびに、失望した。意欲も覇気もない男たちだった。あるのは手にしている権力の座を守り抜きたいという卑しい欲だけだった。

「我々の最大の使命は、国民誰もが持ち得る『知る権利』に奉仕することだ」などとかび臭いことを恥ずかしげもなく口にした。

いつまで経っても一課担当にはしてもらえなかった。それでも弘之は、地道に社会部記者として働いた。自分の能力を認めない組織で生き抜いて、いずれは変えてやりたいと思うようになった。いつの間にか、管理職を目指すようになった。そうするしか自分を疎んじる奴らを見返す術《すべ》はないと思った。

四年間、虐げられた地位に甘んじた結果、念願かなって一課担当になった。ここで実績を残せば、上に行ける。思い通りに組織改革ができる。周囲からも羨望の目で見られる。それだけを目標にがむしゃらに働いた。彼に賛同してついてきた記者たちをびしびししごいた。ネタが取れないと、部下を怒鳴りつけた。

事件を追っていても、スクープとして他社に抜かれる恐れが頭の中を占めていた。警視庁の記者クラブには常に張り付いていた。その頃には百人近くいる社会部記者の中では、自分が抜きん出ているという自信があったし、実際誰よりも働いていた。あの頃、東洋の宮武といえば、記者クラブでは一目置かれる存在だった。切れ者、特ダネ屋と呼ばれていた。賞賛だけではなく、皮肉や妬みが多分に含まれているのを知っていたが、気にならなかった。

常に胃がしくしくと痛んでいた。胃潰瘍だった。病院に行く暇がなく、医務室でもらった薬を服用してごまかしていた。

そうしながらも弘之の目は、デスクをとらえていた。当時は社会部次長がデスクを兼ねていた。社会面はデスクが作ると言っても過言ではなかった。そのポジションに座れば、社会部長へと道が開ける。その先にある編集局次長、編集局長も夢ではなくなる。編集局の権力ピラミッドを上りつめるのだ。弘之の上昇志向はどんどん増長した。その資格が自分にはある。浅薄で固陋《ころう》な今の上司たちに取って代わることができれば、組織は生き返るのだ。

激務に耐えて自分を鞭《むち》打《う》った。部下にも厳しく当たった。

父がもう一回脳梗塞の発作に襲われて死んだのはそんな時で、葬儀の段取りから何から、安沙子が仕切った。悲しみにくれるだけの秀一や、茫然自失《ぼうぜんじしつ》している母は、弘之よりも安沙子を頼った。弘之は、葬儀のために帰郷したが、二泊したきりで東京にとんぼ返りしたのだった。

その数年後、弘之は大きな分岐点を迎えた。

デスクが異動になるという確かな情報が流れた。デスクの席は、それまでに何度か空いた。しかしそのポジションは、弘之の頭の上を素通りしていった。今回は宮武弘之だろうというのが、大方の予想だった。だが、そこに密《ひそ》かな動きが生まれた。社会部の別のベテラン記者をデスクに推す力があった。それも若手が中心の流れだった。なぜだか理解できなかった。彼らのために自分は骨を折ってきたし、向こうもそれをわかっていると思っていた。

弘之の対抗馬として挙げられた男は笠崎《かさざき》という物静かな男だった。人事に関して何かと取り沙汰されている時に、部長を通り越して、編集局長が弘之を呼んだ。

「君には人望がない」編集局長はずばりとそう言った。「一記者として優れていても、人をまとめる力がなければ上には立てない」

不満を露わにした目で上司を見詰めていたのだろう。

「君は少し考えを改めるべきだな。謙虚に事実そのものを見る姿勢が必要だ」

そんな基本中の基本を今言われる理由がわからなかった。

デスクの席には、笠崎が座ることになった。

その人事が伝わった時、大所帯の社会部記者の間に、ほっとした空気が流れたのを、弘之は感じた。編集局長に言われるまでもなく、自分は事実を見詰め、そこにある真実を報道するという立場にあると自覚していた。そしてそれを一番うまく実行できるのは自分だと思っていた。実はそう思った途端、報道人としての謙虚さや純粋さを失っているのだ。

新聞記者を目指した時に確かに持っていたそれらは、いつの間にか慢心と自尊にとって代わられていた。そしてそれを実現するために、権力に固執するようになっていた。かつて自分が侮蔑の目でみていた上司たちと同じになっていたのに気づかないでいた。若手も同僚も、弘之から離反していたのに、周囲が見えていなかった。

打ちのめされた。

あれほど自信たっぷりだった弘之が萎靡《いび》してしまった理由を、周囲は昇進できなかったせいだろうととらえていた。それを否定する気力さえ、もう弘之には残っていなかった。自分には、社会部にいる資格も意義もないと思った。目的を失《な》くし、労働意欲さえ失った。

自分から異動を申し出た。

そして今は、故郷の支局で新人記者の守りをしているというわけだ。教育とか指導とかいうものではない。そんなものを懇切丁寧にするつもりはなかった。警察担当にはなったが、本社社会部の一課担当とは雲泥の差があった。

斎藤は、いつか本社社会部へ配属される機会に恵まれるだろうか。そうした時、かつて松山支局で警察回りをしたことを思い出すことがあるかもしれない。そしてふっと笑うのだ。ぬるい支局の業務とたいして役に立たなかった上司のことを。


「お父ちゃん、お客さん！」

寿々恵がドアを開いて怒鳴った。弘之、邦明、富夫、吾郎の四人は、揃って頭を回らせてドアから首を突き出した寿々恵を見た。

瀬戸内銀行からの融資がだめになり、邦明はもう一つの愛媛の主力銀行に融資の申し込みをしたが、うまくいかなかった。弱りきった邦明は、弘之にまた相談を持ち掛けてきた。相談場所は、例によってみなと湯の釜場だ。

吾郎が毎日火を入れる薪釜は、時々調子が悪くなり、客から湯がぬるいと文句を言われることがあった。

「誰？」

「瀬戸内銀行の人。そっちに回ってもらおか?」

寿々恵は、番台に戻りたくて大声を出す。瀬戸内銀行という名前を聞いて、四人は顔を見合わせた。邦明の表情に、期待と訝《いぶか》しさが半々に浮かんでいた。ちらりと弘之に視線を投げかけてきたのに、弘之は小さく頷《うなず》いてみせた。

「そやな。こっちへ来てもらうように言うてくれ」

邦明の返事に、寿々恵はバンッとドアを閉めた。

「いや、やっぱり家の中の方がよかったろか?」

腰を上げかけた邦明に、富夫が「今頃、何の用じゃろか。瀬戸内銀行が」と不審感を露わにした声で言った。吾郎は不安そうに目をキョロキョロさせるのみだ。

すぐに路地を入ってくる足音が聞こえた。

釜場の入り口に姿を現した人物を見て、四人ともが口を半開きにした。

そこに立っていたのは、若い女性だった。瀬戸内銀行の制服も着ていない私服の女性。

「あ、あんた、融資の窓口の——」

気を取り直した邦明が言った。

「友永礼美《ともながれみ》です」

彼女は頭を下げた。

「ゆ、融資の話かいな。あんたも融資の係やもんな」

どうにも腑《ふ》に落ちないという態《てい》の邦明が問うた。

「いえ、違います。今日は土曜日で銀行はお休みなので」

「ほうか……」

まったく理解できないというふうに、邦明は小さく首を振った。

「あの――」礼美はぐっと唾を呑み込んだ。そういえば、ここへ現れた時から、ひどく緊張しているようだった。弘之は、瀬戸内銀行の融資窓口の女性行員を観察した。

「丸岡さんのことで来ました」

四人ともが息を呑んだ。奥の薪釜がゴオォォォッという音を出したのが、やけに大きく聞こえた。

礼美は一歩前に踏み出した。

「私、丸岡さんと付き合っていたんです。結婚の約束もした間柄でした」

「それは――また」

富夫が間の抜けた声を出す。礼美は上気した顔で四人を見回した。

「丸岡さんが死んだのは、事故でも自殺でもありません。彼は殺されたんです」

また薪釜の中で炎がひときわ大きく燃え上がり、地鳴りのような音がした。

誰も口を開かなかった。

第二章　春を刻む

にわかには信じられない話だった。邦明は、すぐに礼美を家の中に招じ入れた。込み入った話になりそうだった。富夫はちょっとだけ、店番を放り出してきた天狗堂のことを思った。多栄はパートに出かけている。勢三は部屋でごそごそしていたが、声をかけてこなかったから、店が空だとは思わないだろう。しかし、ここで帰るわけにはいかない。なにせ、一ヵ月前に川で溺れ死んだ丸岡が、殺されたなどという物騒なことになってきたのだから。富夫は腹を決めた。

他の三人と礼美にくっついて邦明の家に入った。富夫も馴染みの、一応応接間と称する板敷きの洋間だ。くたびれたソファの上に散らかった新聞や洋服や空き缶などを邦明が急いでどけた。吾郎は座るところがなかったので、丸椅子を持ってきた。

「あ、お茶を――」と腰を浮かしかけた邦明を、礼美が制した。

「私、ここに来ようかどうか、すごく迷ったんです」

色白の顔に薄化粧をほどこした礼美は、頬を紅潮させて目の前の三人掛けのソファに座った邦明と弘之と富夫を見詰めた。その後ろには、落ち着かない様子の吾郎が控えていた。

「でも、将磨さんがちゃんと仕事をしてたってことを知ってもらいたくて。彼は銀行員としての良心に照らし合わせて真面目に仕事をしたんです。でもそれがあだになって殺されたんです」

邦明と富夫は顔を見合わせた。いったいどういうことだろう。真面目に仕事をしたばっかりに殺された？　富夫の頭では理解できなかった。弘之は膝に手を置いて真っすぐに礼美を見詰めている。その表情からは何も読み取れなかった。

「そやけど、あんた、丸岡さんは、うちが申し込んだ融資の話、いっちょも進めてくれんかったやないか。それでわしは今難儀しとんじゃ」邦明が強い口調で言った。「申し込んだんは去年の十一月のことや。あの頃、なんべんも銀行へ行ったんやけん、あんたも知っとるやろ。融資の窓口に座って応対してくれたやろうが」

「そうです。だから私、ここへ来たんです。みなと湯さんへの融資の手続きは、彼、滞りなくやってました」

「そんなバカなことあるか。融資課長さんと話したら、丸岡さんは、稟議書も書いてくれてなかったたっちゅうことやった」

「違います。書きました。そんで、ちゃんと末広課長に提出したんです」

「は？」邦明は目を剝いた。「それなら――」

「あれは、上の判断で握り潰されたんやと私は思います」

興奮して伊予弁が混じるようになった礼美は、テーブルの上に身を乗り出した。

「それはどういうことだろう。きちんと説明してくれるかな？」

初めて弘之が口を開いた。富夫はそっと息を吐いた。ここは冷静な新聞記者にまかせるのが一番だ。富夫も混乱していた。融資を断られた当事者の邦明も同様だろう。

礼美はソファに座ったまま背筋をピンと伸ばした。そして気持ちを落ち着けるように深呼吸をすると、おもむろに語りだした。

邦明が提出した書類は、きちんとしていた。みなと湯は昔ほどには客の入りがよくなく、儲けはあまり出ていないが、借入金もないし、まずまず健全な経営を続けている。後継者の予定もある。返済計画も問題はない。融資係の丸岡の裁量で書いた稟議書で、すんなり通る案件だった。丸岡は、まず融資課長に報告をした。その時に「マメ稟」というものを提出した。マメ稟とは、正式な稟議書を書く前の根回し的な協議書のようなもので、案件を上司と共有し、取り上げげの可否の伺いを立てる書類だという。

「それを末広課長は見たはずなんです。その時は色よい返事はもらえませんでした。支店長決裁でいくということで、支店長まで話はいったはずやのに、全然答えが来ないので将磨さんは苛立《いらだ》っていました。早くみなと湯さんに融資をしてあげたくて一生懸命だったんです。課長を何度もせっつきました。それは私もそばで見ていましたから」

すると末広は何かと難癖をつけて、この融資は通せないと言ってきたらしい。なぜ担保を取らないのかとか、丸岡が書類を見て勝手に判断したことが間違いだとか、丸岡のやり方を否定するのだ。それならと、支店長や課長の言う通りの方向でことを進めようとしても、首を縦に振らない。とにかくこれは通せないとの一点張りだったそうだ。

そこまで聞いて、邦明は腕組みをして「うーん」と唸《うな》った。邦明もその頃、丸岡のところへ行っては首尾を問い質していた。丸岡は苦しい言い訳を繰り返していたと聞いた。それは自分がした仕事を、意味もなく上から潰されることへの苦悶《くもん》だったのか。それをこの窓口業務の女性は見ていたのか。恋人の丸岡が悩み苦しむ様子を見て、心を痛めていたということか。

「末広課長は以前から将磨さんに厳しく当たっていたんです」

目先がきいて、客からも好かれる丸岡が気に入らない様子で、何かと邪険に接してくる。丸岡の年齢で、あれほど仕事ができれば、主任に昇進してもよさそうなものなのに、それを阻んでいるようだった。

「ほんと、嫌な奴なんです」礼美は語気を強めた。「わざとそういう嫌がらせをするんです。男の嫉妬というか、幼稚な妬みというか……」

富夫が郵便局に勤めていた時も、たまにそういう上司に出くわした。銀行という大きな組織においても、部下をねちねちと虐《いじ》めて喜ぶ陰険な奴がいるということだ。そういう奴に限って上には媚《こ》びへつらうものだ。弘之も小さく頷いたから、心当たりがあるのだろう。

「それで、なぜ君は丸岡さんが殺されたと思うわけ？」

弘之が問うた。そうだ。それが聞きたかったのだ。丸岡の死が殺人だなんて、あまりにも突拍子もなさ過ぎる。この子は——富夫は正面に座った小柄な女性をじっくりと見た。ふっくらした丸顔なのに、体が頼りなげに痩せているのは、恋人を喪《うしな》ったせいだろうか。ぴっしりと切り揃えた前髪の下から覗く目には、異様な光が宿っているような気がする。この子は恋人に死なれて妄想に取りつかれたのではないか。

一度目を伏せた後、礼美はきっと顔を上げた。

「将磨さんは、支店長の命令で、別の稟議書を書かされていました。松山西部《せいぶ》病院の改築への融資の。末広課長も支店長と一緒になって、それを先に片付けないと、将磨さんが肩入れしているみなと湯さんへの稟議書は通さないと、そう言われて」

「西部病院？　あ、あの海のそばの？」

富夫もよく知っている海岸沿いにある病院だった。松山では名の知れた総合病院で、かかりつけ医で検査が必要になった時は、たいていそこに紹介状を書いてもらうのだった。松山だけでなく、愛媛県民からの信頼が厚い病院だ。

「なんや、それ」とうとう我慢できずに邦明が口を挟んだ。「うちの融資をそんなこととの引き換えに使われたんか」

「なら、さっさと病院の方の稟議書を書いてしまったらよかったんじゃないか。丸岡さんが優秀な銀行員なら、それぐらい簡単じゃないのかな」

弘之は、いきり立つ邦明を目で制して言った。しごくまともな疑問だと富夫も思った。病院の融資とみなと湯の融資とを天秤《てんびん》にかけられたのではたまらない。病院の改築なら、相当の額が必要だろう。

額が大きいだけではないと礼美は言った。病院との打ち合わせに時間と労力がかかる。資金計画、業者の見積もり、収支計画などの段階から、銀行が絡んでいく。三ツ浦支店でも、格段に大きな案件だから、本当なら融資課長の末広が担当になってもおかしくないのに、わざと面倒な仕事を丸岡に押し付けたようだ。

「将磨さんは、黙って言われた仕事に取りかかりました。だけど、病院の融資には、どうも納得できない点があるみたいで。彼は何かに勘付いたんです。それで自分で調べたり、増尾《ましお》支店長や末広課長に問い質したりして――」

ますます疑念を募らせていったようだと礼美は言った。

「詳細は私には教えてもらえませんでした。まだ確信がないと言って。でもそうこうしているうちに、彼は死んでしまった。あれは殺されたんです。口留めするために。あの人、知ってはいけないことを知ってしまったんだわ」

弘之を始め、誰も口をきかなかった。あまりにも話が飛躍し過ぎる。

「なぜ君はその話を僕らのところへ持ってきたんだ?」しばらく考え込んだ後、弘之が口を開いた。「丸岡さんが殺されたと思うんなら、警察に訴えたらいいんじゃないか?」

もっともだ。邦明と富夫は、小刻みに首を縦に振った。一瞬遅れて吾郎も同じようにした。

「それは――」

礼美は唇を噛んだ。

「証拠がないんです。増尾支店長も末広課長も、将磨さんが死んだ後、言い合わせたようにぴったりと口を閉ざしているし」

語気を強めた礼美は、向かい合った四人の男たちをさっと見渡した。

「将磨さんは、絶対にみなと湯さんの融資を通したいと思っていたはずなんです。なのに、支店長と融資課長の命令で、西部病院の案件にかかわるようになった。あれがなければ、みなと湯さんへの融資はすんなり通っていたと思います。あの病院への融資には何か裏があるんです。他の融資を反故《ほご》にしてしまうほどの何かが。いえ、もしかしたら松山西部病院自体に――」

「先走り過ぎだ。君は――」

弘之が口を挟みかけたのを、礼美は無視した。

「私がそう思うのには、ちゃんとした理由があります」

ある日、いきなり本店融資部担当役員が三ツ浦支店に乗り込んできたという。ちょうど丸岡が外に出ている時だった。本店の融資担当役員が病院理事長から直接受けて、三ツ浦支店に持ち込んだのだと礼美は悟った。松山西部病院は、三ツ浦支店と直接に取引をしているから、担当は三ツ浦支店ということになる。それが支店長、融資課長と下ろされて、実際に稟議書を担当したのは丸岡という流れだ。融資に必要な決算資料などは、支店の担当者が取引先から申し受けてきて目を通し、稟議書にまとめて本店融資部へ送付するということになっていた。

松山西部病院が提出してきた書類には、どこか不審を抱く点があったのだ。真面目な丸岡は、そこを看過することができなかった。上司に問い質しても、満足な答えは得られない。そこで独自に調べてみた。その過程で、彼はある確信を抱く。この融資はおかしいと。それで稟議書の提出は大幅に遅れていた。その具体的なことは恋人にも告げなかった。

しかし融資の窓口業務に携わる礼美は、融資における稟議の流れや審査で注目すべきポイントを、ある程度理解していた。融資金の四十一億円に対して、設計事務所に支払う設計料が多過ぎた。途中で見積もりの増額があったりして、正当な設計料を提案しているとは言い難《がた》い。監理料などという不透明なものを含めて五億円ほどの使途不明金があるようだとは気がついていた。

来た時から険しい形相だった役員は、応接室で支店長と相対すると、凄い剣幕で怒鳴りつけていたと礼美は言った。途中で説明のために、末広課長も呼び込まれたが、入っていく時は、青い顔をしていたという。

礼美は応接室に続く廊下の入り口にあるコピー機で、コピーを取る振りをしていた。すると押し殺した役員の声が少しだけ聞き取れた。

「黙って言われたことだけをすればいいんだ」

「松山西部病院は、本店融資部稟議先だとわかっているのか」

「有馬《ありま》先生から頭取にもよろしく頼むと声かけがあったのだ」

「なぜあいつに担当させた」

「うるさく嗅ぎ回るような真似《まね》をしやがって」

そんな役員に、増尾支店長と末広課長は、ひたすら頭を下げている様子だった。いつまでもコピー機の前にいるわけにもいかず、最後までは聞けなかったと礼美は言った。それからため息混じりに説明した。本店融資部から下りてくる融資案件は、たいていは決定事項のような暗黙の了解がある。だから、それに合わせてさっさと仕事をしろと言いたかったのだろうと。

「みなと湯さんの案件に早く取りかかりたいと、将磨さんも急いで済ませてしまいたかったと思うんです。だけど、病院の融資額は四十一億と大きいし、いい加減なことはできなかったんです」

そういう人なんです、と礼美は寂しく微笑《ほほえ》んだ。

「本店の役員さんが帰っていった後、支店長と課長は将磨さんを外から呼び戻して、長い間説教をしていました」

「本店のその融資担当役員は、なんて人？」

「常務です。味岡《あじおか》常務」

弘之は、名前を頭に刻みつけるように口の中で小さく反復した。

「丸岡さんは、それを聞いて態度を改めた？」

「たぶん、そうするべきだったんでしょうね。でも彼、ますます疑念を募らせたみたいで」

恋人を励ますために、礼美は彼に言ったという。

「松山西部病院には何かがあるんじゃないの？　あなたがそう感じたのなら、徹底的に調べたらいいと思う。私も応援するから」

礼美はそこまで言うと、一度ぎゅっと目を閉じた。

「あんなこと、言うべきではありませんでした。私のせいで将磨さんは、余計なことを調べようとして、それで殺されたんです。だっておかしいでしょう？　ただ歩いていただけで、橋の上から川に転落するなんて。警察は事故だって決めつけたけど、私はそうは思いません。絶対に彼の死には、不正融資が関係しています。西部病院には何かがあるんです」

そこまで激して言い募ったかと思うと、礼美は急に弱々しい声を出した。

「私が将磨さんを殺したようなものなんです」

吾郎は富夫の顔をそっと見て、居心地が悪そうに身じろぎした。礼美は自分を励ますように声を振り絞った。

「悔しいんです、私。真面目に仕事に取り組んでいた将磨さんが殺されてしまったかと思うと、いても立ってもいられなくて」

「おう！」

いきなり邦明が立ち上がった。その反動で、ソファの両隣に座っていた弘之と富夫の体が傾いた。

「そういうことか！　許せんな！　大きな病院のためにうちの融資が潰されたっちゅうんも許せんが、そのために丸岡さんが殺されたとは」

富夫は呆れて幼馴染を見上げた。この男は軽薄で短絡的で、すぐに頭に血が上る。長い付き合いの富夫には、次のセリフも予想できた。邦明は唾を飛ばさんばかりに咆《ほ》えた。

「よっしゃ！　わかった。わしが乗り込んでいってその支店長と融資課長に談判して――」

富夫はとうとう我慢できなくなって、邦明の袖を引いた。

「クニ、そんなことしたら、この人の立場がなかろうが。へたしたらこの人も――」

富夫ははっとして言葉を呑み込んだ。この人も殺される？　まさか。

威勢のいい邦明とは逆に、礼美はうなだれて小さくなっている。

「富夫さんの言う通りだ」弘之がおもむろに口を開いた。そして、肩を落としている礼美に静かに問いかけた。「君はどうしたいんだ？」

礼美はさっと顔を上げた。

「私は――」頰に一粒流れてきた涙を乱暴に手の甲で拭う。「私は本当のことが知りたいんです。いったい何があったのか。なぜ将磨さんの命が奪われたのか。私一人の力ではどうにもなりません」

「そうか！　わかった！」

一度腰を下ろしていた邦明がまた立ち上がった。ぽかんと口を開いた吾郎が、邦明と弘之の顔を交互に見た。

「わしらがあんたの味方になっちゃるけんな！」

邦明は息巻いた。弘之が何かを言いかけたが、その言葉が出る前に、礼美は頭を下げた。

「ありがとうございます。心強いです。ここへ来て本当によかったです。将磨さんがどうしてもやり遂げたかったみなと湯さんの融資のことをふと思い出して来たんですけれど」

「どんなことがあったか知らんが、何もかも暴き出してやる！　なあ、宮さん」

邦明はすっかりその気になっている。その弘之を指して礼美にまくし立てた。

「この人は東洋新報の記者さんやけんな。こういうことは得意なんじゃ。きっとうまいことい く。大丈夫や」

この自信はどこから来るのか。いつでも邦明はこうなのだ。正義の味方にでもなった気でいるのか。

「そううまいこといかんやろ」

ぼそりと呟いた富夫を、邦明はじろりと見下ろした。

「富夫、そんな肝のこんまいことでどうすりゃ！」

富夫は助けを求めるように、弘之に視線を投げたが、彼は難しい顔をして黙り込んでしまった。

吾郎にいたっては、よく事情が呑み込めないのか、呆《ほう》けた顔で礼美の顔を見詰めるのみだ。

「お父ちゃん、ゴローさんはそこにおるんかね？　湯がぬるいてお客さんが文句言いよるよ！」

窓の外から寿々恵の声が響いてきたが、誰もそちらに注意を向けなかった。

松山西部病院は、三ツ浦町から海岸線をたどっていったところに建つ病院だ。病床は四百三十床で、診療科も多い。難病医療協力病院に指定されていて、いくつかの指定難病の治療研究において国から予算が下りているようだ。その方面の実績もあって、県内でも有数の大病院といえるだろう。瀬戸内銀行三ツ浦支店の管内になる。

弘之はパソコンの前で腕組みをした。支局内は、記者が皆出払って閑散としている。

松山西部病院のホームページを表示したディスプレイには、空撮された白い建物が映し出されていた。五棟に分かれた建物は立派に見えるが、そのうちの古い一棟を取り壊して建て直す計画があるらしい。昔から海のそばに建っていたから、老朽化した部分もあるのだろう。

みなと湯を訪ねてきた友永礼美は、思い詰めた様子だった。恋人の丸岡は殺されたのだと訴えた。それを全面的に信じたわけではない。だが、興味をそそられたことは確かだ。彼女が言うように、証拠は何もない。もしかしたら、礼美の思い過ごしかもしれない。恋人の死で精神的に参ってしまい、都合のいい話を自分の中で作り上げてしまったということもある。

だが——腕組みをしたまま、弘之は回転椅子の背に体重をかけた。古びた椅子がギギギッと嫌な音をたてた。だが、記者としての勘が、何かあると伝えていた。もうすっかり錆びついたと思っていた新聞記者の勘と意気込みがまだ自分の中にあるのも驚きだった。

松山西部病院への融資額は四十一億円。あれほどの病院の一部を建て直すのだから妥当な金額ではある。この融資の話は、本店から下りてきたのだと礼美は言った。これほどの大口融資だと、まず本店に持ち込まれるのが常道らしい。四十一億円という金額は、各支店に割り当てられた融資の裁量範囲を超えている。

支局のドアが開いて斎藤が顔を覗かせた。もう一人部屋に残っていたデスクが顔を上げたが、またパソコンに視線を落とした。斎藤は、部屋を横切ってきて弘之の隣の席に座った。

「どうだった？」

斎藤に、松山西部病院の事務長に話を聞きにいかせた。地元を支える基幹病院としての取材と称して申し込んだので、向こうも喜んで受けた。

「松山西部病院の南棟を建て直し、立体駐車場を新設するという計画があるのは本当でした」

斎藤はジャケットの内ポケットからごそごそと手帖を取り出した。

「それ以上は突っ込まなかっただろうな？」

「はい、そこはさらっと」

資金の流れに関してしつこく訊くということは、今は避けなければならない。そのことは斎藤には念を押してあった。自分たちの真の狙いを知られたくなかった。融資に関することは礼美が訴えるだけで、まだ疑惑ですらない。ただ松山西部病院の輪郭を知っておこうと思ったのだ。

斎藤は、手帖に時折視線を落としながら説明した。弘之がネットで調べた情報をなぞるものだった。

　松山西部病院は、一九五七年に松山で開業した。望月要《もちづきかなめ》医師が院長を務めていて、当時は望月病院という名前だった。当初は内科と整形外科、それと産婦人科しかなかったが、徐々に診療科を増やしていった。周辺の土地も買収して、大病院となった。それに従い、病棟も増えた。一九七一年に医療法人となった。その時に、松山西部病院と改名した。今回建て替えるのは、開業当初からある南棟だという。新しい南棟には小児科が入る計画らしい。

「松山西部病院の名が全国に知られているのは、患者の数が少ない難病の治療に向き合っているからだそうです。初代院長の息子の望月亘《わたる》医師が、優れた小児科医で、彼が小児の難病治療に取り組んだという経緯があって」

　望月亘医師は、後進の指導にも力を入れていたので、彼が引退した後も、松山西部病院はいくつかの難病治療に秀でた病院として知られている。望月医師の後を継ぐ腕のいい医師もいるし、治療を受けようと患者も集まってくるのだという。

　しかし望月亘医師が引退した後は、松山西部病院からは望月家の系統は消え去った。医療法人となった今は、理事長の坂上象二郎《さかがみしょうじろう》が代表として業務を総理している。

「大きくて立派な病院でしたねえ。この辺は寂れているけど、病院の周辺は活気がありましたよ。道路も広いし」斎藤は、声のトーンを上げた。

　十五年ほど前に、市内から松山西部病院に向けて幹線道路が抜けた。それで三ツ浦町も交通の便がよくなったのだと邦明たちから聞いた。

「事務長さん、東洋新報が記事にしてくれるっていうんで張り切ってました」

自慢の小児科病棟も見学させてくれたし、立体駐車場が建つ場所も案内してくれたそうだ。その時に隣接した土地を指して、あそこに人工透析専門の棟を建てる計画もあると事務長は説明した。最後に院長とも会ってきたと斎藤は言った。

弘之は、斎藤が撮ってきた写真を、カメラやスマホのディスプレイで見てみた。建て直すという南棟の外観はそう古く感じられなかったが、拡大すると外壁はくすんでいて、ひび割れが目立った。今は別の棟にある小児科病棟は、明るくて居心地がよさそうだった。プレイルームで遊ぶ子らの写真もあった。点滴を付けたままの子もいるし、車椅子に乗った子もいた。院内学級もあって、病気のため学校に通えない子らが勉強できるようにもなっている。

小児科診療に特に力を入れているのだということが如実に伝わってきた。写真に収まった松《まつ》方《かた》院長は、柔和な感じの医師だった。彼は内科医だということだ。

「じゃあ、記事、書いてみろ」

「あ、はい」

斎藤は自信なげに頷いたが、そのまま立って自席に戻った。

松山西部病院は地元に密着し、なおかつ全国から患者が頼って来る優れた病院ということだ。経営も順調なのだろう。問題は、改築工事に関する金の動きだ。これは事務長や雇われ院長にはかかわれない領域だ。

攻めるなら理事長だな、と弘之は心の中で呟いた。

恋人がたまにそうしていたように、礼美もみなと湯に入浴しに来るようになった。入浴後は、番台の前で邦明と話して帰ると言っていた。

彼女は恋人の死の真相を知りたいがために、銀行内を密かに探っているのだった。知り得た内部の詳細を邦明が聞いて、後で弘之にも伝えてくれた。

西部病院の融資案件は末広が引き継いで、迅速に進めた。まずは見積もり、資金計画、今後の収益の見通しなどを事前協議書としてまとめて本店に送付する。それを頭取を含めた役員たちが承認し、正式な稟議書作成となるという。一度承認の下りたものだから、そこまでくれば稟議はすんなりと通るのだ。

事前協議書も稟議書も未完成とはいえ、その大半は丸岡が作成し終えていたので、仕上げるだけなら、何の造作もなかった。つまり、本店役員から下りてきた融資案件には、黙従すればいいということだ。

礼美にすっかり同情し、肩入れしている邦明は、寿々恵も入れて親身に話をしたという。丸岡将磨と友永礼美が付き合っていたことは、支店内の誰も知らないらしい。銀行内の恋愛が禁止というわけではないが、同じ部署で働いているので、お互い、黙っていようと決めていたという。

寿々恵は、恋人を亡くした礼美の身の回りを気にしていた。強がっているが、どこか寂しげで脆《もろ》い気がするのだと。それとなく寿々恵が話を持っていき、礼美の生活について問うた。すると、彼女は、言葉少なに弟と二人暮らしなのだと打ち明けたそうだ。両親は離婚していて、母親が二人を引き取って育てたのだが、母は三年ほど前に交通事故で死んだ。礼美の薄幸の身の上を聞いて、邦明夫婦はさらに情にほだされた様子だった。

礼美が銀行内のことを外に漏らしていることは、彼女の立場を危うくするのではないかと寿々恵が心配すると、礼美は「いいんです。どうせ私は瀬戸内銀行を辞める気ですから」とぴしりと言い返したらしい。

丸岡の死の原因を突き止めること、それにかかわった人物にそれ相応の罰を負わせることが、彼女の頭の中を占めているのだろう。それを伝え聞いた弘之は、若い女性がそこまで思い詰め、みなと湯までやってきて加勢を頼んだことに暗澹《あんたん》たる思いを抱いた。

しかし、今は自分にできることに集中するしかない。礼美に心動かされたというよりは、新聞記者としての本能のようなものに突き動かされていた。

ターゲットははっきりしていた。

松山西部病院は、理事長の坂上象二郎。それと彼が融資の話を持ち込んだ瀬戸内銀行本店の融資担当役員、味岡久徳《ひさのり》。二人の顔写真もそれぞれのホームページで確認できた。

坂上はでっぷりと肥え、頬の肉も重々しく垂れた、だが血色のいい七十年配。味岡は銀縁の眼鏡をかけ、黒々とした髪の毛を整髪料で撫でつけた細面だった。眼鏡の奥の目を細めた様子は、やや神経質そうでもある。年齢は五十八歳とあった。

坂上は、西部病院の数人の理事の内の一人だったが、二年前に前理事長の任期が満了になると、理事長の地位についたようだ。そのタイミングで病院建て替えの計画が浮上した。新任の理事長にとっては大仕事である。逆に考えれば、彼が建て替え案件を提案したとも取れる。どちらなのか、会ってみればある程度の感触は得られると思った。

斎藤に命じて、坂上へ取材を申し込ませた。松山西部病院が新しく生まれ変わるに当たり、地元への医療貢献や将来への展望などを聞きたいという理由を告げた。この前、斎藤は事務長と会っているので、その付け足しの取材と称した。

実際に地方版に載せる記事を書くつもりだった。その時点でやっと支局長に許可を取った。弘之の発案におおむね反対することのない支局長は、OKを出してくれた。取材するまでに、坂上理事長の経歴を調べてみた。出身は大阪で、船場《せんば》で繊維問屋をやっている叔父を手伝っていたが、そのうち自分で酒販会社を興した。会社経営はうまくいっていたのに、突然人に譲って地元の代議士の秘書になった。その頃は政治家を目指していたのかもしれない。が、結局秘書を長年務めただけで、政治家にはならなかった。秘書時代に代議士の口利きで松山西部病院の理事に名を連ねるようになった。大阪で働きながら、病院理事の職も兼任していたということだ。そのまま理事長の座を得て、松山に移り住んできた。

松山西部病院の理事長室は、病棟からは少し離れた事務棟の最上階。海を一望できる広々とした部屋だった。開口一番、その景色のよさを褒めると、坂上は顔をほころばせた。

「病棟からも海はよう見えますよ。そのように設計して建ててあるんです。入院生活に張りが出るようにね」

名刺交換した後、勧められて座ったソファは、体がぐっと沈み込んでいくようだった。勢いよく座った斎藤は、慌てて体を立て直した。

弘之は、用意してきた質問を口にしながら、相手を観察した。政治家の秘書をしていたせいか、弁舌は達者だった。元来話し好きなのだろう。次々と話題が移り変わった。病院の来歴に関しては、話し慣れているのかすらすらとしゃべった。二代目の望月亘医師が取り組んだ難病治療は、その当時、地方病院としては珍しかった。罹患者《りかん》が少ない病気では採算が取れないという理由で、中央の病院も熱心に取り組んでいなかったそうだ。

小児科医だった望月医師は、若い頃、海外に渡って治療方法を学んだり経験を積んだりして、早くからこれに取り組んだ。よって、他の病院で断られたような患者が彼を頼って来るようになった。地道に治療をほどこし、またいくつかの難病は、国にも働きかけて「特定疾患」に指定させたりもした。

その実績があるので、望月医師が引退した後も、難病治療においては先んじているのだと言った。しかし、もちろん難病治療に特化した病院では成り立たないと続けた。松山西部病院の経営が順調で、どんどん大きくなっていったのは、自分の手腕によるものだということを、坂上はさりげなく匂わせた。古びた南棟の建て替えは長い間の懸案事項で、前理事長の時代から計画されていたものだと坂上は説明した。

「私は前理事長に乞われて理事の一員に加わったんですがね。その時から南棟建て替えの話は出ていましたよ。だがうまくいかなかった。その時は、望月先生はもうお年を召していらっしゃって、病院の経営面もなかなか厳しく、資金繰りも悪くて。おそらく私が呼ばれたのは、そういう部分の立て直しを託されたということでしょうな」

その話はある程度は事実なのだろう。酒販会社を成功させた坂上は経営にも長《た》け、また長年政治家の秘書をしていたことで人脈もあったということか。

マホガニーの大きなデスクの後ろには、坂上と、もう一人、同年配の男が並んで笑顔を向けている写真が額に入れて飾ってあった。

「あれは？」

弘之の視線を追うこともなく、坂上はゆったりと微笑んだ。

「有馬勇之介《ゆうのすけ》先生ですよ。愛媛県出身の国会議員の」

「ああ、そうでしたね」

——有馬先生から頭取にもよろしく頼むと声かけがあったのだ。

礼美が盗み聞いた味岡常務の言葉を思い出した。

地元出身の大物政治家が病院のバックについていて、口利きをしているのだ。有馬は十年ほど前、内閣官房副長官に任じられた。そして前政権では厚生労働大臣に就任した。どちらにしても大物政治家と呼ばれる類の人物だ。

「私が大阪でお世話になっていた桐生清雄《きりゅうすがお》先生の一番弟子が有馬先生でね。松山西部病院の前理事長とも親しくしておられた。その関係で、私はこちらの理事になったんですわ。有馬先生から、是非地元の基幹病院である松山西部病院を立て直して欲しいと言われて」

「なるほど」

話し好きな相手には口を挟まず、感心して聴き入る態度を取るのが、最善の対応だと学んでいた。弘之が相槌《あいづち》を打つたびに、坂上は満足そうに言葉を継いだ。

本社で政治部記者をしていた時に、有馬勇之介に取材をさせてもらったことがあった。有馬は愛媛県出身ではあるが、桐生清雄代議士の後継者として大阪の選挙区から出馬した。今も大阪に住んでいるはずだ。桐生代議士の秘書をしていた坂上と親しいというのも大いに頷ける。

そうすると、坂上が西部病院の理事になったのは、桐生代議士というよりも、有馬代議士とのつながりからということだろう。

忙しいので三十分だけという約束だったのに、取材時間は四十分になり、五十分になった。秘書らしき中年男性が次の予定を告げに来て、ようやく坂上は腰を上げた。弘之と斎藤は丁寧に礼を言って立派な理事長室を辞した。


富夫は積まれた薪に腰を下ろして、薪釜の前に立つ吾郎を見ていた。

薪釜には火が入れられ、順調に湯を沸かしていた。今日は釜の調子がいいらしい。

吾郎は、薪釜の前で手品の練習をしていた。何の変哲もないスティックが、紐《ひも》になったり、花束になったりするありきたりな手品だ。それでも手つきがぎこちないと、すぐに見破られると吾郎は言う。それで時間があると、こうして練習をしている。

なんだってこいつはこんな子どもだましみたいな玩具《おもちゃ》に夢中になれるんだ、と富夫は思う。勢三が押し付けてくるものを、吾郎は単純に喜んで受け取るのだ。そして天性の明るさでそれを楽しむ。この前は、四十年前に使われていた大八車を勢三に教わりながら組み立てた。すると、それが懐かしいと言われて売れた。二人ともが有頂天になっていた。

深くものごとを考えることなく、いい面だけを見ることができるのが、吾郎の特性だ。そうでなければ、彼の数奇な人生は悲惨なものになっていただろう。吾郎は笑い話のように語るが、貧しい生い立ちから抜け出そうともがいて、結局暴力団員に誘い込まれ、小突かれ、こき使われた挙句に体よくお払い箱にされた。流れ流れて四国まで来た。今だって安定した生活とは言い難い。家族もない。

しかし吾郎は、いつも心配事など皆無だという顔をしている。みなと湯に集う仲間と、時折やってくる巽がいれば、吾郎の人生は満たされているのだろう。

「なあ、どう思う？　ゴロー」

吾郎は「へ？」と声を出して、手を止めた。スティックの中から引き出されかけた花束が中途半端に開いていた。

「あの友永っちゅう銀行員さんの言うこと」

「そうやなあ」

吾郎はスティックを薪の上に置くと、一度薪釜の蓋を開けて薪を足した。火の具合を見てから蓋を閉め、富夫の方に寄ってきた。

「あの人、気の毒や。好きな人が死んでしもて。助けてあげたらええんちゃうかな」

薄汚いタオルで顔を拭う。

「助けるて、そんなにうまくいくかいな」

「難しいことはわからんけど、宮さんとクニさんがどうにかしてくれるんじゃないかな」

「お前は単純でええな」

そう言うと、吾郎はにっと笑った。今度はてらっと光る大判のハンカチを出してきて、上の縁をピンポン玉が転がる手品を始めた。

「秀一さん、どうしとるかな」

手を動かしながら、吾郎が言った。

「え？」

「宮さんの兄さんの秀一さん。ようここに来て、わしが手品の練習するんを見とったもんよ」

「そうやったな」

秀一は、火が燃えるところを見るのが好きで、一人で来ては何時間でもここにいた。吾郎が手品を始めると、目を輝かせて見入っていた。手際が悪い手品でも、彼は騙されて大喜びで拍手をしていた。

「施設に入ったけん、よう面倒みてもろとるやろ」

「そうかなあ。宮さん、寂しいんじゃないかな。兄さんも奥さんもおらんなって」

宮武家が三ツ浦町へ越してきてからの変遷は、富夫も知っていた。知的障がいがあった秀一のことは、町の人は誰でも承知していて、それとなく気を配っていた。三ツ浦駅のベンチに腰をかけて電車を何時間でも眺めている秀一に、時折声をかけたりもしていた。無人駅なので、プラットホームへの出入りは自由だった。

町の人が気づかってくれるので、母親のフミ枝も安心して自由にさせていた。だが、気難しそうな父親は、秀一がそういうふうにするのを嫌っていた。夕方、電車で帰ってきた父親が、引きずるようにして秀一を家へ連れ帰っているのを、富夫は何度か見た。

それから、司法書士をしていた父親がまず死に、弘之夫婦が東京から戻ってきた。秀一を施設にやったと思ったら、母親も亡くなった。その後弘之と安沙子が離婚したことも弘之本人から聞かされたが、詳しい事情はよくわからない。弘之が話したがらないから、後の三人もそこには触れないようにしている。

「まあ、家族もいろいろあるけんな」

自分の家族のことを考えて、富夫は軽く息を吐いた。

「せっかく松山の家にもんてきたのにな。弘之さん、一人になってしもたな」

吾郎はハンカチの端と端を持ち上げたり下げたりして、ピンポン玉を滑らせている。

「お前は？」

吾郎は、ハンカチから目を上げた。

「お前も一人やろ？　寂しないんか」

吾郎はハハハッと天井を向いて笑った。その拍子にピンポン玉は足下に落ちてしまった。

「わしはもう長いこと一人やよってな。そんなんが寂しいとか考えたことないわ」

「何かやりたいこととかないんか」

富夫はつい訊いてしまった。自分には家族はあるが、このまま変わりばえのない生活を続けていくしか能がない男だ。独り者の吾郎の方が人生を楽しんでいるようなのが、不思議だった。時に羨ましい気もするのだった。

「そうやなあ――」吾郎は腰をかがめてピンポン玉を拾い上げ、手のひらの上で転がしながら思案している。「仕事もあるし、富夫さんらもおるし、手品をしたら喜んでくれる人らもおるし、別に……」

素人手品師は、うつむいてピンポン玉をじっと見詰めた。

「そやな、いっぺんだけ山形の家に戻ってみたいな」

「お前が生まれたとこか？」

「そうや。もう廃村になって誰も住んでないらしいけどな。家の残骸くらいは残っとるかもしれん。それでも行ってみたいな。ええとこなんじゃや。山の中のたいそう不便な村やったけど、すぐ目の前に神室山《かむろさん》のてっぺんがあってな。遠くには、雪を被《かぶ》った出羽富士《でわふじ》が見えるんや。きれいじゃったな。あの景色、もう一回見てみてえな」

春にはカタクリやイワカガミなんかが一斉に咲くんだと、吾郎は言った。

今まで彼から故郷にまつわる話を聞いたことはなかった。富夫はちょっとだけ面食らった。

「山形に帰ったら、兄弟とかに会えるんじゃないんか。まだ生きとるやろ」

吾郎は首を振った。ハンカチを丁寧に畳んで、端材《はざい》でこしらえた道具箱にしまう。

「わし、兄弟は六人おるんじゃ。けど、もう誰とも連絡とってない。どこにおるんかもわからん。暴力団員になった時に一番上の兄貴に勘当されたもんで」

「ほうか」

「親父が早《はよ》うに死んでしもて、兄貴が家長やったからな。『おめえは昔っからやぢゃがねっけ』て言われてな」

『やぢゃがね』とは、山形弁で役に立たないという意味だと、吾郎は説明した。

「ほうか」

しばらく二人は黙って、釜の中で火が燃える音を聞いていた。

「まあ、それもせいせいしてええかもしれんな。厄介な親を抱えて苦労するよりもな」

冗談めかして言った富夫の言葉に、吾郎は眉根を寄せた。

「お父《とっ》つぁんのこと、そんなに言うたらだめだべな。親は親じゃ」

ぼそりと呟いた吾郎の言葉がやけに胸に沁《し》みた。吾郎はさっと背を向けて、薪釜の蓋を開けた。炎の照り返しで、釜の前のコンクリートが赤くなった。火掻き棒が火の粉を掻き立てる。薪に腰を下ろした秀一が、幸せそうに薪釜の火を見ていた様子を思い出した。

弘之は、秀一を厄介払いしたかったのだろうか。それで一人になって、今は幸せなのだろうか。そもそも人の幸せとは何なんだろう。

「わからんな。わし、頭悪いけん」

小さな富夫の呟きは、噴き出した炎の音に消された。


緒方は酒臭い息をふうっと吐いた。

手酌で日本酒を注ぐ。注ぎながら、上目遣いで弘之を見る。

「それで宮武さん、あんたはその銀行員の死に疑問を持っとるっちゅうわけか?」

「わかりません。でも調べてみる価値はあると思います」

「ふん」

緒方はくいっと酒を飲み干した。彼は酒には強い。こうしていても頭の中は清明で、緻密な考えを巡らせているのだ。

西部病院の件を探るには、地元新聞社の記者を巻き込むしかないと弘之は考えた。彼らが持っている情報は貴重だ。もしこれが特ダネだったとしても、伊予新聞と分けあう覚悟だった。

それよりも真実を知りたいという気持ちの方が勝った。

　そこでまずは伊予新聞の緒方にすべてを打ち明けて協力を仰ぐことにした。愛媛で生まれ育ち、地方紙の記者としてあちこち駆けまわっている彼が握っている情報には値打ちがあると踏んだ。ちょっと込み入った話があると持ち掛けると、勘のいい緒方は、繁華街のはずれにある小さな飲み屋を指定してきた。

「西部病院の坂上理事長はな、ちょっと癖のある人物やな。あの人が理事に加わってから、経営にどんどん手を入れて、傾きかけたあの病院を立て直したんや。その功績を認められて理事長の席には座ったが、いろいろと噂《うわさ》の絶えん人でな」

「たとえば？」

「顔が広いと言えば聞こえはええが、その人脈には胡散臭《うさんくさ》い筋も含まれとるというこっちゃ」

「なるほど」

　弘之も自分の杯を満たした。予想していたことではあった。会って話した印象は、人当たりのいい人物という感じだったが、腹の中を容易にさらけ出さず、相手の出方を目を細めて観察しているような気配がした。一筋縄ではいかない男だと思った。

「今は坂上理事長があの病院を牛耳っとると言うてもええ。あんたが言うように、今回の病院改築に関して融資額の上乗せと横流しがあったとしても不思議じゃないな」

　坂上と懇意にしている怪しげな金融ブローカーがいて、もしかしたらそいつの入れ知恵かもしれないと緒方は言った。

「坂上の大阪時代からの付き合いらしい。名前までは知らんが、向こうで相当荒稼ぎをしたと聞いた。関西で派手にやらかしたんで、今はなりを潜めとるようじゃが、坂上とはまだ密につながりがあるみたいやな。ありていに言えば、二人はつるんどるっちゅうことや」

さすがは地元の情報通だ。これだけのことは、他の記者ではつかみきれないだろう。

友永礼美は、五億円以上は浮くように融資額を設定したのではないかと言っていた。そのことを伝えると、緒方は大きく頷いた。目の縁が赤いのは、酔いが回ったせいではなく、興に乗ってきたからだろう。

「それくらいは理事長である自分が自由にできるようにするじゃろうの。ブローカーの取り分も入れてな。病院の建て替えは、大きなチャンスというわけや」

「大金が動きますからね」

弘之は揚げ豆腐に割り箸を突き立てた。緒方は鶏レバーの甘辛煮を口に放り込んだ。それをくちゃくちゃと嚙みながら、にやりと笑う。

「宮武さん、あんた、面白い話をつかんだもんやな。ここ、突いたら、何かぞろぞろと出てきそうな気がするで」

やり手の悪徳金融ブローカーとしても、おいしい事業のはずだと続ける。有象無象が金にたかってくるのだと。

「なんせ、金色《かねいろ》のもんが嫌いて言うもんはおらんけんな」

銀行、証券会社、経営コンサルタント、金融ブローカー、経営者、建設業者、投資家、政治家と挙げる。そこでふと理事長室に飾ってあった写真を思い出した。

「愛媛県出身の有馬勇之介代議士とは、坂上理事長は親しいようですが?」

「うん。有馬さんはな、松山西部病院と近しい関係なんじゃ。あの人の孫が何とかていう難しい病気で、あそこにかかっとるらしい。あの病院は難病指定医療機関やろ。望月先生の意識が高かったけん、腕のええ医者が集まって来とるんじゃ。有馬さんの孫も完治まではいかんけど、まずまず通常の生活が送れるようにはしてもろたらしいわ」

坂上を理事として西部病院に送り込んだのは、やり手の坂上に、病院経営に参加させたいという意向があってのことではないかと緒方は推測を口にした。大事な孫が治療を受けている病院と強固につながり、自分の意向を尊重してもらうためにも、親しい人物を理事に据えておくのがいいと考えたのかもしれない。

——有馬先生から頭取にもよろしく頼むと声かけがあったのだ。

そうするとあの言葉は、少し違った意味を含んで聞こえる。

坂上は、取材時には有馬の孫のことは一言も言わなかった。病気に関することは個人情報に当たるので伏せたのか。厚生労働大臣であった有馬の経歴を鑑みると、地元の病院や銀行にも相当力を及ぼしているだろう。彼の孫が、松山西部病院で治療を受けているのは、どんな意味があるのか。西部病院への不正融資にも関係しているのだろうか。

今回の融資案件でわからないのは、瀬戸内銀行の位置関係だ。融資において不正が行われたとしたら、銀行も不利益をこうむることになる。実際に負債を抱えるのは病院だとしても、なぜ不正融資に銀行が協力するのだろう。

味岡久徳という瀬戸内銀行本店の融資担当役員が、この融資案件を請け負って三ツ浦支店に持ち込んだのだと説明すると、緒方は口に持っていきかけた猪口《ちょこ》を空《くう》で止めた。

「丸岡さんがなかなか稟議書を上げないので、味岡常務が業を煮やして三ツ浦支店に怒鳴り込んできたらしいですよ」

緒方は猪口をテーブルの上に戻した。

「なあ、宮武さん、協定を結ぼやないか。わしが調べてわかったことは、包み隠さずあんたに伝える。じゃけん、あんたも何でも教えてくれ。そんでスクープとして抜くなら、言い合わせて同じ日の紙面に出すようにしよう」

「わかりました」

「そんなら言うが――」緒方は両手を膝について、体を前に傾けた。

「何で、わしが瀬戸内銀行というのに引っ掛かりを覚えて三園橋まで行ったかというとな、実は瀬戸内銀行の味岡常務から始まっとんのや」

「え?」

「味岡には息子が一人おって、これがどうしようもない奴でな。興味が湧いてちょっと探りを入れてみとった」

二十一歳の息子、雄哉《ゆうや》は、大学を中退してふらふらしているらしい。彼は高校時代からグレ始めて、数々のトラブルを起こした。もとは頭がよく、親も自慢の息子だったのに、高校受験に失敗してからおかしくなったそうだ。たまたま緒方の息子と同じ中学出身だったので、緒方はその辺の事情には通じていた。

「高校で知り合った不良どもとつるんで無免許でバイクを乗り回したり、女の子からレイプされたと訴えられたり、やりたい放題やった。当時は未成年じゃったから、警察では少年課でお世話になっても、親が示談に持ち込んだりと大事にならずに済んだようやけどな。その時に、うちの家内が、親は銀行のお偉いさんやと言うとった」

「でももうこれからはそうはいきませんね」

「そういうこっちゃ。広島の三流大学へ入ったけど、半年も通わずにやめて帰ってきて、松山におるて聞いてな。そういう奴がおとなしいにしとるわけないわな」

夜の歓楽街で派手に遊び歩いているらしく、付き合う相手もどんどん不穏になっているようだと緒方は言った。どうせ似たようなワルどもだが、しゃれにならない関係もできたらしい。要するに暴力団関係のつながりだ。そういう噂が、地元の校区でじわりと広がり、緒方も気にしていたらしい。

そうなってくると、ただの遊び仲間の域を越えてくる。緒方が探りを入れてみたのはそういう理由からだった。キャバクラの女と半同棲《はんどうせい》していて、遊ぶ金はその女から出ているという噂だ。ギャンブルにも凝っているという話もあった。親はもうお手上げという状態らしい。

「息子がそんなふうでは、銀行の役員までしている親はひやひやものでしょうね」

「たぶんな。親父の方は今は常務やが、次期専務、ゆくゆくは頭取との呼び声が高いそうやけん。息子の不始末で昇進の道が断たれるということになると……」

同時期に警察が違法カジノを内偵していると聞き、摘発をスクープできないかと警察や歓楽街の人脈に当たっていると、暴力団が経営する違法カジノを突き止めた。

そこで緒方が歓楽街に持つ情報筋を探ると、唐突に味岡雄哉の名前にいき当たった。

「どうもな、あいつ、その違法カジノに出入りしとるようなんじゃ」

弘之は驚いて、緒方を見返した。

緒方に情報をくれた刑事は、組織犯罪対策課に所属している。摘発も近いということで敏感になっていて、きつく口留めをされたらしい。警察は、カジノの摘発に重きを置いているので、出入りしている客まではまだ把握していない。その場に居合わせた客のみならず、利用したことがあるだけでも後日、賭博罪で逮捕されることもあるのだが、そもそも警察がカジノの摘発に力を入れているのは、その収益が暴力団の資金源になっているからだった。

歓楽街や地元で緒方が聴き込んだところによると、雄哉は賭け金の大きいバカラ賭博にどっぷりとはまっているようだ。賭博罪で挙げられるかどうかは、運しだいだと緒方は言った。

「それもキャバクラ女の手引きらしい。ああいうとこは、初めは勝たせていい気にさせるのが常套《じょうとう》手段やろ。若造は、すっかりそのやり口にはまってしもたというわけや」

「しかし、それは――」

「ヤバいな。相当ヤバい」

味岡雄哉は、結局違法カジノで食い物にされ、相当の借金を負わされてがんじがらめになっているのではないかと緒方は推測した。

「な、ヤバいというんがわかったやろ。バカ息子の行状が知れたら、味岡の銀行内での出世はパアや」

緒方は手酌で杯を空けた。

「今あんたから聞いたことで筋が見えた気がする。これ、反対から考えたらうまくつながるんやないかと気がついた」

「反対から？」

「そうや。雄哉というバカ息子がギャンブルに足を突っ込んでしまい、味岡常務の悩みの種になっとんやなくて――」

味岡常務の弱みを作るために、暴力団の方から雄哉に近づき、キャバクラ嬢を使って違法カジノに誘い込んだという緒方の推論を聞いて、弘之は「あっ」と思った。

「そうしたら、つながるやろ。瀬戸内銀行の融資担当役員が、三ツ浦支店に怪しげな融資の話を持ち込んだんが」

「つまり、味岡常務は、脅されていたと？」

「わしはそう思うな。そうじゃなかったら、優秀な常務が、おかしな融資話を押し通そうとするわけがない。上にへつらう増尾支店長なら、言う通りにすると思ったんやろ」

「だけど、丸岡さんが不審感を抱いてしまった」

「苛立った常務は、三ツ浦支店に怒鳴り込んできた」

「そういうからくりか」

急に酔いが醒《さ》めた気がした。

「たぶん、これは相当ええとこ、突いとると思う。じゃが、証拠はない」緒方は落ち着いた声を出した。

「なんか面白いことになってきたな。お互い、もうちょっと調べてみよやないか。そんで、さっきの約束通り、二人で特ダネを抜こうや」

これからは、緒方は仲間だ。他社だが、頼もしい味方を得た。もちろん、一社で出し抜くのが胸のすくやり方ではある。だが、もしかしたらこれは東洋新報として全国版の第一面を飾る、とっておきの大ニュースになるかもしれない。

そうなれば、社会に与えるインパクトは地方紙のそれとは大違いだ。そこまで漕《こ》ぎつけるには、慎重にことを運ばなければならない。デスクにも支局長にも相談することなく、弘之は松山西部病院と瀬戸内銀行のかかわりを調べることにした。

同じ警察回りの斎藤にも手伝わせることとして、翌日厳重に口留めをした。

「え？　え？　それってやっぱあれですか。横領事件に脅迫事件、それから殺人事件まで絡んでいるってことですか？」

「まだ何もわからない。まったくの見当はずれということもある。だからこそ、つまらんことを口にするなということだ」

「了解です！」

妙に昂《たかぶ》った顔つきで、斎藤は答えた。

斎藤が書いた松山西部病院の特集記事は、先日東洋新報の愛媛版に載った。当たり障りのない内容だったので、デスクの直しもあまり入らなかった。斎藤の署名での初めての記事で、彼はその記事を切り抜いて大事に机の透明マットの下に挟んだ。弘之も気になってじっくり目を通した。写真もすべて斎藤が撮ってきたものだ。坂上理事長の写真と病院の外観。それと小児科病棟のプレイルームの写真だった。プレイルームといっても、子どもの顔を載せるわけにはいかず、子どもたちのメッセージが掲示された壁を大写しにしたものだった。医師や看護師、両親、院内学級の先生や友人に対しての感謝の言葉が、色とりどりのカードに書かれていた。

松山西部病院に特別の思い入れを持った斎藤には、引き続き病院について調べさせることにした。弘之自身は、坂上象二郎の前身を当たってみることにした。こういう時、全国に支局を持つ東洋新報は便利だ。大阪支社には、同期入社の永井《ながい》という男がデスクの席に座っていた。

永井が大阪出身ということろに期待した。

「ああ、坂上象二郎な」すぐに永井は反応した。「あれやろ、桐生清雄事務所をクビになった――」

「クビに？　それはまたどうして？」

「まあ、表向きは穏便に辞めたようにはなっとるが、結局放り出されたんや。政治家の秘書としては敏腕やったかもしれんが、裏で結構ヤバいことをやっとって」

「ヤバいこととは？」

永井はくくっと喉の奥で笑った。

「政治家の秘書で敏腕というのには、二種類ある。自らも政治家を目指していて、政策面や事務処理に長けて支えとなる者、もう一種類は、金集めに長けた者」

「ははあ」

「坂上象二郎は典型的な後者やった。金を集めるのに特化した人脈も築いた。それで桐生氏も大いに助けられたんだ。一時は金庫番とも呼ばれとったが、まあ、そういう輩がやることは似たようなもんでな」

「自分の懐にも詰め込んだ？」

「まあ、そういうことや。それも億単位の金だ。その中から反社会的な組織にも流れていたことがわかって、うちでも追っていたりしたけどな。それより前に桐生が切り捨てた。政治家としての顔に傷がつく前に。おかげで記事にした時は、ニュースバリューは下がってしまっとった」

「そうなのか」

「おまけに奴はうまいこと刑罰をすり抜けた。金の流れが不透明で、警察も追いきれなかったよ。どっちにしても汚い金には違いない。酒販会社でまっとうに稼いでいたのに、ちまちました経営者に納まっているのが性に合わなかったんやろ。それにどうしてか、政治家が好きやときとる。政治家にまとわりついとれば、自分が大物だと見せかけられると思うのか、清廉潔白な政治家なんていないとあざ笑いたいのか知らんけど」

弘之の頭に、有馬勇之介と並んで写った写真が浮かんできた。

永井は、その当時の東洋新報の記事を送ってきてくれた。桐生事務所が、暴力団のフロント企業から献金を受けていたのではという疑惑を追及した記事だった。桐生代議士は、その点を認めて謝罪し、献金は返したと弁明していた。その後、彼の秘書が、そのフロント企業と深くつながっていて、黒い金を裏で動かしていたという報道もなされた。一度選挙資金のような表の金に置き換えて、また暴力団に還流するという巧妙な手口で流していたのではという疑惑を報じたものだった。

警察が追いきれなかったということだから、起訴まで持ち込めなかったのだろう。秘書の名も伏せられたままだった。それが坂上の前身だ。西部病院の理事は辞めなかったところを見ると、桐生とは切れても、その腹心であった有馬との関係は続いていたということだ。それだけ利用価値のある男だったのか。

二年前に、彼は西部病院の理事長になり、愛媛に居を構えた。だが緒方が言うように、こういう黒い関係は一度できればなかなか切れないものだ。その当時の反社会的勢力や、金融ブローカーとは未《いま》だにつながっていると考えた方が妥当だろう。

永井のメールには、金融ブローカーは氏家泰司《うじいえたいし》という名前だと書き添えられていた。当時大阪で問題になった時に取材をした記者と連絡をとってくれていた。彼から永井が聞いたところによると、氏家のうまいところは、金を横領した後、複雑な動きをさせて、流れを追えなくしてしまうところだそうだ。実体のない会社と取引をしたと見せかけたり、一度全額を現金にしてしまったりと、マネーロンダリングの手法を巧みに駆使する。鮮やかな手口で金を消してしまうというわけだ。

――あいつが噛んでいるとすると、尻尾を押さえるのは骨だ。

メールはそう締めくくられていた。

文面を見ながらため息をついたところで、弘之のスマホが鳴った。斎藤からだった。弘之は席を立って、部屋の外に出た。

「宮武さん、この前、僕が取材した時に、事務長から人工透析の病棟を造る計画があるって聞いたこと、憶えていますか?」

「ああ、そんなことを言っていたな」

「あの隣接する土地、国有地らしいんです。でも松山西部病院に払い下げられることが大方決まっているそうです。それもちょっと考えられないくらいの格安の価格で」

「それは――」

「そうなんです。どうやら有馬代議士が働きかけたみたいです」

通話を切った弘之は、階段の踊り場の壁にもたれかかっていた。

懇意にしている支援者から頼まれたことを国会議員が口利きをするということ自体は、珍しいことではないかもしれない。難病医療協力病院に指定されたこと、治療研究において国から予算が下りたことなどに厚生労働大臣という立場にあった時の有馬が融通をきかせたことは考えられる。有馬の孫が西部病院で治療してもらったのなら、彼は病院のために一肌脱いだということだろう。だが今回、ことは国有地の払い下げだ。なかなかすんなりいくという事案ではなさそうだ。

有馬のような重鎮を動かすために、介在するのは金か。有馬にも流れ、有馬からもっと別のところにも流れる段取りになっているのか。その出所は融資からの不正流用だろう。もちろん、坂上にも氏家にも転がり込んでいく仕組みだろう。金の流れを消すことに長けた金融ブローカーが相手だ。こっちには何の切り札もない。どんな組織が絡んでいるかもわからない。

丸岡もそれで殺されたとしたら？

不用意に近づくと、特ダネどころかこっちの身も危ないことになる。しかし、こんなところで身を引きたくはなかった。これはもう新聞記者の本能としか言いようのないものだ。

支局のドアを開けて二、三歩歩きだすと、支局長と目が合った。彼は渋い表情をして目を逸らせた。途端に、自分はここでは空気のように目立たない存在でいようと決めていたことを思い出した。でもそうもいかないかもしれない。

三ツ浦商店街の中を、速足で歩くと軽く汗ばんだ。首に巻いたマフラーをするりと抜き取った。二月もあと数日で終わりだ。このところ、暖かさと寒さが交互にやってきて、着るものを選ぶのに困る。

みなと湯で汗を流すことを考える。きっと番台にいる邦明につかまって、あれこれ訊かれるに違いない。彼はすっかり礼美に味方する気でいる。邦明の頭の中では、礼美は恋人を奪われた悲劇のヒロインとなっているのだ。だが、これは三ツ浦支店だけで収まる単純な話ではない。背後にあるものが少しずつ姿を現しつつあった。全体像はまだつかみきれないが、慎重にかからねばならない。このことはまだ邦明たちには話せない。

翳《かげ》りかけた庭の向こうにある家は、寒々しく主を迎えた。汗がすっと引いた。

無造作に引き抜いてきた郵便物の中に、また絵手紙を見つけた。暗い居間で、「宮武弘之様」の文字を読んだ。まだいくぶん明るさの残る掃き出し窓のそばで裏返した。

腕時計の絵が描いてあった。

お父さんの時計　まだうごく　カチコチ

そう添えられている。

その文字と絵を見詰めて、弘之はしばらくその場で立ちつくしていた。

父の形見の腕時計を、秀一は大事にしていた。施設にも持っていった。あれをまだ使っているのだ。毎日眺め、時々耳に当てて、秒針の音を聞いているのかもしれない。そういう時、兄は何を思っているのだろうか。

父、昇《のぼる》は、秀一を嫌っていた。嫌っていたという表現が親としてふさわしくないというなら、無視していたというべきか。とにかく父は、秀一が障がい者に生まれたことを、自分の中でうまく収めることができないでいた。

司法書士として自分の事務所を構えていた昇は、成功した人間の部類に入るのだろう。子どもにかける思いも強かった。だから初めての子に知的障がいがあると知って、嘆きもし、失望もしたと思う。初めはどこの親も同じだろう。だが、昇はその思いをいつまでも引きずっていた。子どもの弘之の目からも、その感情が窺《うかが》い知れた。

昇は秀一の世話をすべてフミ枝にまかせて、自分はタッチしなかった。この子には何を言っても無駄なんだという態度を取り続けていた。父と秀一の間には常に母がいて、意思の疎通を図っていた。養護学校へ通う秀一の様子をフミ枝が伝える。昇は黙って耳を傾け、「そうか」と答える。

三ツ浦町へ越す前は、自宅が市内の中心部にあったから、秀一はそこから電車で学校へ通っていた。電車に乗ることが好きな秀一は、時折学校がある駅で降りずに、終点まで乗ってしまった。学校からの連絡で、フミ枝が捜しにいくと、終点の駅のベンチで満足そうな顔をして座っていたりした。その様子を弘之がいる場で、フミ枝が面白おかしく語ってみせる。弘之は笑ったが、昇はにこりともしなかった。秀一にまつわる細々とした事柄を、苦虫を嚙み潰したような顔で聞いていた父の様子は、今もよく憶えている。

幼い頃弘之は、兄が特に保護を必要とする存在だという認識がなかった。三歳年上だし、体の大きな秀一は、弘之にとっては自分より優れた存在という受け止め方をしていた。少しのろまで気のいい兄だった。自分たちは、どこにでもいる兄弟だと思っていた。それでも学齢に達する頃には、秀一が障がい者で、自分や友人たちとは違うということはわかった。しかしそれがそんなに重大なことだという認識はなかった。

近所の年長の子らに虐められる秀一を庇って、小さいながらも食ってかかったりしていた。だが年齢が上がるにつれて、そうした態度を改めるようになった。学校や塾や地元の活動で、友人が増えていったこともある。彼らは、弘之にとって、初めての社会だった。友人たちが秀一のことをどう思っているのかを気にするようになった。誰かが特に秀一のことを悪く言ったり、蔑んだりしたわけではないのに。

いつの間にか変に気を回す、ある意味純粋さの欠けた子どもになっていた。

それには、父との関係性が大いに影響していた。昇は、子どもへかける期待を、すべて次男の弘之に向けた。長男を無視した挙句、昇には弘之しか見えなくなっていたというべきかもしれない。弘之はもともと学校の成績はよかったが、それに拍車をかけるように勉学を強いられた。早くから塾に通わされ、父が卒業した高校へ行くことを命じられた。そこは県内でも指折りの進学校だった。有無を言わせずそうしたことを命じる父に従ったのは、昇の秀一に接する態度を近くで見ていたからだと思う。

父の意向に従っていれば、家の中は丸く収まるのだという考えが知らず知らず身についていった。そうするうちに、兄に対する態度も父と同じになっていったと思う。

不思議なことに秀一は、どんなに邪険にされても父が好きで慕っていた。そこは揺るぎがなかった。だが昇は、秀一に向かい合う父としての役割をやんわりと拒絶した。無上の愛情を注ぐフミ枝とは、根本的に違っていた。そのことを、秀一は敏感に感じ取っていた。

兄が父に対して敬語で話すようになったのは、いつの頃からだろう。かなり早くからだったように思う。

「お父さん、テレビを見てもええですか？」

「お父さん、この前、お母さんに修学旅行用のリュックサックを買ってもらいました。これです。ありがとうございました」

大好きだが、冷たく当たる父親との距離感を、兄なりに考えた末に編み出した接し方だった気がする。養護学校の中等部に通いだして、いつも一緒にいた弟と離れるようになると、弘之にも敬語を使うようになった。

「弘之さん」と兄は弟を呼んだ。

「弘之さん、僕、おやつを先に食べてしまいました。弘之さんが帰ってくるのが遅かったから」

「ええよ、別に。欲しかったら、もっと食べてもええよ。僕はいらん」

ぶすっとして答える弟に、困ったような顔を向けていた。

「おかしな子やねえ。ヒロちゃんは秀ちゃんの弟なんやから、そんな言葉づかいすることないんよ」

そんなふうにフミ枝は言ってたしなめたが、秀一は頑としてそれを改めようとはしなかった。彼は時折、自分でルールを決める。一度決めたらもう修正はきかないのだった。その頃、弘之は勉強にせっせと励み、父の望み通りの進路を目指し始めていた。無邪気な子ども時代には別れを告げたのだった。身近な弟の変化を、すぐに秀一は感じ取った。知的障がいはあるが、秀一はそういうところは敏感だった。優れた特殊能力だったのか、生きるためにやむを得ず身に着けた能力だったのか、よくわからない。もはや、弘之は父と同じで、兄の心を思いやることをやめていた。

秀一は、フミ枝だけが愛情を注ぎ、かまっていればいいのだと勝手に結論付けていた。秀一は人より劣っている。だからこそ、自分は父の意に沿って人より先んじなければならないと思い込んだ。その裏で、おかしなエリート意識や自尊心が生まれていたことに、気づかずにいた。

手入れを怠った庭の木々は、好き勝手に枝葉を伸ばしている。いくぶん日が長くなったが、荒れた庭のそこここで夕闇が生まれ、庭を包み込んでいく。弘之は顔を上げてその様子を見た。闇は居間に流れ込んできて、弘之の体を包み込んだ。絵手紙に描かれた父の腕時計が、その闇に優しく溶け込んでいく。

かつて東洋新報東京本社の社会部で、権力闘争に明け暮れていた時、弘之の中で剝き出しになったのは、父親が仕込んだ上昇志向だった。兄のようになってはいけない。兄の代わりに励まなければならない。周囲の誰彼なく押しのけて、ただ上だけを見ていればいい。そこにこそ、自分の居場所はあるのだ。

自恃《じじ》の気持ちは醜いプライドを生み、いつの間にか鼻持ちならない男を作り上げていた。

あの時、社会部デスクに笠崎を推した若手記者たちは、とうに弘之の本性に気づいていたのだ。会社の中だけではない。家庭でも同じだった。安沙子に何もかも押し付けて、仕事に没頭していた。それが当然で、それこそが家庭を守ることだと勘違いしていた。離婚が決定的になった時、息子の一成が言った言葉にあ然としたことを思い出した。

「お父さんは、もしかしたら、家庭なんかなくてもいい人だったんじゃないかという気がするよ」

その時になって初めて、自分の息子が父親のことをどう見ていたか考えた。おかしなことだが、彼に意見があるなんて思いもしなかった。息子だけではない。妻のことも何一つ知らなかった。黙って家庭を守り、子育てをし、夫の実家に通って両親や兄の世話を焼いてくれていた安沙子は、そうしながら何を考えていたのだろう。黙っているということは、何も考えないのと同義ではない。

だからこそ、あの言葉を残していったのだ。無関心で無知な夫に。

――あなたには、何も見えていない。新聞記者なのに、人の心がわかってない。そんな人にいい記事なんか書けるわけがない。

彼女は理解していた。秀一の方がずっと真実を見通す目があったことを。

死んでもなお、秀一は父親が好きなのだった。たった一つ、兄に残された父の腕時計は、今も律儀に時を刻み続けている。まろく緩やかに過ぎる春の刻《とき》を。

天狗堂の煤《すす》けた看板が見えてくると、富夫は歩を緩めた。

今日は真希が子どもを連れてやってくるとは聞いていた。市内に住んでいる真希は、ちょいちょい顔を覗かせる。三歳になる孫の慶太《けいた》がかわいくて、真希が来る日は、多栄はパートを休んで待ちかまえている。

富夫も家にいたかったのだが、午後から商店街の会合があった。シャッター街になってから定例の会合ではたいした議題もなく、ただの世間話で終わっていたのが、最近は少し様相が変わってきた。三ツ浦商店街に店を構えた若い連中が顔を出して、あれこれ積極的な意見を言うようになった。街歩きイベントをやったらどうかとか、商店街全体でフェイスブックをやろうとか、新しい企画を次々と出してくる。

「フェイスブックて何ぞな」

上島《うえしま》印章店の親父が、鼻眼鏡を持ち上げながら尋ねた。脛《すね》の部分に穴の開いたジーパンを穿《は》いた立ち飲みコーヒー店の店主が、嫌な顔もせず、スマホを取り出して丁寧に教えている。うんうんと頷くものの、八十歳を過ぎた上島が理解しているかどうかは疑わしい。

そんなことをして手間取ったので、会合は長引いた。邦明は出ていなかった。彼の頭を占めているのは、息も絶え絶えの薪釜をガス釜にやり替える算段と、瀬戸内銀行の融資係の死にまつわる不審な内情だ。直情型の邦明は、友永礼美の話を聞いて、融資係の男性は殺されたに違いないと思い込んでいる。居合わせた弘之まで巻き込んで、息巻いていた。

昔から邦明はそうだった。かっと頭に血が上り、後先考えずに突っ走ってしまうのだ。それで随分失敗もしたはずなのに一向に懲りない。いつも一緒にいる富夫は、そば杖《づえ》を食って理不尽な目にあったこともある。まったく酷《ひど》いものだ。いい加減にしてくれと思いつつ、もう六十年も付き合っている。

だがどこかで富夫は、邦明の単純明快さと一徹さを羨ましいと思っているのだ。他人を引きずるほどの決断力も行動力も自分にはない。勢三に振り回され、多栄には愛想を尽かされ、おろおろするしか能がない自分にはうんざりしている。人生のたそがれ時を迎えたというのに、何かをやり遂げたという実感は皆無だ。勢三を反面教師とし過ぎた。父親のように好き勝手なことをやって、家族を困惑させてはならないと自分を戒めてきたのだ。ただただ真面目に目立たないよう、道を踏み外さないよう用心深く生きてきた。

時々思うのだ。このまま死んでいっていいのか。何でもいい。すかっとすることをやりたい。富夫のことを、小さな人間だと決めつけている周囲を、あっと言わせるようなこと。一回だけでいいから、胸のすく思いというものを味わってみたかった。

だが、その思いは一瞬で吹き飛んだ。

玄関の引き戸に手をかけた途端、家の中から勢三の怒鳴り声が聞こえてきたのだ。

続けて真希の声。

「お祖父《じい》ちゃん！」

それから慶太の泣き声が続いた。どう考えても愉快な展開ではない。富夫は、くるりと踵《きびす》を返《かえ》して家から遠ざかりたかった。そんな自分を懸命に抑えつけて、深呼吸をした。

「誰がそんなことを勝手に決めたんぞ！」

「じゃけん、お義父さん、何もまだ決まったんじゃないて」

多栄が勢三をなだめている。玄関の三和土《たたき》に立った富夫は、自分を守るために身に着いた鋭敏な推察力で、何が起こったのかを探った。

「天狗堂を店じまいするて誰が言うたんぞ。わしは聞いてないぞ」

勢三の言葉で、すべてが理解できた。尻を叩いてもどうにも動かない夫に業を煮やした多栄が、強硬手段に出たのだ。孫の真希の口を利用して、勢三に働きかけたに違いない。

「ええか、真希。お前がどんなに言うてもいかんぞ。ここはわしの家じゃけん。わしの目の黒いうちは――」

慶太のギャーッという泣き声が被さる。富夫はのろのろと靴を脱いだ。一番入っていきたくない場面に戻ってきたということだけは理解できた。この間の悪さも、自分の冴《さ》えない人生に備わった特徴だ。

「それじゃあ、訊くけど、天狗堂は何かうちに利益をもたらしとる?」

廊下の向こうから、真希が言い返す声がした。気の強いのは母親譲りだ。

「はっきり言うけど、お祖父ちゃんのつまらん趣味につき合わされて家族は迷惑しとるんよ」

それ以上言うな、と富夫は心の中で念じながら、廊下を歩いた。

「何を言うか。天狗堂に置いてある品物は、皆博物館級のもんなんや。どんだけ希少な価値があるかお前らにはわからんやろうがな。富夫なら――」

「お父ちゃんだって嫌々天狗堂を継いだんよ。それがわからんの」

ああ、また最悪のタイミングだ。富夫が茶の間の襖を開けた途端、勢三と真希、それに多栄が一斉に首を回した。床では、寝転がった慶太が手足をばたつかせている。

「おい、富夫」

勢三が杖をついて二、三歩詰め寄った。富夫は思わず身を引いた。

「こいつらにように言い聞かしてくれ。天狗堂をぶっ潰して真希の家を建てるんじゃとぬかしやがる」

「ほ、ほうなんか」

「しらばっくれんといてや、お父ちゃん。もうずっと前から相談しよるやろ?」

多栄の剣幕にたじたじとなった。

「なんじゃと!」

いきり立つ勢三は、さらに歩を進める。茶の間に足を踏み入れていた富夫は、思わず廊下にまで下がった。宙をさまよった視線は、多栄と真希の上を素通りして、彼女らの背後の壁で止まった。額入りの色紙に筆書きで「一念通天《いちねんつうてん》」とある。「一心に念ずれば、真心が天に通じ、どんなことでも成し遂げられる」という意味だ。

そんなことが果たしてあるのか。あるとすれば、自分は何を望むだろう。場違いな、そんな思いに心を飛ばした。こんな家庭内の騒動で身をすくませるのではなく、男としてやり遂げたいことに直面したら――。

「富夫! お前、こいつらの計画に加担しとんのか」

浮遊しかけた富夫の意識を、勢三がむんずとつかんで引き戻した。

「か、加担ちゅうか」

「ちょっと、お祖父ちゃん、加担て何? うちらが悪だくみでもしよるような言い方やん」

「おう！　悪だくみやろが。わしの知らんとこでつまらん計画を立てやがって」

富夫に向かいかけていた勢三が振り向いて大声を出した。驚いた慶太がまた「ウギャーッ」と泣き喚《わめ》いた。

「あんた、何とか言わんかね。お父ちゃんがぐずぐずしとるけん、私らが悪もんにされるんじゃろ」

「天狗堂はただの骨董屋とは違うんぞ。あの品はわしが一生かけて集めたもんじゃ。ほんとは値を付けるもんでもない。あれはな、その道の大家に見せたら涎《よだれ》を垂らして欲しがるもんばっかりなんじゃ」

「あっ、そう！」

真希が勢三を睨みつけた。富夫の背中を冷たいものが滑り落ちていった。何かを言いたかったが、舌は上あごにくっついたままだ。

「そんなら、その涎を垂らす人にあげたらええわ。十把《じっぱ》一絡《ひとから》げで買い上げてくれたら大助かりやね」

「何⁉」

勢三の薄い頭から湯気でも立っているんじゃないかと富夫は目を凝らした。怒りで完全に我を忘れている。よもだな言い訳で相手を煙《けむ》に巻《ま》く、いつもの調子も失われていた。

「おい、富夫」また勢三は富夫に相対した。「お前の嫁と娘にようにゆうてきかせ。こいつらは勘違いしとる。天狗堂にあるもんは、失われつつある世界の歴史や文化を継承する珍品、秘蔵品なんじゃ。そのことはように話してきかせたろが。お前も天狗堂の存在価値がどれほど高いかわかってここを継いだんやろ」

「あ、ああ」

ようやく舌が動き始めた。

「何が『あ、ああ』じゃ。はっきり言わんか」

「お義父さん、この人にはっきりものを言えゆうても無駄よ。どうにも煮えきらん人よ。さっきから見よったらわかるやろ」

「富夫、こんなこと女房に言わしてええんか。天狗堂は、お前の代までちゃんと続けるんやとはっきり言うてやれ！」

「あの――、それはやな」

慶太を抱き上げた真希、杖に全体重をかけて身を乗り出した勢三、ぷっと頬を膨らました多栄が、富夫に注目した。ヒック、ヒックとしゃくり上げている慶太までが、富夫を凝視している。

「真希の家も建てないかんしな、慶太ももう幼稚園やし」

真希がさっと顔を輝かせた。

「そやけど、天狗堂も大事やし」

真希の顔からさあっと潮が引くように笑みが消えた。

「どないしたらええやろか。困ったもんじゃな。天狗堂を半分に詰めることはできんかのう。ちいと収蔵品を片付けて。そんなら狭いけど真希の家も建つんじゃないかな」

勢三は「ふんっ」と大仰に鼻を鳴らした。

「お前はほんとに役立たずやな」

それだけ言うと、富夫を押しのけて廊下に出た。そのまま杖を乱暴について自室に消えた。

あきれ顔の多栄と真希も、背を向けた。

「役立たず」のことを、山形弁では「やぢゃがね」と言うんだったな、と富夫はぼんやりと考えた。


吾郎は路地の入り口に軽トラを着けた。荷台には解体業者からもらってきた木材が満載になっている。かなり古い家を取り壊したのだろう。元は柱や梁だった木材は、朽ちたり埃を被っていたりする。

運転台から降りてきた吾郎はロープをはずすと、一本ずつ木材を降ろし始めた。

釜場からその様子を見た富夫も手を貸した。

「あ、すまんな。富夫さん」

木材は、釜場に運んで積み上げた。薪釜の前の少し開けた場所で、釜焚きの合間に切り揃えるのだ。吾郎は、作業用の低い椅子を端材でこしらえてあった。木材に残っている太い釘《くぎ》をペンチで引き抜く吾郎の作業を、富夫は薪に腰かけて見ていた。

真希と勢三のすったもんだがあってから、富夫は家に居づらくなった。ちょっと暇ができると、すぐにここに来て油を売っている。天狗堂は開けっ放しだが、どうせ客など来やしない。

真希は怒って帰ってから、実家に寄りつかなくなった。いつの間にか真希夫婦の新居建築の計画を台無しにしたのは、富夫ということになっている。勢三とやりあったのは真希と多栄であって、自分はただあの恐ろしい場に居合わせただけなのに、とんだとばっちりだ。

愚痴は、心の中で呟くだけだ。あの後、多栄はろくに口をきかない。富夫夫婦と勢三との食事の席は、北極圏もかくやと思えるほどの寒冷さだ。

だから火の燃え盛る釜場で温まると、ほっとする。春に向かうかと見せかけていた季節は、足踏みをしている。

「今年の桜はいつ頃咲くやろ」

ぽつりと出た富夫の独り言に、吾郎が顔を上げた。

「さっきテレビで開花予想が出とったぜ。松山は三月二十四日やて。港山に桜が咲いたら、ここからでもよう見える。それがみなと湯のお花見や」

「港山には、わしら子どもの頃にようお花見に行きよった。弁当持ってこの辺のもんが揃うてな。まだあの頃は商店街も活気があったけんな」

「クニさんもか」

吾郎はペンチを横に置き、汚れた軍手を脱いでパタパタと叩《はた》いた。

「そうや。あいつ、ガキ大将やったけん、港山のてっぺんを子分を引き連れて駆けまわっとったわ」

崖の上にせり出すように生えている木に登り、枝の先まで行ってゆさゆさ揺らして喜ぶ子どもの頃の邦明の顔が浮かんできた。富夫が怖がって幹にしがみつくと、「お前はほんとに肝がこんまいのう」と言って笑った。今もたまに同じセリフを口にする。

「ええなあ」

小ぶりの斧《おの》で、薪を縦割りにしながら吾郎が言った。

「お前も子どもの頃はお花見しよったやろ。山形で」

「そうやなあ」後ろ向きの吾郎の顔は窺い知れない。「あっちではオオヤマザクラやな。わしらがお花見しよったんは、近くの峠にある百年は超す見事な一本桜やった。あの辺の名物で、『馬子《まご》の桜』て呼ばれとったんやけど、もう誰もいかんやろ。あんまり山の中やけんな」

「ふうん」

それきり吾郎は黙ってしまった。富夫も吾郎の痩せてごつごつした背中を見ながらもの思いにふけった。

子どもの頃はよかった。まだ小松製瓦は操業していて、雇い人も大勢いた。花見ともなると重箱にご馳走《ちそう》を詰めて繰り出したものだった。勢三のおかしな趣味も笑って許されるほど、家業にはゆとりがあった。商店街には子どもがうじゃうじゃいた。風呂屋の活発な邦明と、瓦屋のおとなしい富夫はいい取り合わせだと言われていた。

あれからどれだけ遠くへ来てしまったのか。

釜の中で薪がパチンと爆《は》ぜた。吾郎の伸びきったTシャツが、炎に照らされて赤々と輝いていた。こいつも同じ思いに浸っているのかもしれない。オオヤマザクラの下に立っていた子どもの自分を思い描いて。

「どうや。釜の具合は」

「まずまずや。それより湯を送るパイプの方がいかん。水漏れして。タンクとのつなぎのとこがずれてきよる」

「ほうか」

どっちにしてもみなと湯の設備は、いくらももたないということだ。邦明はどうするつもりなのだろう。あいつのことだから、諦めはしないだろう。一千万円を捻出する術をいろいろと考えているようだ。思いついたことは全部当たっていると言っていた。商工会議所に相談にいったり、松山市の自営業者助成金について調べたりしている。それでもうまくいかないようだ。邦明はぼやきつつも、へこんだ様子はない。

「瀬戸内銀行をぎゃふんと言わせてやるけんな。うちに融資せんかったことを心の底から後悔させてやる」

どこからあの熱情が湧いてくるのだろう。一つは例の女性行員だ。

邦明夫婦には息子しかいない。だから友永礼美のことを娘のように思っているのかもしれない。礼美には両親はなく、弟と二人暮らしだということだった。そういうところも人情家の夫婦にとって、肩入れしたくなる要因だ。

恋人に死なれたことも合わさって、どこか幸薄い影があの子には付きまとっている。気の強いところを見せたかと思うと、寂しげにうつむいたりもする。

この前来た時は、増尾支店長が三月一日付けの人事異動で本店営業部に変わることになったと告げた。

「栄転です」

ぽつりと付け足した言葉に悔しさが滲《にじ》み出《で》ていた。

邦明夫婦は顔を見合わせたきり、言葉に詰まっていた。礼美が推察したことがもし本当だっ

郵便はがき

料金受取人払郵便

小石川局承認

1095

差出有効期間
2023年12月
31日まで

1 1 2-8 7 3 1

〈受取人〉
東京都文京区
音羽二—一二—二一
講談社
文芸第二出版部 行

書名をお書きください。[ ]

この本の感想、著者へのメッセージをご自由にご記入ください。

[ ]

おすまいの都道府県 　　　性別 男 女

年齢 10代 20代 30代 40代 50代 60代 70代 80代~

頂戴したご意見・ご感想を、小社ホームページ・新聞宣伝・書籍帯・販促物などに
使用させていただいてもよろしいでしょうか。 はい (承諾します) いいえ (承諾しません)

TY 000044-2112

ご購読ありがとうございます。
今後の出版企画の参考にさせていただくため、
アンケートへのご協力のほど、よろしくお願いいたします。

■ Q1 この本をどこでお知りになりましたか。

1 書店で本をみて
2 新聞、雑誌、フリーペーパー 〔誌名・紙名 〕
3 テレビ、ラジオ 〔番組名 〕
4 ネット書店 〔書店名 〕
5 Webサイト 〔サイト名 〕
6 携帯サイト 〔サイト名 〕
7 メールマガジン　8 人にすすめられて　9 講談社のサイト
10 その他 〔 〕

■ Q2 購入された動機を教えてください。〔複数可〕

1 著者が好き　2 気になるタイトル　3 装丁が好き
4 気になるテーマ　5 読んで面白そうだった　6 話題になっていた
7 好きなジャンルだから
8 その他 〔 〕

■ Q3 好きな作家を教えてください。〔複数可〕

〔 〕

■ Q4 今後どんなテーマの小説を読んでみたいですか。

〔 〕

住所

氏名　電話番号

ご記入いただいた個人情報は、この企画の目的以外には使用いたしません。

たとしても、何もかも曖昧にされていく気がする。死人に口なしだ。

「気を落とされん。きっと宮さんがええようにしてくれる」

寿々恵がようやくかけた言葉には、力がなかった。

弘之はあまりみなと湯に来なくなったから、新聞社でどんなことを調べているのかわからない。

「どないする気やろな、宮さん。あの女の子に頼まれたこと」

吾郎も作業椅子の上で振り返って尋ねた。

「まあ、悪いようにはせんやろ。宮さんのこっちゃ」

「うまいこといくやろか」

「どっちにしても、みなと湯の融資はおじゃんになってしもたな」

「そうやなあ」

役立たずの二人は、こうして釜場で話しあうしか能がないのか。

灰色の空から細い雨が降ってきて、路地を濡らした。富夫と吾郎は並んで、ぽつぽつと雨粒が落ちて黒い染みを作っていくところを見ていた。


弘之は斎藤と二人、並んで堀之内《ほりのうち》のベンチに腰を下ろした。

堀にかかった橋の上から、小さな女の子が母親と一緒に白鳥にパン屑《くず》を投げてやっている。優雅に泳いで寄ってくる白鳥よりも先に、鯉《こい》が大きな口を開けてパン屑を呑み込もうとする。女の子は白鳥に届くよう、遠くに投げるのに、風に押し戻されてやはり鯉の口におさまってしまう。

堀に覆いかぶさるように生えた柳の枝が芽吹いていた。水面近くまで伸びた枝は、強い風に吹き流され、もつれあうように揺れていた。二人が座ったベンチの背後の植栽からも、ざわざわと枝葉がこすれあう音がする。

「事務長、この前の時とは、大違いですよ。なんだか口が重くて」

斎藤は手にしたアイス豆乳ラテをストローで勢いよく吸い上げた。紙カップの中で氷がぶつかりあう音がした。

「どんなふうに？」

ホットコーヒーが入ったカップを、手で包み込むようにして弘之は問うた。

「この前は小児科病棟まで案内してくれたのに、難病治療のことを詳しく聞かせてくださいと言うと――」

「難病治療というよりも、有馬勇之介の名前を出した途端にってことだろ？」

「そうなんですよ」

斎藤は言葉に力を入れた。カップを握る手にも力が入ったのか、紙カップが軽く潰れ、プラスチックの蓋が浮き上がった。

「有馬先生のお孫さんもこちらの病院で治療をされて、快癒したらしいですね。そのことを交えて難病治療について取材させてもらえませんか？　そう訊いたんですよ、僕。おかしくないでしょ？　別に」

「ああ」

伊予新聞の緒方と東洋新報大阪支社の永井からもたらされた情報を、斎藤と検討した。それを踏まえて、西部病院の取材は斎藤にまかせた。坂上理事長には歯が立たないだろうから、事務長から聞き出せることは聞き出すようにと言ってあった。彼の許可をもらって、病院スタッフに当たるというのもいいかもしれないとヒントも与えておいた。第二弾の記事を企画しているという名目なら、向こうも乗ってくるだろうと思った。だが、少しばかり様子が違った。

「そしたら事務長、治療に関しては個人情報も含まれるので、とかなんとか口を濁し始めて。有馬先生のお孫さんのことはどこで聞いたのかと逆に探りを入れてくるんですよ。ちょっと小耳に挟んだ程度ですので、間違っていたらすみません、て、こっちも空とぼけておきましたけど」

弘之は、堀を向いたままそっと笑った。こいつ、だいぶ記者としての態度が板についてきた。そんなことは決して口にはしなかったけれど。

「結局、小児科の難病治療の取材はやんわりと断られました。絶対に個人が特定できるような書き方はしませんって粘ったんですけどねえ」

西部病院の素晴らしい実績を、どうしても世の中の人々に知ってもらいたいのだと説得しても、事務長は決して首を縦に振らなかったそうだ。

「この前は、あれほど自慢げにあちこちを見せて回ったくせに」

斎藤は悔しそうに靴先で土くれを蹴った。

「絶対おかしいですよ」

斎藤は憤懣《ふんまん》やる方ないという様子だ。

孫の病気は、有馬と西部病院との関係ができたきっかけにはなっただろうが、そこを探ってもたいしたものが出てくるとは弘之には思えなかった。それより、坂上と有馬の現在の関係性が気になる。有馬は、病院改築における不審な金の動きにどれだけ嚙んでいるのか。彼はただ入ってくる金を黙って受け取るだけなのか。それとも有馬も坂上のバックにいる反社会的勢力と深くつながっているのか。有馬ほどの大物政治家が絡んでいるとなると、これが記事になったら、全国規模のニュースになる。弘之は、手にしたカップから一口コーヒーを啜った。

斎藤は、また土を蹴った。今度は小石が堀の中まで飛んでいき、ぽちゃんと密やかな水音がした。目の前を通り過ぎようとしていた白鳥が、くいっと首をもたげた。そして咎《とが》めるように木陰にいる二人の男を眺めていった。

「それじゃあ、もうちょっと別の方向から当たってみます」

すっくと立ち上がった斎藤を、弘之は見上げた。

「そうだな」

若い記者は足音も荒く去っていった。事務長に邪険にされて、すっかり気が立っている。パン屑を投げている母子の後ろを、斎藤は大股で通っていった。

もうすぐ選抜高校野球が始まる。愛媛からは、東予地区の高校が初出場することになっている。主にスポーツを担当している石澤《いしざわ》という先輩記者が、斎藤を連れ回すことになるだろう。西部病院のことにかかりきりというわけにはいかなくなる。高校野球も、新人にとっては大事な取材だ。

数日前、友永礼美から連絡がきた。お互いの携帯番号は教えあっていた。

「松山西部病院への稟議が承認されました」

極力感情を抑えた口ぶりに、彼女の悔しさが滲み出ていた。

続けて融資実行日は四月一日だと言う。

「四月一日……」

約一ヵ月後には、松山西部病院に融資金が振り込まれるということだ。このままいくと、坂上や氏家は巨額の金を難なく手にすることができる。だが、それを阻止できる確たる材料はない。焦燥感に苛《さいな》まれた。

緒方や永井から聞き及んだ背後に控える反社会的な組織のことを教えておこうかと一瞬迷ったが、やめた。礼美を変に怯えさせるだけかもわからないし、突拍子もない行動をする危険もあった。

「新聞記者としてちゃんと調べて結果は知らせるようにするから。君は毎日の仕事をこなしていればいい。慎重に行動すること。銀行内でどんな力が働いているかわからないんだから」

それとなく忠告するにとどめた。

「平気です」

礼美は硬い声で答えた。

「それより松山西部病院の方はどうなりましたか？」

「あっちもちゃんと調べているよ。真っ向から取材を申し込んで、一度記事にも書いた」

「読みました」すかさず礼美は答えた。

あんな通り一遍の記事では満足できないと、声にならない声が告げていた。何もかもを知らなければ到底我慢できないのだ。

「取材も調査も続けているから、こっちにまかせてくれ。君もそのつもりでみなと湯へ来たんだろう?」
「わかりました。でもきっと松山西部病院のことも調べてください。何もかもを暴いてくださ
い。それを将磨さんも望んでいると思うから」
そこまで言うと、礼美はそそくさと通話を切ったのだった。

高校野球の取材に駆り出された斎藤とは、しばらく会えないでいた。サツ回りを一人でこな
す弘之も忙しかった。ある日支局に帰ると、珍しく斎藤が自席に座っていた。

「いい情報です」

にこにこしながら小声で伝えてくる。そのまま、二人で廊下に出た。

「石澤さんと今日、何気なく話してて思い当たったんですけど」

支局の入り口から離れた廊下の隅で、立ち止まる。

「去年、僕がこっちに配属されてすぐ、石澤さんに誘われて合コンに参加したんです」

石澤は、確か今年で三十歳になる独身男だ。学生時代は野球に没頭していたので、高校野球
の取材の時期になると、やたら張り切っている。松山支局には、弘之よりも前からいる。

「急にメンバーが足りなくなったって、強引に――」

窓から外を見ると、雨が落ち始めている。あっという間に大降りになり、窓ガラスに叩きつ
けられた雨が筋になって流れ落ちていた。

「気が乗らなかったんですけど、しょうがないから渋々参加したんです。行ったたって、大方が

年上の女性ばかりで、僕も松山に来たばっかりで話も合わないし、困りましたよ」

「おい、要点は何だ」

窓ガラスから斎藤に視線を移して、苛立った声を出した。

「あ、すみません。それ、男性五人、女性五人の合コンだったんですけど、向こうは看護師さんばかりだったんです。今日、石澤さんと話していて思い出しました。その中に一人、松山西部病院の看護師さんがいて――」

ようやく実のある部分を口にした。

「それでですね、僕はすっかり忘れていたんですけど、西部病院の小児科病棟で去年、医療ミスっぽいものがあったって、その人が話したんですよね」

「医療ミス？」

「――っぽいものです」

また苛ついた。

「何だ、それ」

斎藤がピンときたのは、小児科病棟で起こったという部分だった。たぶん、それ以上のことは、彼女も話さなかったと記憶していると斎藤は言った。

「看護師ですからね。口は堅いですよ」

合コンでそんなことを語った時点で口が堅いとは言えないと思ったが、黙って先を聞いた。

「男性陣の方は、石澤さんが入っている草野球チームの面々で、その中の一人が、その西部病院の看護師さんと今、まさに付き合ってるらしいです。そうなるともうちょっといろいろ立ち入った話をするじゃないですか」

若者の「――じゃないですか」というしゃべり方には、その都度カチンとくるのだが、それにも耐えた。西部病院の現役の看護師の話には興味がある。

「ここからは石澤さんが、看護師さんと付き合っている友人から聞いた話なんですけど、その医療ミスっぽい事故っていうのは、医師の指示を看護師が取り違えたっていうことで、看護師さんが責任を負わされるような形になって、とうとう辞めてしまったらしいです。その辞めた人と、石澤さんの友人と付き合ってる彼女が今も親しくしててですね。愚痴を聞いてあげているみたいですよ」

眉間に皺《しわ》を寄せた弘之に、斎藤がすっと顔を寄せてきた。

「その時、有馬代議士の孫も小児科に入院していたんです。どうやら、その孫も絡んでいるようです」

「ええと、その医療ミスにか？」

「――っぽいものに」

「絡んでるって？　でもたいしたことにはならなかったんじゃないか？　確か有馬代議士の孫は――」

緒方から聞いたところによると、有馬の孫は難病を患ってはいたが、西部病院で治療を受けてよくなったということだった。そのことは斎藤にも伝えてあった。それに重大なミスなら、事件として告発され県警も動くだろう。去年、そんな気配はなかった。斎藤が松山支局に来たのは四月だから、一月から三月の間にそれは起こったということだろう。

斎藤は、有馬の孫のことを口にした途端、西部病院の事務長のガードが固くなったことで、引っ掛かりを覚えているのだ。あまり感情に引きずられるのはよくないが、これはこれで斎藤の勘というものかもしれない。それに素直に従ってみようとする姿勢を、頭から否定するのもどうかと思った。

青臭い憤りのようなものは、もう自分のどこを探ってもないのだ。

――きっと松山西部病院のことも調べてください。何もかもを暴いてください。

礼美の声が頭の中で響いた。

――無駄足なら、いくらでも踏め。そして可能性を排除していけ。そしたら真実が残る。

斎藤の顔をじっと見た。こいつと同じ年の頃に、上司から言われた言葉だった。それがふいに思い出された。

「そこ、当たってみる価値はあるかもしれないな」

そう言うと、斎藤はぱっと顔を輝かせた。

「でしょう？　この線、わりと面白そうでしょう？」

「慎重にやれ。有馬氏は地元では有力者だ。宝を掘り出す代わりに、地雷を踏むようなことになるかもしれない」

「え？」

斎藤の顔に怯えが走った。若い新聞記者の肩を、弘之はドンと叩いた。

「腹を据えろ。だが、力を抜け。ダメでもともとなんだからな。現場を当たっているうちに、別のものが見えてくることもある」

緊張した面持ちの斎藤に、西部病院の看護師とは、いい取っ掛かりを見つけたなと言うと、やっと弱々しい微笑みを浮かべた。

自分がつかんだ細い線、斎藤が見つけた線。それらは手繰り寄せても、プツリと切れてしまうかもしれない。でも何かがつながっているかもしれない。そばにある別の線に気がつくかもしれない。事件の取材とはそういうものだ。

それに不思議なことだが、巡り合わせというものもある。見当はずれの事柄にでも固執して取り組んでいると、関連した情報が転がり込んでくることがある。それをきっかけに、ものごとがうまく回りだすのだ。そうやってスクープをものにしたことが何度かあった。

長い間忘れていた感覚が、弘之の背中をそっと押した。

初めは、邦明から相談されたみなと湯への融資案件だった。それがここまで大きくなった。邦明が投げた小さな雪玉が、転がるうちにどんどん膨れ上がってきたのだ。みなと湯の薪釜が寿命を迎えなければ、丸岡にもその恋人の礼美にも出会わなかった。銀行の不正にも、西部病院の内情にも気がつかずに過ごしていただろう。

松山支局で、のんべんだらりと定年が来るのを待っていた。

何かそこに人知を超えた力が働いた気がした。こんな気持ちになるのも、久しぶりのことだった。邦明と、富夫と吾郎の顔が浮かんできた。たぶん、あの面々と縁があったのにも、意味があるのだ。

第三章　甘露《かんろ》の口福《こうふく》

吾郎は携帯電話を持っていない。アパートには固定電話もない。それでも特に不自由は感じていないようだ。邦明との伝達事項は、毎日出勤するみなと湯で交わされるし、唯一の知人である巽からの連絡も、みなと湯に来る。情に厚い巽は、年に一度くらいは松山に来て、吾郎と話して帰る。吾郎が巽のいる大阪に出かけるということはない。

吾郎の生活は、狭い範囲に収まっているということだ。みなと湯で釜焚きをし、天狗堂で勢三と道具遊びをし、乞われると手品を施設で披露する。年がら年中、着ているものは似たようなボロで、贅沢《ぜいたく》なものを着たり食べたりすることもない。

それで不満も不服もないということだ。幸せなんだろうな、と富夫は思う。故郷には戻れず、家族からは勘当されても、これが吾郎の幸福の形なのだ。金には無縁で、些細《ささい》なことに喜びを見いだす。大きなことを望まなければ、失望することもない。質素で寡欲で、だが豊かな生活だ。

しかし、このところ様子が少し変わってきた。邦明がガス釜を導入するために奔走しているのを目の当たりにして、自分も何かできないかと考えているようだ。路頭に迷う寸前の自分を拾ってくれて、大事に使ってくれる邦明に恩返しができないかと頭をひねっている様子だ。

「お前には何もできんやろ。そんなこと、考えんでええ」

富夫はそう忠告してやる。

「まあ、そうやけどなあ」

「黙って今まで通り、働いといたらええのや。邦明がどうにかする。あいつは昔から妙に運がええ奴やった。たいていうまいこといくんじゃ、不思議となあ」

観光バスのガイドをしていた寿々恵と一緒になった時も、バイクで事故を起こしてたいそうな怪我《けが》を負った時も、なぜかうまくことが運んでめでたく収まった。寿々恵には、もう決まった相手がいたのに、それが破談になってしまった。バイク事故では、頭を強打して医者には助からないと言われたのに、奇跡的に意識が戻った。後遺症も残らなかった。

親分肌で、ずけずけと言いたいことを言うのに憎まれない。運を引き寄せる力が、幼馴染の彼にはあるのだ。きっと今度も悪い方には転がらない。

「クニさんに金、貸してもらえんのやけん、わしなんかにも貸してもらえんやろな」

普段なら、ぷっと噴き出してしまうところだが、あまりに吾郎が真剣なので、富夫は顔を引き締めた。二人は釜場の入り口に座っていた。吾郎の低い作業椅子を二つ並べて、路地を吹き抜けていく風に当たっていた。気温が上がってくると、火を焚く釜場の中にじっと座っていられない。

「金の算段だけは、わしらには無理やな」

富夫が言うと、吾郎は首にかけたタオルで汗を拭った。上を向いたまま、軒下をじっと見やった。釜場の崩れそうな屋根の軒下で、ツバメが毎年巣を作る。今年もツバメのつがいがやってきて、軒下を物色するように飛び回っていた。

今朝、多栄が見ていたワイドショーで、最近は日本家屋が少なくなり、ツバメが巣を作りにくくなっていると言っていた。糞《ふん》で汚されるのを嫌って、巣を落としてしまう人もいるらしい。

「そうなんですか。ツバメが巣を作る家には幸福が来るって言うのに」

女性キャスターがそんなことを言っていた。おしゃれな恰好をしたこの人も、高層マンションとかに住んでいるに違いないな、と富夫は思ったものだ。

もともとは倉庫だった天狗堂の軒先にも、ツバメが毎年営巣する。うちにも幸福が来るのだろうか。あんぐりと口を開いてツバメの様子を見上げている吾郎を横目でとらえながら、考えた。

多栄と真希は、作戦を練り直している。どちらが言いだしたのか、勢三を老人ホームに入れることを企《たくら》んでいるようだ。勢三の年を考えると、突拍子もない思い付きとは言えないだろう。現に三ツ浦町でも、老人ホームやサービス付き高齢者住宅、グループホームに入った老人はかなりいた。

以前、吾郎がその中の一つに手品で慰問に行って、「あそこは居心地がよさそうだった。介護士さんたちも優しいし、入居者たちも皆ニコニコしていた」と勢三に語ったらしい。そのことを、夕食時に勢三が話題にした。

富夫はとっくに忘れていたのに、多栄はそのことを憶えていた。施設の名前さえちゃんと記憶にあった。そこでその施設のパンフレットを取り寄せて、検討しているようだ。勢三が吾郎から聞いた話をしゃべったのは、別にそこに興味が湧いたわけでも、ゆくゆくはそこでお世話になりたいと思ったわけでもない。勢三のことだ。あんなところに入って、余生を送る老人たちを見下していたのだろう。

そういうことは、多栄もわかっているはずだ。勢三がそんな話に乗るはずがない。九十歳を超えても天狗堂を続けることに精力を傾けているのだから。第一、入居にかかる費用が払えない。たいていの老人は、まとまった額の年金をもらっているからそれで賄えるが、勢三にはそれがない。

パンフレットに見入る多栄は不気味だ。いったいどんな手を使って、勢三をあんな施設に追いやろうとするのだろう。それを父親に提案する役目を押し付けられるのではないかと、富夫はびくついている。そんな恐ろしい役回りはごめんだ。

「ツバメが金を運んできたっちゅう童話があったろ?」

「ああ?」

ふいに吾郎に話しかけられて、富夫は我に返った。

「どういう話やったかな。ツバメが宝石や金をくわえてきて、困っとる人に分けてくれる童話が。あんなふうにどっかから金目のもんを持ってきてくれんかなあ」

それから「へへへ」と照れたように笑った。

それは『幸福の王子』だ。富夫の娘たちが小さい時に読んでやった絵本にあった。暖かい国に渡っていく途中で羽を休めた王子の像に頼まれて、ツバメが像から宝石や金箔《きんぱく》を剝ぎとって、貧しい国民に運んでやるという物語だった。

吾郎はどこで童話を読んだのだろう。今、金の算段に窮してそんなことを思い出すとは。

吾郎は、特に答えを期待しているふうもなく、また軒下を見上げた。いつも巣をかける場所は同じだ。泥をこねた巣を作りやすいよう、吾郎が板きれを打ちつけてやっている。ツバメにとっては安泰な場所というわけだ。

吾郎はもっとうんと年を取って、体が動かなくなったらどうするのだろうと富夫はふと考えた。今は面白おかしく生きているが、吾郎にも必ずそういう時は来る。蓄えもなく年金もなく、家族もない。

この男は、どんな人生の終わり方を考えているのだろう。

「去年は、一つの巣で二組のつがいが子を孵《かえ》したんや。二組目は六羽も孵って大騒動やったわ」

吾郎はのんきにそんなことを言った。

松山西部病院の看護師の線を当たった斎藤の試みは、うまくいかなかったようだ。新聞記者からのアプローチに、看護師は警戒心を露わにした。

小児科病棟での医療ミスっぽいもののことを口にした覚えすらないと言い張ったらしい。食い下がろうとした斎藤は、石澤に止められたという。現役の看護師には、いろいろと事情があるのだ。病院内部のことを安易に外に漏らしたとなると、立場的にまずいことになる。

「地方では、結構そういうことは重要だ。気を配って取材しないと、こっちが逆に排除される」

石澤からは、そう忠告されたらしい。もっともな言い分だと弘之は思った。全国紙の支局としての立ち位置をよくわきまえている。看護師にしたって、看護師長や事務長に目をつけられたらやっていけない。トップには、理事長として坂上が控えているのだ。

石澤には、看護師は彼の友人と付き合っているのだし、しゃべりたくなったらしゃべるだろうと慰められたようだが、斎藤は気落ちしていた。

取材は、無駄足になることの方が多いのだと、斎藤も実地で学んだだろうか。そう思いつつも、西部病院の看護師の線に少し期待していた弘之も、落胆した。

ところが、別の方向から話が進んだ。大阪支社の永井から弘之に連絡があったのだ。

この前、政治家の秘書時代の坂上のことを尋ねた。彼のやり口や、黒い金融ブローカーとつながっていたことなど。あの時に、桐生事務所の金の流れを追っていた記者に、永井が話を聞いてくれた。その記者が、今回の西部病院の不正融資について興味を持ったという。弘之と会って話がしたいと言っているらしい。

鎌田《かまた》という名の記者は、当時からずっと金融ブローカーの氏家を追っているという。

「鎌田はどうしても、奴に刑罰を受けさせたいんや。自分が書いた記事をきっかけとしてな。氏家はとにかく尻尾をつかませない。警察の捜査も巧妙にかいくぐる。鎌田は何度も奴が絡んだ事件を記事にしたが、氏家は表面に浮かんで来んのや。それが悔しいてたまらんのやな。これはもう因縁やな」

永井は、一回大阪へ来ないかと弘之に提案した。

「そっちの支局長には、話をつける。出張扱いで来て、鎌田と会《お》うてくれ」

大阪支社とタッグを組むということだ。

歯車が回りだした。これがやがて大きな動きを生み出すことになる。その予感に、弘之は震えた。

松山支局長からＯＫが出て、三日後には、弘之は大阪にいた。東洋新報大阪支社は、東京本社を頂点とする東洋新報グループの傘下にある。梅田に自社ビルを持ち、そこで働く人員も東京本社に劣らない数だ。

弘之は、多くの地方支局を回ったが、大阪支社にだけは配属されたことがなかった。社会部デスクは三人。そのうちの一人が永井だった。

直接会ったのは、七、八年ぶりだ。お互い同じほど年を取った外見を確かめあって、照れて笑った。

小さな会議室で、鎌田が待っていた。すらりと背が高く、細い首の上の頭が小さい。イメージとはだいぶ違った。四十代前半というところか。名刺を交換すると、切れ上がった鋭い目で弘之を見据えてきた。まるでグレイハウンドみたいな男だった。

「松山西部病院での不正融資疑いの件、あらましを永井デスクから聞きましたが、この手口は氏家の得意とするところです。坂上と氏家との関係の深さを考慮すると、氏家がすべての計画を立てて実行したことは間違いないと思います」

机を挟んで座った途端、鎌田が口火を切った。

「そうかあ、やっぱり」

永井がボールペンの尻で薄い頭を掻きながら、唸った。鎌田は淡々と続けた。

似たような融資金詐取事件は、近畿、東海圏では繰り返し起こっていて、その多くに氏家が関係していると推察される。彼は投資会社や経営実態のないハコ企業などをいくつも自由に操っていて、手にした金を次々と多数の口座へ移し替え、複雑な金の動きで当局の追及を逃れる。企業経営や証券業界、会計制度などにも通暁している頭脳派のようだ。

企業の乗っ取りもお手のものだと鎌田は言った。そこからも巨額の金が、氏家に流れていく。そのスキームはこうだ。まずは経営不振の上場企業に取り入る。資金注入をすることで、容易に経営に入り込むことができる。注入資金の額によっては、完全に経営権を掌握することも可能だ。その後、第三者割当増資や架空増資を行い、上場基準を維持させる。そのタイミングで氏家たち金融ブローカーは、新株を取得。不正ファイナンスを行った末に株価を吊《つ》り上《あ》げ、安く取得した株式を高く売り抜ける。

経営破たん寸前に追い込まれた企業は、氏家が操るハコ企業へとなり下がるしかない。

氏家は反社会的勢力とも密接につながっている。狙いをつけた企業に注入する資金もそこから出ていることが多い。こうして得た利益は、組織の資金源となっている。暴力団の下には、特殊詐欺グループなどもいて、マネーロンダリングに協力しているという。彼らを使って、詐欺的な土地取引をやったり、貴金属類や精巧な模造品、模倣品を用いて資金洗浄を行う。

弘之も、自分の考えた不正融資の構図を丁寧に説明した。鎌田は黙って聞いていた。伊予新聞の緒方と二人で推測した、瀬戸内銀行の味岡を仲間として引き入れる方法を伝えると、鎌田は大きく頷いた。

「あり得る話ですね。そういう手を、氏家はよく使います。なにせ背後には犯罪集団がついているんですから、汚い仕事をする輩はいくらでも調達できる。そういうケースを僕も何度か見ました」

不正融資を計画すると、彼らは審査担当の行員の身辺や家族構成などを調べて、スキャンダルめいたものを抱えている人物を捜し出す。スキャンダルがなければ捏造《ねつぞう》もする。それをネタに不正融資が通るよう、強要してくるというのだ。行員は、粉飾した虚偽決算書などを見逃して、融資が通るように融通をきかすしかなくなる。

たちの悪い場合は、首根っこを押さえた行員を、不正を働いたことをネタにさらに脅して、個人的に金を巻き上げるということもする。

「すべてのシナリオを書くのは氏家です。とにかく金融犯罪を遂行するには、卓越した才能を持っています」

大阪府警や大阪地検特捜部は、かなり前から氏家の存在を把握していて、同様の手口の犯罪が起こるたびに、捜査に当たっているが、氏家が司直の手にかかったことは一度もないという。

「府警の方は相当苛立っていますね。暴力団取締りの捜査四課や証券監視委とも組んでやっていますが、とにかく氏家は巧みなんです。決して表には出てきません」

特別背任罪《とくべつはいにんざい》や、金融商品取引法違反で挙げられるのは、小物ばかりだと鎌田は嘆息した。

「鎌田君は、ずっと氏家を追っとるんやが、決定的な記事は未だに書けんのや」

「奴にしてやられるのは、うちも大阪府警と同じです。お茶を濁すような生ぬるい記事しか書けません」

しつこく取材を続けて、危ない目にも遭ったことがあると言った。ヤクザに脅されたり、自宅の外でボヤを起こされたりしたそうだ。それでも挫《くじ》けずに氏家を追っているのだから、今どき珍しい骨のある記者だ。中堅記者の執念を目の当たりにして、弘之も久しぶりに、体の中が熱くなるのを感じた。

「氏家は頭のいい男ですが、彼だけではこの大きな組織を動かすことはできません。いや、もう少し言うと、彼は職人肌の男なんです。金融犯罪のスペシャリスト。金を生むゲームをやっているという感覚ですかね。この氏家の才能を利用して、組織を構築し、それを動かしている人物がいます」

「――坂上象二郎？」

弘之は、ごくりと唾を呑み込んだ。鎌田は大きく頷く。

坂上が桐生清雄事務所の金庫番をしていた時に、氏家とは暴力団関係者を通じて知り合ったということだった。坂上は金を作るために氏家を利用した。錬金術師の氏家は、坂上の手によって守られるようになった。お互いの利害関係が一致した。

「氏家は、自由にマネーゲームをやれるようになった。知的にスマートに金を騙し取るのが、あいつの喜びなんです。ある意味、純粋だといえます。冷酷非情で悪辣なのは、坂上です。桐生事務所をクビになってからは、複数の会社の役員をしていました。表面的には健全な経営をしている会社の。実のところは、氏家が乗っ取った会社です。社会的地位を保持していることにはなるが、裏社会とも緊密につながっているという噂でした。その世界では闇紳士などと呼ばれていたりしました」

鎌田の身の回りで脅しめいた事件が起こったのも、坂上の差し金だと鎌田は睨んでいた。桐生代議士とは縁が切れたが、有馬とはその後も関係が続いていたようだ。有馬の出身地である愛媛、そして有馬の孫が治療を受けている西部病院との関係ができたのも、そのせいだろう。

「坂上が松山西部病院の理事として乗り込んでいったのは、地元に顔がきく有馬の口添えのお陰でしょう」

理事長就任が二年前という話を聞いて、鎌田は、その頃から不正融資を計画していたのだろうと推測した。弘之が考えたことと一致している。氏家が企業を乗っ取るように、坂上は病院を我が物顔で操り始めたというわけだ。

「愛媛に移っても、彼の本質も背後に控える悪の集団とのつながりも同じです。坂上は、大阪から馴染みのヤクザを呼んで、汚れ仕事をやらせたりしていると聞きました」

溺死した丸岡もそのようにして殺されたのか？

「ただし、坂上を検挙するのは氏家よりさらに難しいでしょう。氏家は、逃げ回っていて捕まらない。しかし実行犯ですから証拠さえ積み上げれば逮捕起訴することは可能です。これに対して坂上は、堂々と社会生活を営んで、それ相応の地位にいますからね。彼は決して自分の手を汚さない。自分につながる証拠を挙げるのが難しいということを、本人もよくわかっているんです」

「だが、今回は違うかもしれません」

弘之が低く抑えた声で言うと、鎌田も永井も、はっとしたように顔を上げた。

「地方都市である松山は、二人の独壇場であった大阪とは違います。坂上もまだ理事長になって二年。病院という特殊な場所での資金流用です。どこか勝手が違ってボロを出すかもしれません」

言葉にすると、体の奥底から憤怒《ふんぬ》の感情と闘志が湧き上がってきた。自分でもやや戸惑いながら、弘之は言葉を継いだ。

「ここで甘い汁を吸えると考えているなら、大きな思い違いでしょう」

弘之の脳裏に、茶色くうねった屋代川の流れが蘇ってきた。

「宮武さん」

切れ上がった鎌田の目が、すっと細くなった。

「これからはまず氏家を炙《あぶ》り出《だ》し、スクープ記事にするために協力しあいましょう。坂上の裏の顔のことも書きましょう。それはあなたにお任せします」

弘之にも異存はなかった。

「それが成ったら、凄い特ダネになるわ。どこの新聞も気がついてないんやから」

鎌田が今まで積み上げてきた取材と、地元新聞の記者とも連携した弘之の取材が合わされば、きっといい結果が得られると、永井は言った。

東洋新報大阪支社の社会部デスクも相当に興奮しているようだった。その後、これからの取材の方向性や協力態勢を確認しあった。

鎌田は、氏家泰司の写真を見せてくれた。表に出るのを嫌う氏家は、写真を撮られるのも忌避しているらしく、写真を入手するのは困難なのだと鎌田は言った。写真は、大阪支社のカメラマンが望遠レンズで隠し撮りしたものだった。

スーツをきちんと着こなした氏家は、ごく普通の投資家然としていた。特に恰幅《かっぷく》がいいわけでもなく、険しい表情を浮かべているわけでもない。七三に分けた銀髪に、色艶のいい顔。狡猾《こうかつ》さも強欲さも写真からは伝わってこなかった。どちらかというと、恬淡《てんたん》とした構えだ。年齢は五十九歳だという。

弘之は氏家の顔を頭に刻みつけた。自分や邦明たちと同年配だ。みなと湯で気勢を上げる面々は、皆、素人だ。もう人生の終焉《しゅうえん》が見え始めた男たちだ。金融のプロ、犯罪集団を相手にしても到底勝ち目はない。だが、坂上と組んで四国にまで手を伸ばし、地元の銀行をいいように操るのを見逃すわけにはいかない。

その煽りを食って、みなと湯も経営が立ちゆかなくなりつつあるのだ。何十億、何百億もの金を右から左に動かし、上場企業を乗っ取る輩からしたら、取るに足りないちっぽけな銭湯かもしれない。が、甘く見るなと言ってやりたかった。弘之にとって、すべてはそこから始まっているのだ。

それから丸岡のことがある。彼がもし礼美の言うように殺されたのだとしたら、犯人を見つけ出し、罪状にふさわしい罰を受けさせるべきだ。何より、真実を明らかにしなければならない。それが新聞にできること、今、自分がやるべきことだ。

早く松山に帰って仕事をしたいと、弘之は思った。

一泊二日の大阪出張からとんぼ返りしてきてすぐに、斎藤に大阪での話し合いの内容を伝えた。

「凄いことになってきましたね」

連日、高校野球選抜チームの練習を取材しに出かけている斎藤は、ほんのりと日に焼けている。少しだけ精悍《せいかん》な顔立ちになった気もする。

支局長にはまだ内緒なので、永井と打ち合わせた適当な報告を上げておいた。だから、支局内ではこの話はできない。松山支局の近くの喫茶店で、向かい合った。三月も中旬になり、お堀の緑が萌《も》えたってきた。行き交う人々も薄着になってきた。

季節の進み具合を感じるとともに、融資実行日まであと半月しかないのだと弘之は思った。疲労のせいか、体が甘いものを欲するんで、と斎藤はあんみつを注文した。冷たいあんこや四角い寒天をスプーンですくい取っていた斎藤は、満足そうに息を吐いた。

「まだ誰にも言うなよ。支局内でもこのことを知っているのは、僕たちだけなんだから」

「わかりました」

「西部病院の方はどうだ?」

「あれからまた事務長と電話では話しましたがだめですね。理事長に気を遣っている感じです」

甲子園での一回戦には、石澤だけが同行するようだが、もし勝ち抜いたら、斎藤も応援で駆けつけることになっていた。斎藤が高校野球に手間を取られているうちに、西部病院への融資は行われてしまう。

「でも、石澤さんとずっと一緒にいるおかげで、合コンで出会った看護師さんたちの話はちょっとずつ聞いていています」

弘之は一瞬、石澤も仲間に引き入れようかと思ったが、それは得策ではないと思い直した。確たるものを一つもつかめない今は、斎藤と二人でこっそり動く方がいいだろう。大阪支社の永井と鎌田が共に動いてくれるとなっただけでも心強い。

「何かわかったか？」

斎藤は、求肥《ぎゅうひ》を口に含んで、幸せそうに咀嚼《そしゃく》した。

「たいしたことは。難病の子を治療する小児科病棟は大変らしいですね。長く入院してる子や、入退院を繰り返す子、遠くから松山西部病院の治療を受けるために親子で来ている人たちもいるそうです。有馬代議士の孫は、十三歳だそうです。幼い頃から西部病院にかかって、いろいろな治療を試しているうち、体に合った薬が見つかったみたいで、去年の三月に退院した後は、大阪から通って定期的な検査だけで済んでいるようです」

「なんて病気なんだ？」

「そこまでは、ちょっと――」

斎藤は、赤いチェリーの軸をつまんで持ち上げた。

「高校野球の方が一段落したら、石澤さん、また合コンを企画するみたいで、僕も呼んでくれるって言ってくれてるので」

「お前の合コンの話なんかどうでもいいよ」

斎藤は慌ててチェリーを口に放り込んだ。

「いや、次回は西部病院を辞めてしまった看護師さんも誘ってみるって言ってたから、もしかしたら親しくなれるかも」

斎藤は水色の器に、チェリーの種をそっと吐き出した。

正面に座った上司が、そんなやり方で情報を取れると思っているのかと、一瞬叱りつけそうになったとは、夢にも思っていない様子だ。

礼美はどうしているだろうかとふと思った。邦明の話では、みなと湯へもあまり来なくなったということだ。恋人がいなくなった支店で、鬱々と仕事をしているのだろうか。彼女の喪失感、絶望は、あの支店にいる誰にも伝わらない。

ただ――自分にできることははっきりした。真実を暴くことだ。新聞人として、やるべきことは決まっているし、そのメソッドも身についている。

その日の帰り、弘之はみなと湯に立ち寄った。大阪での首尾を、かいつまんで皆に話すつもりだった。彼らには何もかも伝えておくべきだと思った。邦明が、富夫も呼んでおくと言った。

釜場にいた吾郎に声をかけた。

「クニさんと富夫さんは、もう家の中で待っとる。それからあの子も」

「あの子？」

心当たりはあったが、吾郎を問い質した。案の定、友永礼美だった。邦明が気をきかせて呼んだという。それを聞いて、礼美におおまかとはいえ、すべてを話していいものかどうか、弘之は迷った。が、すぐに心を決めた。ここまで大きくなった金融事件を追及するきっかけは、礼美が作ってくれたのだ。目的は少し違うが、恋人のためにと意を決して来た彼女にも、聞いておいてもらおうと思った。あの子が再三口にした松山西部病院にまつわる話だ。礼美の口から他に伝わる気づかいもない。

邦明宅の玄関を入った。邦明と富夫とが並んで座るソファの端に腰を下ろした。正面には、暗い目をした礼美が座っている。弘之を見やった不安そうな顔に、小さく頷いてみせた。

吾郎は例によって、丸椅子を持ってきた。富夫が勝手に冷蔵庫を開けてペットボトル入りの麦茶を皆に配った。ここへ来る道々、頭の中で整理した話を、弘之は語った。四人は、一度も口を挟むことなく、ペットボトルに手を伸ばすこともなく、聞いていた。

瀬戸内銀行が松山西部病院へ不正融資を行うこと。その実質的な作業を命じられたのは、丸岡だったこと。そのせいでみなと湯への融資がだめになった。すべては松山西部病院の理事長と大阪時代に関係ができた大物金融ブローカー、氏家泰司が画策したことだと思う。背後には暴力団などの反社会的勢力の影もちらついている。瀬戸内銀行が坂上と氏家の言いなりになって不正融資を通したのは、そういう輩がバックアップして、犯罪の手口を使われたからだということ。

不正融資の稟議に専念するうちに、丸岡は裏のからくりに気がついたか、あるいは気がつきかけた。礼美は、それが原因で彼が殺されたと思い込んでいるが、その証拠は今のところない。礼美の頬がぴくりと動いたが、彼女は何も言わなかった。

「なんやて――」話が終わると邦明はかすれた声を出した。「そんな大きな話になるんか」

富夫と吾郎にいたっては、鳩《はと》が豆鉄砲を食ったような顔をしている。

「クニさんが言うように、これはとても大きな事件に発展しそうだ。ただの不正融資だけではとどまらなくなった」

だから――と弘之は続けた。だから、自分にすべてを任せてもらえないだろうか。新聞記者として、全力を尽くす。その態勢も整った。

「そやな」邦明がぽつりと呟いた。「もうわしらの手には負えんな」

富夫と吾郎は顔を見合わせた。

「そんで、一千万円の算段もパアやというこっちゃ」

続けた邦明の口調には、いつもの覇気はなかった。吾郎もしょんぼりと肩を落とす。

「そんな滅茶苦茶《めちゃくちゃ》な融資は通って、みなと湯への堅実な融資は潰されたわけや。丸岡さんがそれを暴いてくれようとしとったのに、うまいこといかんかったんやな」

殺されてしもうたから、という言葉を邦明は言おうとしたのか、慌てて口を閉じた。初老の男たちの視線が、礼美に集まった。唇を一文字に食いしばった礼美は、真っすぐに男たちを見返した。しかし、やはり言葉を発することはなかった。

「僕にできることは確証をつかんで新聞で報道することだと思う。警察が動かざるを得ないくらい確かな記事にして」

「そやな！」

たちまち邦明は、元気を取り戻した。

「それでこそ、天下の東洋新報じゃ！　頼むで、宮さん。力になれることがあったら何でも言うてくれ」

「わしらにできることなんか、あるんかいな」

富夫がまた水を差した。

「わしは証人になってやる。つまらん融資を押し通すために、おじゃんにされた融資の申込者として。丸岡さんがどれほど骨を折ってくれたかも、堂々と証言してやるぜ」

富夫と吾郎を指差して「お前らも経過はずっと見とるやろ。いざとなったら出るとこに出て証言せいよ」と唾を飛ばした。

「出るとこて――」

吾郎が怯えた顔をして、雇い主を見上げた。

弘之は礼美と一緒に、邦明宅を出た。

「私、銀行を辞めようと思うんです」

唐突な告白に、弘之は驚いた。

「またどうして？」

邦明たちの前では、そんなことは一言も言わなかった。いや、言葉を発することなく、弘之の話にただ耳を傾けていただけだった。

まだ丸岡の死の原因は究明されていない。銀行の不正融資や松山西部病院と坂上理事長の企みも何一つ告発されていない。以前に礼美は、「銀行を辞める気だ」とは言っていた。だが、こんな中途半端なところで銀行を辞めてしまうとは思わなかった。

あれほど執念を燃やしていたのに、いったい何があったのだろう。まさか彼女にまで圧力がかかったのか？　誰かに脅されたとか？

それを口にすると、礼美は否定した。

「そうじゃありません。もう私が銀行内で調べることもなくなりましたから。相手はあまりに大きいと悟りました」

今日の話を聞いて、弘之たちに任せておけば、すべてうまくいくと確信したという。

「宮武さんなら、きっといい記事を書いてくださると思います」

そう言われてもどうにも腑に落ちない。

「丸岡さんのことはもういいのか？」

「彼の死の真相も含めて、すべてを解明し、世間に公表してくれる。そうでしょう？」

「もちろん、そのつもりだ」

「それを聞いて安心しました。よろしくお願いします」

礼美は立ち止まって深々と頭を下げた。

礼美の母方の祖父母が大分県中津市にいて、そこで一緒に暮らすことにしたそうだ。

「弟と一緒に行きます。あっちには、伯父や伯母も、従兄弟《いとこ》たちもいますから、何かと力になってくれると思うんです」

「そうか」

それがいいのかもしれないと思い直した。父親とは疎遠になり、母親を亡くし、今度は恋人も喪ったのだ。会うたびに増してくる憔悴《しょうすい》ぶりを見れば、もう限界まで達していると推測できた。

これから不正融資がどう追及されていくか、わかり次第、逐一知らせると言うと、礼美はその必要はないと答えた。

「宮武さんが書いた記事を読みます。大分で東洋新報を取って」

「わかった」

そうは答えたものの、釈然としないものが残った。

あまりに急過ぎた。礼美のことだ。最後まで見届けて、気持ちにけりをつけたいと願っていると思っていた。自分を鞭打つように突っ張っていたのに、精神がもたなかったのだろうか。ポキンと折れてしまう前に、優しい親族に頼ることにしたのか。

最善の選択だとはわかっていても、やはり礼美らしくないと思うのだった。


吾郎のところに巽が訪ねてきた。吾郎がみなと湯のピンク電話で、大阪の彼とやり取りをしていたと思ったら、急に来ると言ってきたらしい。バタバタとやってきた後、二日ほどどこにも出かけず、天狗堂にも顔を出さず、二人で吾郎のアパートにこもっていた。

弘之に、松山西部病院への不正融資の裏側のことを聞いてから、十日が経った。

富夫は何も手につかず、かといって、特に何もすることもなく十日を過ごした。勢三は相変わらずぶすっとしたままだ。反対に多栄は機嫌がいい。機嫌がよければ安泰ということもない。何かが起こる前の静けさのような気がして、富夫の気は休まらない。

天狗堂では、珍しく伊予絣《がすり》の古い着物が二枚も売れた。演劇をする若者のグループが買っていったのだ。時代劇をするらしく、蓑《みの》や笠、機織り機や糸車を興味深く見ていた。我が意を得た勢三が、若者たち相手に講義をしていた。

彼らが帰っていった後、吾郎が巽を伴って天狗堂にやってきた。勢三は、若者と話して疲れたのか、自室で昼寝を決め込んでいた。天狗堂に入ってきた吾郎は、キョロキョロと辺りを見回した。そして勢三が自室に引っ込み、多栄もパートに出ていることを確かめると、ようやくほっとしたように、上がり框に腰を下ろした。

巽は、菓子折りを差し出した。

「いっつもすまんの」

「おっちゃんが起きたらあげといて。みるく饅頭《まんじゅう》や」

巽は、勢三のことを「おっちゃん」と呼ぶ。家庭に恵まれなかった巽にとって、吾郎や勢三はかりそめの家族なのかもしれない。

「どしたんぞ。なんかあったんか」

いつになく緊張した面持ちの吾郎に、富夫は尋ねた。

「実はな、富夫さんにだけ打ち明けよと思うてな」

答えたのは巽だった。売り物の籐《とう》の腰かけを持ってきて、上がり框の二人に向かい合って座った。天狗堂の前の道を、下校する小学生たちが通っていった。その中の一人が、縦笛を調子っぱずれに「ピーッ」と吹いた。子どもらの笑い声。内港をいく漁船のエンジン音。

「えらい畏《かしこ》まっとるな」

茶化して言ったつもりなのに、なぜか顔が引《ひ》き攣《つ》れた。吾郎も巽も、真顔で富夫を見詰めている。

「あのな、富夫さん。宮さんの話、聞いてな。わし、タツに前、聞いたことを思い出した」

「何を？」

「氏家泰司ていう名前」

「なんじゃと？」

富夫は目を見張った。だが、それから先の話は、さらに仰天すべきものだった。

巽は、氏家泰司という金融ブローカーを知っているだけではなかった。巽が所属する詐欺集団は、氏家たちの金融犯罪の片棒を担がされているという。暴力団もバックについた大きな犯罪集団の下部に組み込まれているらしい。

「つまり、こき使われとるのや」

巽は、吐き捨てるように言った。

「わしらは、せこせこと稼ぐチンケな詐欺集団やった。チンケやけど、騙しのテクニックは秀でとった。年寄りとかは相手にせず、金をがっぽり稼いだ奴らからいただくやり口やった。失敗もするけど、この業界ではまずまずの成績を上げとった」

詐欺にも業界があるのか。そこで力を競いあっているということか。

「せやけど、騙しのテクニックなんぞにこだわる詐欺師は古臭い部類に入るようになった。だんだん荒れた仕事をする奴らが増えてきて――」

「そやな。どこも大変なんやな」

吾郎が的外れな相槌を打った。

「で、じり貧になって、結局氏家らのグループに組み込まれたというわけや」

「そんで、タツはここんとこ何年かは腐っとったんやな」

「嫌気がさしたんじゃ。汚いやり口にな。そやけど一回取り込まれたら、抜けることはかなわんからな」

巽は顔を曇らせた。詐欺師だという彼が、具体的にどんなことをしていたか、富夫は今まで聞くこともなかったし、向こうも話題にすることはなかった。そこは何となくタブーになっていたのだ。

長い間、巽は富夫の中では、ただの吾郎の年下の友人という位置づけだった。ここに来れば、勢三のことを「おっちゃん」と呼び、吾郎も入れて和やかに談笑していた。勝手に害のない中年男だと思い込んでいた。それが今、にわかにずっしりと黒い重量を持った人物として立ち上がってきた。

「どんなことをするんや?」

富夫は恐る恐る訊いた。汗がじっとりと浮いてきた。隙間だらけの天狗堂は、表も裏も開けっ放しだ。内港から吹く風が気持ちよく通り抜けていく。夏になってもエアコンなどない天狗堂は、天然の空調にまかせている。吹き込んできた風に、桜の花びらが一片、混じっていた。

巽は富夫の問いに、気負うことなくすらすらと話した。

巽たち詐欺集団は、氏家たちが金融犯罪で得た金を、足のつかないきれいな金に換えるために働かされているという。要するにマネーロンダリングだ。やり方は数々あって、そのいちいちを上から指示される。金融商品や暗号資産を購入して、その後複雑に口座間で受け渡しするという方法もある。が、それは、別のグループにやらせているのだと巽は言った。

「そういうのは、そっちに通じた頭のええ奴がおるのや」

なんと税理士や弁護士など、金融や税務、法律に明るい専門家までが仲間の中にはいるそうだ。富夫は、ただただ驚嘆して聞き入るのみだった。

「で、な。わしらがやらされとるのは、もっとアナログな方法なんや」

体を張った方法、と巽は言った。口座に振り込まれた金を現金化するのも一つの方法だ。それでもう金の流れは追えなくなる。他人名義の口座を入手して、本人になりすまして振り込まれた金を下ろし、指定された場所に届ける。あるいは複数の口座に預け入れる。

貴金属や絵画などの芸術品、不動産の売買を嚙ませることもある。金に交換可能な商品が間に入ると、これも金の流れを曖昧にする。こうして違法に手に入れた収益は、合法的なビジネスで得た利益に転換されるのだ。

弘之もこの前、そんなことを大雑把に説明していた気がする。

「うまいこと、できとるもんやなあ！」

富夫は舌を巻いた。こんな小さな港町で、ガラクタ同然の骨董品を扱っている自分には、思いもつかない世界があるものだ。

「そうや。もうこれは犯罪集団というよりも、出来のええ株式会社みたいなもんなんや」

巽の比喩はよくわからなかったが、とにかくでっかい組織が、効率よく動いているということなのだろう。そしてそれのトップにいるのが、氏家という男なのだ。

またエンジン音が響いてきた。のどかな春の午後に、みるく饅頭の包みを前にして聞くには、あまりに現実離れした空恐ろしい話だ。いつから巽は、そんな犯罪に手を染めだしたのだろう。その疑問を口にすると、巽は苦痛極まりないという表情を浮かべた。吾郎も痛々しい顔をして、うつむく。ということは、吾郎も元子分がこんな境遇に甘んじていることを知っていたということだ。

「わしらの詐欺集団のリーダーがな、はめられたんや」

法を逸脱した詐欺仕事に勤しむ輩には、弱点はたくさんある。そこを突かれて脅され、取り込まれた。氏家たちは、下部組織に組み込んで、手足のように動かす集団をいくつも集めてくるのだという。直接売買をしたり、金品を受け取ったりする要員は、警察にも捕まりやすい。逆にいうと、組織の上層部に手が届かないように、巧妙に仕組んであるのだ。

そんなふうに切り捨てられる傘下の小悪党は、たくさんいるそうだ。巽らの詐欺集団は、小《こ》廻《まわ》りもきくし、もともと人を騙すことに長けているから、重宝されているという。

「そやけど、危ない目に遭うわりには、実入りが少ない。全部、上の奴らに吸い上げられる。わしらはリーダーを中心に自由に仕事に励んどった。それが今や押さえつけられ、どやしつけられ、そこらへんの金に困ったしょんべん臭い小僧と一緒の扱いや」

強固な連帯感で結ばれていた詐欺仲間も、検挙されたり、抜け駆けをしようとして暴力団に痛めつけられたりして、ばらばらになったらしい。挙句、年を取ったリーダーが、捨て身で上に抗議して、行方不明になってしまった。

「逃げたんか？」

「いや……」巽は、くしゃりと顔を歪めた。「たぶん、どっかの山の中にでも埋められとるんやと思う」

「そんな──」富夫は絶句した。

「氏家と手を組んで、組織を操る奴がおる。名前は知らんけど氏家よりも凶悪な奴や。バックには、ヤクザもおるから、そいつらがそういう仕事も引き受ける。わしら下っ端には手も足も出ん仕組みになっとる。抜けようにも抜けられん」

消息を絶ったリーダーのことを思い出したのか、巽は洟《はな》を啜り上げた。気を取り直して言う。

「そんで、今度、吾郎さんに聞いたんやが、氏家が仕組んだらしい詐欺事件がこっちで起こったんやてな」

「詐欺事件っちゅうか──銀行からの融資を騙し取る企みらしいで。複雑怪奇な仕組みになっとって、わしらには頭がなかなか追いつかん」

この前、みなと湯で弘之から聞いた話は、吾郎の口から巽に伝わった。氏家泰司という名前を、巽から聞いていた吾郎はピンときたらしい。それで迷った末に巽に相談したようだ。氏家のやり口を知り尽くし、なおかつ末端の道具として使われている巽には、あらましを聞いただけで全貌が理解できたのだった。

「ゴロー、お前な、そうベラベラしゃべるもんじゃないぞ。なんぼ親しいタツや言うても。宮さんからも口留めされたやろが」

一応、釘を刺すと、吾郎はしゅんとうなだれた。

「吾郎さんは吾郎さんで、どうにかならんか考えとったんや。みなと湯には世話になっとるからな」

巽が吾郎を庇った。そして、座った椅子をずずずっと前に寄せて、顔を突き出した。

「あのな、富夫さん。わしら二人で考えたことがあってな」

「何？」

「その宮武っちゅう新聞記者さんも、氏家らを追い込んで炙り出そうて考えとるんやろ。合法的なやり方で」

巽は「合法的な」という部分を強調した。

「まあな」

何となく、嫌な予感がした。

「わし、もうあのグループからは抜けようと思うとる」

「うん」

そんなことが可能なのか。さっきは、一回取り込まれたら、抜けることはできないと言っていたのに。吾郎に視線を移すと、すでにその先を知っている彼は大きく頷いた。

「そんでな、わし、最後のひと働きをしようと思う。詐欺師としての有終の美を飾るんや」

「意味わからんわ」

それは完璧に犯罪集団から抜け出せて、かつ、大金を氏家から横取りできる方法だと巽は言った。

「タツと相談してな、富夫さんにだけは打ち明けようということになった」

吾郎がそう付け足した。いつになく威儀を正した様子に、富夫の不安は募った。だが、最後まで聞かずにはおれなかった。

巽は、じっくりと練ったであろう計画をおもむろに話し始めた。

誰かに聞かれているような気がして、富夫はちらりと振り返ってみた。開け放った裏口の向こうに、霞《かすみ》のかかった春空と港内の風景が広がっていた。波を蹴立てていく漁船や、低い堤防の内側で魚を干す太った漁師の女房。自転車の荷台に釣《つ》り竿《ざお》をくくり付けて通り過ぎる人。見慣れたいつもの風景だ。

そこからかけ離れた巽の話に耳を傾けつつ、それでも富夫はしだいに高揚してきた。巽は、悪徳金融ブローカーで、司直の手から逃げのび続けている犯罪者、氏家泰司をはめる計画を立てたのだった。奴のやり口はよくわかっている、と巽は言った。松山西部病院への不正融資は滞りなく行われ、彼らは金を手に入れるはずだ。それを阻止することは自分にはできない。だが、上乗せされた融資金から抜いた金は、一度は氏家の管轄下に送られてくる。そして彼がマネーロンダリングをほどこす。その際に、巽たちが動員されるはずだ。その機会を利用して、いくらかを横取りする。

「い、いくらかていくらや？」

「一千万」

すかさず、吾郎が答えた。その金額は、この数ヵ月間、二人の間で何度もやり取りした金額だった。

「一千万？　それは――」

「そうや、富夫さん。みなと湯の修理費用や」

「ゴロー、お前、それを詐欺集団から横取りしようというんか」

巽と吾郎は、同時に首を縦に振った。

「まあ、そこはわしに任してくれ。きっとそれ以上の金額を、いっぺん現金化するはずなんや。そんでそれで高価な商品を買う。また売りさばく。そうして手にする金はきれいな金に化けとるという塩梅や」

「それはわかるが、そううまくいくか？　へたしたら――」

お前も山の中に埋められるぞ、と言いかけた言葉を呑み込んだ。

「心配することない。この計画はばっちりや。こことここの勝負や」巽は、人差し指で自分の額を突いた。「警察も手が届かん悪徳金融ブローカーを、詐欺にかけたる。あいつに泡を吹かせたる」

「どうやって？」

どんどん話に釣り込まれていく自分を意識した。巽はにやりと不敵に笑った。自信に溢れた笑みだった。

「口座に振り込まれた金額を、引き出す役目の奴は目星がついとる。そいつをペテンにかけるんじゃ。引き出した現金で、金《ゴールド》を買うたように見せかける。ほんまは買うてないのに」

「どうやって？」

「引き出した現金を使《つこ》うて、ひと儲けせんかと持ち掛ける。上に現金を渡す前にそれでゴールドを買うんやゆうて。いっぺんゴールドに換えて、それを中国人に売りつける。向こうは今、ゴールドの人気が高いよってに、引き出した金額よりも高《たこ》うに引き取ってくれる。その差額で儲けようやと言えば、乗ってくるで」

「ゴールドてお前——」

「ニセもんを見せたらええんや。こっちには、たいそうな金のインゴットがある」

「あ」

吾郎が我が意を得たりというふうに、にやっと笑った。

「な？　タツは頭ええやろ？　メッキのインゴット、置いといてよかったなあ！」

「あれでわしらはひどい目に遭うた。今度はお返しや」

興に乗って、巽はおおまかな手口を説明した。

巽は買ったと見せかけたニセのインゴットを持って、中国人の闇バイヤーのところへ換金してもらいにいくという。同時刻にそこへ警察の手入れが入るよう、事前に情報を流しておく。警察に踏み込まれたバイヤーも巽も逃げ出す。ドタバタのうちに、インゴットは行方不明になる。警察に押収されたか、闇バイヤーが持ち逃げしたか、上のものにはよくわからない仕組みにしておくそうだ。

「そないにうまいこと、いくんかいな」

富夫の疑念に、巽は胸を張った。警察には鼻ぐすりを嗅がせ、バイヤーにも手数料を払ってしばらく潜伏しておいてもらうのだと言った。中国で羽を伸ばしてくるつもりだと、彼は言っているそうだ。長いアンダーグラウンド生活のうちに、そんなつながりも巽にはできていた。

一千万円分の金のインゴットを買ったはずの現金は、そっくり巽の手の中に残るという具合だ。

もう成功したかのように、吾郎と巽は顔を見合わせて笑っている。

この二人は、失敗するなどということは、微塵《みじん》も考えていないのだ。吾郎は世話になった邦明のために、巽は憎い氏家に復讐《ふくしゅう》するために、腹を据えたのだ。

それなら——それならわしも——。

「よっしゃ！」

いきなり立ち上がった富夫を、吾郎と巽は、ぽかんと見上げた。

「わしも乗ったで、その話。クニのために一千万、そのブローカーちゅうもんから奪い取ってやろやないか。そんで、みなと湯には、ピカピカのガス釜をどーんと据えてやろ」

巽の背中を思い切り叩いた。巽は、軽く咳《せ》き込《こ》んだ。

「タツ、わしにできることがあったら何でも言うてくれ！」

「そんなら——」

一千万円の現金を大阪まで取りに来てもらえないかと巽は言った。自分の手元にそれを置いておくと怪しまれるのだと説明する。脛に傷のある吾郎には、そういうことはさせたくないし、吾郎と巽の関係を知っている者に勘ぐられるのも困るということだった。

「まかせとけ！」

富夫は、今度は自分の胸をドンと叩いた。

「わしもその詐欺働きに加担する」

吾郎が、慌てて唇に一本指を当てた。富夫は、慌てて声を落とした。

「うまいこと、やれよ、タツ。後はその金はちゃあんとゴローに届けたる。大船に乗った気でおれ」

体の内側から力が湧いてくるのがわかった。

「大丈夫や、富夫さん。首尾は上々。絶対にドジは踏まん」

「ほうか！　クニの奴、目ん玉ひん剝いてたまげるやろな。わしらがその金を作った言うたらな」

富夫のことを「肝のこんまい奴」と常々言っていた邦明がどんな顔をするか考えるだけで、富夫は喉の奥から笑いが込み上げてくるのだった。

「受け取ってくれるやろか、クニさん。それがわし、ちょっと心配なんや」

吾郎が眉根を寄せた。

「心配すな。そこはわしが説得する。マネードンダンたらいうもんを経たきれいな金や。堂々と受け取ったらええんじゃっちゅうてな」

吾郎は、ほっとしたように肩の力を抜いた。

「そうやな。富夫さんの言うことやもんな。クニさんも安心するわ」

「ほな、ええんやな。これは成功するまで、この三人の胸の内に収めとこう」

やや厳かな声で巽は言った。その言葉を聞くと、富夫の中でふつふつと血が沸き立った。

「おう！　ええぞ。わしらが組んだら、絶対に成功する。一念通天や」

もう誰にも、自分のことを役立たずだとは言わせない。詳しいことは家族にも言えないが、それでもいい。関西で暗躍する金融犯罪グループを手玉にとって、なおかつそこから金をかすめ取るのだ。これほど痛快なことはない。

気がついたら、吾郎と巽は天狗堂の入り口から外に出ようとしていた。逆光で黒い影になった二人を見送って、富夫は深呼吸をし、肺に潮の匂いの空気を取り入れた。

廊下をやってくる杖の音がした。

「なんや、タツの声が聞こえた気がしたが、あいつ、来とったんか」

勢三が顔を覗かせた。

「おう。これ、土産やと」

みるく饅頭の箱を渡すと、勢三は顔をほころばせた。

「律儀なやっちゃな。ゴローのとこに遊びに来るだけやのに、わしにまで気ィ遣《つこ》うて」

これから、三人でどでかい遊びをやらかすのだ。自由気ままに型破りな生活を送ってきた勢三にも、想像もつかないことだ。

夕飯の席でも頬が緩むのを抑えられなかった。

「何ニタニタ笑っとんの。気持ちが悪い」

多栄にそう言われても、腹は立たなかった。

正面の壁に「一念通天」の額が掛かっていた。


弘之は緒方に、大阪での首尾を洗いざらい話した。

東洋新報支局や伊予新聞の社屋から離れた城北地区のファミリーレストランで。

「坂上理事長は、相当胡散臭い人物やと思っとったけど、そんな背景があるとはな」

金融ブローカーや暴力団との関係を話すと、緒方は腕組みをして唸った。それから、松山西部病院は、医療者としても優れ、また徳のある望月親子が作った、地元でも長年愛された特別な病院だと緒方は言った。それを強欲で腹黒い連中に食い荒らされるのが、我慢ならないといった風情だ。

「東洋新報の大阪支社がそこまで力を入れて、その氏家という男を追い詰めてくれるんなら、こっちはこっちで頑張らないかんな」

「そうですね。鎌田という記者も、長年のサツ回りで親密な刑事がいるようなので、彼らにも働きかけてみると言っていました。大阪府警も興味を示すと自信があるようでしたね。この機会を逃したら、氏家はまた悠々と金融犯罪を繰り返すに違いないと」

「ほうか。こっちもちょっと捜査一課を突いてみよか」

「人が一人死んでいるんですからね」

丸岡のことを思い出して、ぽつりと呟くと、緒方も暗い顔をした。

「丸岡さんの両親は宇和島で小さな食堂をやっとるらしいわ。宇和島支局の記者から聞いた。新鮮な魚を安く食わせる店やそうな。息子が死んで、気落ちしてしばらく店を閉めとったようじゃが、また始めとるて」

銀行員の息子は、彼らにとっては自慢の息子だったろう。その彼が突然死んでしまい、どんなに悲嘆にくれているだろう。

緒方はコーラを一口飲んで、話題を変えた。

「有馬の孫の病気については、ちょいと聴き込んだ。リヒャルト・バーデン症候群という珍しい病気やそうな」

「リヒャルト・バーデン症候群？」

「うん。日本でも百人以下しか患者がおらんらしい。子どもの頃に発症する難病で、松山西部病院にはリヒャルト・バーデン症候群に通じた先生がおって、治療に当たっとるんやて」

原因はよくわかっていないが、免疫機能に異常が生じ、自己免疫作用によって細胞が破壊されていく病気だという。攻撃され、破壊されていく細胞の種類によって、様々な症状が起こるので、病名の特定をするのが難しい。よって、リヒャルト・バーデン症候群と判断される時には、かなり病状が進行していることが多い。

重篤化すると発熱やけいれんを繰り返し、体内に炎症を起こしたり、血管内に血栓ができたりする。それが原因で死にいたることもある。厄介なのは、いろんな合併症を引き起こすことで、それでさらに治療が難しく複雑になっている。対症療法的に大量の薬を服用し、厳しい食事制限をすることで、なんとか日常生活は営めるという。

「これに最近、別の病気の治療薬が効くということがわかって、日本でも承認されたらしいわ。有馬の孫も西部病院で投薬してもらい、寛解《かんかい》にまでいたったということや。有馬代議士にとっては、たった一人の孫やから、そりゃあ、感謝しとると思うわ」

有馬が厚生労働大臣だった頃、立場にものをいわせて、リヒャルト・バーデン症候群を特定疾患と認定し、治療研究費助成の対象とした。患者数の少ないリヒャルト・バーデン症候群だが、西部病院でも国からの助成金をもらって、患者を何人も受け入れて治療に当たることができた。

「大阪時代からの西部病院の坂上理事長と有馬代議士のつながりは、今はさらに相当に強固なもんになっとるやろな」

「そうですね」

有馬は、自分の孫のためにやや強引な方法は取ったかもしれないが、それで助かる患者もいるだろう。坂上の方も、大物代議士の政治力を手に入れることができるとあって、彼の孫の治療には特別力を入れたに違いない。双方の思惑が一致した結果だが、特に責められるものとは言えない。

斎藤が聞き及んだ「医療ミスっぽいもの」とは何だろう。緒方もそこまでは調べがつかないだろうと言った。病院というところは、ある意味ブラックボックスだ。都合の悪いことは外には漏れないような仕組みが出来上がっている。医療現場で起こったアクシデントは、素人には理解できないうちに処理されたりもする。

斎藤が頑張っているが、核心に迫るのは至難の業のような気がする。

これからの取材方針などを相談して、緒方とは別れた。

「今年も花見はお預けやな」

ファミレスの外に出た途端、緒方は言った。

目の前に城山がそびえていた。白壁の松山城も小さく見えた。本丸広場を中心に、ソメイヨシノなど約二百本が植えられていて、今が見ごろらしい。東洋新報の愛媛版でも写真入りで報じていた。

緒方は片手を上げて去っていった。

弘之は暖かな風に吹かれながら、城山をぐるりと回って支局に戻った。石澤が一人、パソコンに向かっていた。西部病院の看護師のことを訊こうかと思ったが、やめた。そっちの線は、斎藤にまかせると決めたのだ。机に向かって短い記事を書いた後、リヒャルト・バーデン症候群の治療について、ネットで検索してみたが、たいして目を引く情報はなかった。別の病気に効く薬での治療は、まだ日本では一般的ではないのかもしれない。海外の研究や論文を当たれば出てくるのかもしれないが、そこまで専門的なことは調べようがない。そもそもあの難病に罹《かか》っている患者自体が少ないから、情報も少ない。

石澤に声をかけて支局を出た。

家に帰りついたのは午後六時過ぎだった。辺りはまだいくぶん明るかった。郵便受けに、絵手紙が挟まっているのがわかるくらいには。

その場で絵手紙を読んだ。

いいことあった　アメをなめた

ただそれだけの文に、数個の飴《あめ》の絵が添えられていた。

門柱の脇に立ったまま、弘之は葉書の絵に見入った。飴は、一つずつ透明なセロハン紙に包まれていて、両端をねじってあった。カンロ飴だ。

兄の無骨な指が、カンロ飴の包みを取って、口に放り込む様を想像した。じっと施設にいるだけなのに、どんないいことがあったのだろう。カンロ飴の素朴な甘さが、秀一を幸福な気分にさせるのか。

子どもの頃、のけ者にされたり、バカにされたりして、泣いて帰ってきた秀一に、母がカンロ飴を食べさせていた。セロハンを剝いで出てきたころんと丸い飴を、泣く兄の口に、母はそっと入れてやった。

その時、必ず「口福、口福」と言った。おまじないのように、いつも同じ言葉を口にするのだった。甘いものは幸せに通じるとでもいうように。

秀一は飴を舐《な》めているうちに、泣きやんだ。弘之は、そういう様子を冷ややかに見ていた。あんなことで騙されて、機嫌を直すとは。あれが兄を嫌悪し始めたきっかけだったかもしれない。

だから、弘之はカンロ飴が嫌いになった。フミ枝が差し出してきても、決して口にしなかった。べたべたと甘いだけの飴に慰められるなんてごめんだった。それは、あの時、兄と自分はまったく違う人間なのだという主張の表れだったように思う。

だが、母がいなくなった後も、同じようなことをしている兄を蔑む気持ちにはならなかった。好きなものを口に含むという行為は、嫌なことを忘れるための、一番理に適《かな》った方法に思えてきた。

べっ甲色の飴が透けて見える包みが三つ描かれた絵手紙。

甘い口福。

大阪文社の鎌田から連絡がきた。氏家泰司を取材するうちに親しくなった大阪府警の刑事が、今回の松山西部病院の不正融資の件に興味を示しているという。捜査二課に所属し、公認会計士の資格を持つ彼は、金融犯罪を見抜くスペシャリストだ。長年、執念深く氏家を追っているらしい。

「ここしばらくおとなしくしていた氏家が、ようやく動き始めたということで、その人は興味を示していますよ。愛媛県警とも連携してくれると言っています」

「そうか。それは有難いな」

鎌田は、まさにグレイハウンドのようにしなやかに体をたわめ、獲物を追い詰めようとしていた。これで愛媛県警も動いてくれるに違いない。

斎藤は、やっと高校野球の取材から解放された。四国代表校は、東予工業高校で初出場だった。彼らについて甲子園へ出向き、第一回戦の記事を書いたのは石澤だった。いい試合をしたのだが、東予工業高校は第一回戦で惜しくも敗退した。それで当面、斎藤はまた弘之についてのサツ回りということになった。

弘之が、大阪府警の刑事がこの案件について興味を持ち、愛媛県警とも連携して捜査に当たるようだと伝えると、斎藤は小さくガッツポーズをした。

「捜査をしてくれたら、絶対に何か出てきますよ。まずは西部病院と瀬戸内銀行の間で行われる不正融資。そこを掘り下げていけば、必ず氏家にたどり着きます。大阪府警は、そこが狙いでしょうから」

弘之は、斎藤の顔を正面からまじまじと見た。

こいつ、なかなかいい面構えをしてきたな。去年、この男の教育係を押し付けられた時は、どこから手を付けていいか途方に暮れたものだったが、それでも記者としての技量や心意気を少しずつ身に着けていたというわけだ。それは弘之の教えでもなんでもなく、瀬戸内銀行内の不正に関しての取材という絶好の機会を与えられたからだ。駆け出しの新聞記者が、こんな大きな事案にぶつかることはまれだ。その点では、斎藤はラッキーだった。他社を抜く特ダネ記事が書けるかどうかは、まだ不透明だが、記者生活のとば口に立った斎藤は、これ以上ないというスタートを切ったといえる。

その点では、瀬戸内銀行の不正融資を疑って、みなと湯へ相談をもちかけてきてくれた友永礼美に感謝しなければならない。彼女が丸岡の死に不審を抱いて、みなと湯へ足を運ばなかったら、弘之が一連の金融犯罪に気づくことはなかったろう。

彼女は本当に銀行を辞めた。退職した日にみなと湯に寄って、邦明夫婦に挨拶していったらしい。今は大分へ行く準備をしていることだろう。

「あ、それから石澤さんたちグループの合コン、四月に入ったらすぐにやるそうで、僕も参加させてもらうようになりました」

ころりと表情を変えて、斎藤はそんなことを言った。弘之のあきれ顔に、慌てて付け加える。

「目的は西部病院を辞めた看護師さんと知り合いになることですから」

「そんなちゃらちゃらしたもんと取材を混同するなよ」

つい苦言を呈してしまった。

「大丈夫です。無理強いはしません。ちゃんと同意を取ってやりますから」

もう一言忠告しようかと思ってやめた。こういう男が、案外まぐれ当たりの僥倖《ぎょうこう》に出くわしたりするのだ。取材の過程でも、まれにそういうことが起こる。ここまで執念深く取り組んできた取材を実らせ、真実を暴きたいという思いが、神頼み的な意識を生んでいた。

この期に及んで、黙って取材を進めるわけにはいかないと思い、支局長にも打ち明けた。横川支局長は、黙って弘之の説明を聞いていた。勝手に瀬戸内銀行や松山西部病院に探りを入れていた弘之の行為は、支局を統括する横川にとっては、看過できないものであったろう。特に大阪支社まで出向いて、デスクの永井や鎌田と打ち合わせをしてきたというくだりになると、眉をぐっと寄せて、苦々しい表情を浮かべた。

横川の気持ちは、手に取るようにわかった。支局といえども、東洋新報の中の一組織だ。その機構を無視するような働きをした部下に、腹立たしい思いを抱くのは当然だろう。弘之の意を汲んで、手足になって動いた斎藤にもいい感情を持ち得ない。

だから、すべてを話し終わった後、弘之は椅子から立ち上がり、頭を下げて詫《わ》びた。その時、部屋に残っていたデスクや数人の記者たちは、何事かと首を伸ばして支局長席の方を見た。

「先走ったことをして、申し訳ありませんでした」

横川はしばらく黙って思案しているふうだった。

「まあ、お座りなさい」穏やかな声に顔を上げた。「それでどうなんです？　勝算は？」

「あります、もちろん」

意気込んで答えた。そう言わざるを得ないというよりも、真にそう確信している自分が発した言葉だった。

「そうですか。なら、いい記事を書いてください。それしかありません」

「ありがとうございます」

弘之は、立ったままもう一度頭を下げた。

「これからは逐一、報告をしてください」

「わかりました。そうします」

振り返ると、ちょうどドアが開いて、斎藤が入ってくるところだった。一種異様な支局の中の雰囲気を感じ取り、ドアの前で立ち止まった。

「何があったんです?」

斎藤は自席に戻った弘之に、そっと尋ねた。

「支局長にゴーサインをもらったんだ」

斎藤は、ぱっと顔を輝かせた。

「それはよかったですね。じゃあ、僕も張り切って合コンに行ってきます」

思わず顔をしかめた弘之に、「へへへ」と舌を出した。


四月一日、瀬戸内銀行から松山西部病院への融資は実行された。

何でまた、エイプリルフールにこんな重大なことが実行されるんだ、と富夫は思った。思いながら、武者震いをした。

大きな金が動く。そこから一千万円を抜き取る。今頃、巽はニセのインゴットを隠し持って、現金を横取りするタイミングを計っているに違いない。彼が首尾よく金を手に入れたら、富夫がそれを受け取りにいく手筈《てはず》になっていた。いつその電話がくるかわからない。巽にもどれくらいかかるかはわからないそうだ。

「しばらくは、正当な振込先で寝かせておく。融資した銀行からのチェックが入るからな。その期間はまちまちや。氏家が狙い定めた時期がきたら、それからは速い。マネーロンダリングはさっさとやるんや。金の流れをつかめんようにな。そうなったら勝負や」

金を横取りしたら、こっちも素早く動かなければならない。詐欺はまやかしとスピードが大事だと巽は言った。

「手品と一緒やな」

吾郎はのんきにそんな感想を述べたが、富夫はそれどころではない。巽から一千万円の現金を受け取って、急いで松山へ戻ってこなければならないのだ。巽の計画に乗った時は威勢のいいことを言ったが、今は心臓が口から飛び出しそうだった。巽から連絡が入ることになっている古びた携帯電話を肌身離さず持ち歩き、神経を尖《とが》らせている。

氏家が見定める期間とはどれくらいなのだろう。

滅多に鳴らない携帯の着信音が鳴ると、冷や汗が噴き出してくる。ポケットから取り出した携帯を、地面に落としてしまったりもする。たいていは多栄からで、「はよ帰ってこんかね」とか「お義父さんが用事があるんやて」と不機嫌そうな声が流れ出してくる。

改めて自分は肝の小さな人間だったと思い知った。邦明の言う通りだ。あの豪気な男について回るだけだった自分が、こんなだいそれたことに加担するとは、信じられなかった。毎日毎日、雲の上を歩いているような、頼りない気分だった。

心細くて不安で、つい邦明に全部を吐き出して、精神的に寄りかかりたくなってくる。だがそれは厳に巽から禁じられていた。詐欺働きは、かかわる人数が少ないほどスムーズに進むとプロの詐欺師は言った。それに三人だけで一千万円の横取りを成し遂げて、邦明を驚かせてやろうと決めたのだ。このまま、計画通りに進めるしかない。

三日経っても四日経っても電話は鳴らなかった。もしかしたら一ヵ月以上待たされるかもしれないとは巽に言われていた。真綿で首を絞められるような気がして、息がうまく吸えなくなった。天狗堂で店番していても、意味もなく立ったり座ったりを繰り返した。

「落ち着きがないのう。お前、腹に虫でもわいたんか」

店を覗きに来た勢三は、訝しげな顔をした。

吾郎は、巽に任せておけば心配ないと言う。

「あいつはあれで抜け目がない。腹も据わっとる。きっとうまいことやる」

「そやけど――」

落ち着き払っている吾郎がうらめしかった。

大阪へ帰っていく巽も平然としていた。下っ端とはいえ、ヤクザとして修羅場をくぐり抜けてきたせいだろうか。資金洗浄の細工の途中で警察に踏み込まれたということになれば、氏家らは一千万くらい捨ててしまうと平然と巽は言ったものだ。

「そういうことはままあるんじゃ。なんせ何億、何十億の金を動かしとる奴らやろ。ヤバいことになりそうなら、はした金は切り捨てる」

一千万円がはした金とは、富夫にはどうしても考えられなかった。ボストンバッグに入れて持ち帰るつもりだったが、一千万円がどれくらいの嵩《かさ》と重さがあるのか、想像できなかった。百万円の束も見たことがない富夫には、無理もないことだ。

みなと湯の釜場で、百万円の束に見立てた木切れを十個、吾郎に作らせて、バッグに入れてみたりした。

「そうたいした重さはないやろ?」

「そ、そうやな」

「大丈夫か? 富夫さん」

「うん。これなら持てる」

「あのな、問題は、富夫さんのその顔やで」

「え?」

「うわずってしもて、頰《ほ》っぺたがぴくぴく動きよる。そんな顔しとったら『私は大金を持って歩きよります』て宣伝しよるようなもんや」

「ほうか? そら、いかんな」

「平気の平左て顔せんと」

「うん。わかった」

「頑張ってや。富夫さんの持ち帰った金で、みなと湯の薪釜が新品のガス釜に替えられるんやからな」

「よ、よっしゃ」

「ほんまに大丈夫かいな」

吾郎は疑わしそうな顔をして、手のひらの上に五百円玉を載せた。二つの五百円玉を指の間で行き来させる手品の練習を始める。富夫は、ボストンバッグを持ち上げて、平気の平左でそれを運ぶ練習をした。

まだ巽からの電話はなかった。


斎藤が看護師グループとの合コンに参加した。

その報告をしに弘之のところに来たのだが、顔色は冴えなかった。

「西部病院を辞めた子、来てました。ふっくらしたかわいい子で、結構笑うし、いい感じだと思ったんですけどねえ」

「お前の感触はどうでもいいよ」

「去年の五月から市内の眼科医院で働きだして、そこが結構居心地がよくて、元気が出たって言ってました」

斎藤とも話が合って、盛り上がったらしい。連絡先を交換するところまでいったのに、松山西部病院のことを持ち出すと、急に暗くなって口数も少なくなったらしい。

「僕が新聞記者だって、自己紹介したから警戒されたんでしょうかね」

「警戒するってことは、何かあるんじゃないか」

「そうですよね」

「まあ、合コンのような場ではそんな話はしにくいだろうな」

初めからあまり期待はしていなかったので、弘之は気のない返事をした。

「絶対有馬勇之介の孫と関係ありますよ。彼女が辞めた理由ですけど」

斎藤は食い下がる。有馬の孫は恭文《やすふみ》という名前だと、緒方から聞いた。斎藤にも伝えてあった。斎藤が有馬恭文の名を出した途端、彼女の表情がさっと変わったらしい。

「一瞬、何か言いたそうにはしたんですけどね」

斎藤は悔しげに唇を噛んだ。

「それきりだんまりで、考え込んだ感じで。一次会が終わると、さっさと帰っちゃって」

石澤には、お前のせいで合コンの雰囲気が悪くなったと言われたらしい。

「もう絶対合コンには誘ってくれませんね。石澤さん」

「そっちはもういいよ。深追いしなくて」

「でも彼女、何か隠してて、でも言いたくてって雰囲気だったんですよ」

「それより、病院への融資が行われたんだ。そっちの方が大事だ」

「四十一億円？」

弘之は大きく頷いた。

「金の流れは、愛媛県警と大阪府警とで追っていくはずだ」

「追えますかね」

「氏家は細心の注意を払うだろうし、こういうことに手慣れてもいる。だが、特に大阪府警の方は執念を燃やしているからな」

「それ、うちにも教えてもらえるんでしょうか」

「教えてもらえるわけないだろ。向こうは警察の捜査だぞ」

「ですよね」

だが大阪府警には、松山西部病院への瀬戸内銀行の不正融資の情報を提供した鎌田が張り付いている。氏家や坂上に手が伸びるようであれば、きっと鎌田は、他のマスコミに先んじてそれをつかむに違いない。鎌田から連絡がくれば、こっちは緒方が愛媛県警から情報を取ることになっている。

だが、予想通りにうまくことが運ぶとは限らない。いや、不測の事態が起こる可能性はかなり高い。

「とにかく巧妙なんだそうだ。あの金融ブローカーの手口は。彼の手足となって動く輩もたくさんいる」

神妙な顔で聞き入る斎藤に、彼らのやり口のいくつかを話してきかせた。おそらくは、不自然ではない形で、設計事務所や建設業者やコンサルタント会社などの口座へ振り分けられる。そこは融資を行った瀬戸内銀行の融資係が、資金使途通りかどうか確認する。

そこから先は銀行の目が届かなくなる。コンサルタント会社一つ取っても、経営コンサルタント、医療コンサルタント、情報セキュリティコンサルタントなどといくつもあり、ほとんどは大阪にある会社らしい。

そこからまた細かい委託先に振り込まれる。資材の専門業者だったり、流通業者だったり、警備会社だったり、税理士事務所や広告代理店。細かくなるに従って、業務実態のないものが混じる。時には金額を変えて還流してきたりもする。

「とにかく複雑な動きを速いスピードで行う。それが目くらましになる」

「へえ」

「どこかの段階で現金化したり、資材などと称して別の商品を買ったりもする」

「よく考えてますねえ」

鎌田によると、リアルタイムで金の流れを追うのは至難の業らしい。目の前で回されているボールを叩き落とすのが難しいのと同じだと言っていた。

それでも大阪府警の担当者は、公認会計士の資格を持つスペシャリストだ。捜査員も彼が選び抜いた精鋭を揃えているという。

「細かく分けられて現金化されるとお手上げだから、それまでに不審な流れがないか押さえる」という作戦を立てているらしい。

「うまくいきますかねえ」

「そこはもう警察に任すしかないだろう。大阪府警の狙いは氏家だから、金の行きつく先が氏家の息がかかった会社で、なおかつそれを計画実行したのが奴だと証明できなければならない」

「ますます難しい気がしてきました」

鎌田も緊張してその捜査を見ているに違いない。

「こっちはこっちで動くしかない」

「どうやるんですか?」

「こっちの狙いはさし当たって坂上理事長だ。大阪を経由して、彼の懐にも入るはずだ。そこから有馬代議士に流れるところまで押さえられたら上出来だ」

「ほら、やっぱり有馬氏が出てくるじゃないですか。松山西部病院に孫が入院したこととは、関係ないんですかね」

「それが坂上と有馬が強固に結び付いている理由の一つではあるだろうな。坂上にとっては願ってもないことだったろうよ。奴は政治家の利用の仕方を十二分に心得ているから」

「それで松山西部病院には、いろいろと便宜を図ってもらえたってことですかね。国有地の払い下げはその一環でしょうか。その見返りは？」

「政治献金かな。正当なものも裏金も含めて」

そこまで追及できるだろうか。しかしやりたい。

「それとか、孫に一番いい薬を回してもらうとか。治療を優先してもらうとか。あの有馬代議士の孫ですよ。病院だってひいきしてますよ」

斎藤は、未練がましくそんなことを言った。


斎藤は、文字通りのまぐれ当たりの僥倖にいき当たった。

松山西部病院を辞めた看護師は、高橋《たかはし》 桜子《さくらこ》という名前だった。斎藤は高橋に電話をして問うたという。

「小児科に入院していた有馬恭文君が、治療の上で他の患者さんより優遇されたことはありませんか？」と。

それを聞いた弘之は、顔をしかめた。まったくもう少し婉曲《えんきょく》なもの言いができないものか。質問を繰り返して相手を誘導し、核心に迫る情報を得るという取材のテクニックを、斎藤はまだ体得していない。この新人を真面目に教育しようとしていなかったのが悔やまれた。

ところが、そう言われた高橋は言葉を詰まらせたという。スマホの向こうから、動揺している気配が伝わってきたと斎藤は言った。長く逡巡《しゅんじゅん》した後、彼女は言った。

「優遇されたということはあったと思います」

斎藤は、昂る気持ちを抑えるのに苦労した。

「恭文君が有馬代議士の孫だからですか?」

「何もかもが終わった後にそう思いました。でも私は、そんなことだとは知らなかったから」

何もかもが終わった後? そんなこと?

斎藤の頭の中で疑問が渦巻いたという。気持ちを落ち着けながら、慎重に続けた。

「一度会って話しませんか? 詳しいことを伺いたいので」

斎藤の提案を、高橋はきっぱりと拒んだ。しかし、その後、付け加えたという。

「でも、私は悪くない。ちゃんと先生の指示に従ったんですから」悔しげに言って考え込み、言葉を継いだ。「私と同時期に病院を辞めた人がいます。MSWの山脇《やまわき》さんという人です。その人に話を聞いてください」

携帯番号も早口で教えてくれたという。それだけ言うと、高橋は急いで通話を切った。

「MSWって何だ?」

「メディカルソーシャルワーカーです」

「何だ？　それ」

「僕も知らなかったんですけど、社会福祉士の資格を持っていて、医療機関に常駐して患者さんやその家族が抱えた問題の解決を図る役割の人らしいです」

「ふうん」

弘之は考え込んだ。病気になって治療を受けたり入院したりした患者やその家族なら、いろんな悩みや不安を持っているだろう。専門的な知識を持つ人に相談したいと思うはずだ。担当の医師や看護師には訊きにくいこともあるかもしれない。メディカルソーシャルワーカーは、そういう人たちに寄り添って力になってあげる役目を担っているのだろう。大きな病院にはその種のスタッフが必要だと思えた。特に松山西部病院のような難病治療を多く手がける医療機関では。

「どうします？　宮武さん。話を聞きにいってみます？」

「そうだな」

弘之は考え込んだ。病院内で何かがあったということは確かなようだ。有馬恭文を、他の患者よりも優先的に治療するようにとの坂上の意向が働いて、そして——。

緒方から聞いたことを思い出そうとした。

恭文の病気は、リヒャルト・バーデン症候群という難しい名前だった。

——これに最近、別の病気の治療薬が効くということがわかって、日本でも承認されたらしいわ。有馬の孫も西部病院で投薬してもらい、寛解にまでいたったということや。

そこから先は、推測の域を出ない。他の患者に投与されるべき薬を、恭文に先に投与したのだろうか。しかし、それを実行した看護師を口留めして退職に追い込むほど大きなことなのだろうか。医療ミスっぽいものと言われる手違いに発展するほど？

ここから核心に迫ることができるだろうか。

斎藤がＭＳＷの山脇に連絡を取った。が、相手の反応は鈍かった。高橋と違って、彼女はＭＳＷの仕事からも離れて、家でぶらぶらしていると言ったらしい。松山西部病院では、たくさんの案件に関わったので、一つ一つの詳しい内容はもう憶えていないのだそうだ。

「うまくはぐらかされた」と斎藤は言ったが、山脇からはこれ以上深い話は聞けないだろうと弘之は判断した。現場を離れてしまった専門職に会って、曖昧な記憶を掘り起こす労力を考えると気が重かった。斎藤のまぐれ当たりに乗ってみようかとも思ったが、そこに拘泥すると本筋からはずれる気がした。

「こっちはひとまず後回しにしよう」

弘之の言葉に、斎藤はやや不満げな顔で見返した。

その日の夜、宅配便が届いた。

差出人は、息子の一成になっている。時々、父親のところに荷物が届く。一昨年、結婚した千怜《ちさと》という女性が、疎遠になってしまっている父親にも気づかいをしてくれるのだった。

開けてみると、一人暮らしには嬉しい「よこすか海軍カレー」のレトルトとか、真空パックのシュウマイ、菓子、それにこれからの季節にいいポロシャツなどが入っていた。一番下からジッパー付きストックバッグに入ったタッパーが出てきた。タッパーには、蕗《ふき》の佃煮《つくだに》が入っていた。

弘之は、醤油《しょうゆ》と砂糖でつやつやと煮上がった蕗を、じっと見下ろした。それから、一本を指で摘まみ上げ、口に入れてみた。しゃきしゃきとした歯ごたえ。春のご馳走だ。やや甘さが勝った味付けは、母、フミ枝がこしらえていたものとまったく同じだった。

これを煮たのは、安沙子だとすぐにわかった。安沙子は頻繁に松山に通ううちに、フミ枝から伝授された料理を憶えていった。瀬戸内海の魚をふんだんに使った松山鮓《ずし》や、緋《ひ》の蕪《かぶら》漬《づ》け、しょうゆ餅、しめ鯖《さば》、キンカンのシロップ煮、いちじくのジャム、紫蘇《しそ》ジュースなど。初めはうまくいかなかったが、そのうち、完璧にフミ枝の味を再現した。

そんなことに、弘之はいちいち心を動かすこともなかった。当たり前のように、安沙子が作った松山の味を堪能《たんのう》していた。だが今はこれらの味は、手の届かないものになってしまった。「人は失って初めてその価値を知る」とは、使い古された言葉だが、まさにその通りだと素直に思った。

もう一本、口に入れた。咀嚼しながら、母はこの蕗の佃煮を何と呼んでいたかと考えた。懐かしい味をいくら噛んでも思い出せなかった。

タッパーをテーブルの上に置いて、一成に電話をかけた。いくらもコールしないうちに、一成が出た。送ってもらった品物の礼を言った。

「うん、千怜がいろいろと買ってきたもんだから」

信玄餅は、山梨の千怜の実家から送ってきたもののおすそ分けらしい。千怜にも代わってもらって礼を言う。

「お義父さん、蕗の佃煮、食べました？　美味《おい》しかったでしょ？」

「ああ、着いてすぐ摘まんでみた」

「あれ、お義母さんが煮たんですよ」

「ああ……」

「ちょっと待ってください。今代わります」

言葉を発する前に、向こうで安沙子を呼ぶ声がした。慌てた。まさか安沙子が来ているとは思わなかった。

「もしもし」落ち着いた安沙子の声がした。「あなた、変わりはない？　お仕事は大変じゃないの？」

「ああ、まあ、支局勤務は楽だよ」

安沙子が神奈川へ行ってしまった直後に二回ほど電話で話して以来だ。何をどう話したらいいのかわからない。

「蕗、うまかったよ」

「そう？　よかった。あれ、お義兄さんにも送ってあげたのよ」

礼を言うべきなのだろう。懐かしい母の味に、秀一も舌鼓を打っているだろうから。だが、素直に言葉が出てこなかった。おかしな間ができてしまう。

「お義兄さんから絵手紙が届くでしょう？」

「うん」

「私にも時々くれる。だからお返し。絵手紙用の和紙の葉書もいっぱい入れておいたの」

「そうか」

別れた女房との気詰まりな会話。もう安沙子にあれをするな、これをやめろとも言えない。奇妙な感覚だ。安沙子は頑迷な夫と離れて、息子の近くに住んで幸せなのだろうかとふと考えた。そして、もう自分がそんなことを考えることもないのだと思い直した。きっと安沙子は自由で自分らしい生活を営んでいるだろう。気が向けば、元夫やその兄にものを送ることもある。深い意味もなく、そういうことをして楽しんでいる。それでいいではないか。

「君は？　体は大丈夫？」

「ええ、おかげさまで」

時々、一成夫婦が食事に呼んでくれるので、こうして訪れるのだと語った。生まれ育った東京にも近くなったから、学生時代の友人たちとの交流がまた始まったこと、皆で誘い合わせて桜を見にいったこと。弘之は安沙子の言葉にじっと耳を傾けた。安沙子は、弘之や秀一の近況を知りたがったが、特に話すこともなかった。秀一のところにも、長い間行っていないのだ。普段は気にかけることすらない。絵手紙がこなかったら、その存在すら忘れてしまったかもしれない。

また一成が出た。彼の仕事のことや、共働きの夫婦の様子など、ありきたりなことを話して通話を終えた。タッパーを冷蔵庫にしまう。大事に少しずつ食べていこうと思った。もし安沙子が送ってくれなくなったら、もう二度と母の味を味わうことはない。当たり前のことなのに、今気づいた小さなことに気が滅入《めい》った。

鎌田からまた連絡が入った。それによると、大阪の設計事務所やコンサルタント会社に振り込まれた松山西部病院の改築費用は、正規のルートで、それぞれの支払先に送金されているという。

「大阪府警や大阪地検特捜部が注視していますが、今のところ、不審な動きはないですね。でも必ず氏家は食い込んできますよ。一旦どこかの会社に流れた金が、また戻ってくるということもある。振込先が営業実態のない会社である可能性もある。そんなふうにこれから複数の会社を経由していくはずです。とにかくちょっとでもおかしなことがあったら、そこに奴がいるってことです」

「坂上理事長のところにも、流出金が入ってくるってこと?」

「おそらく。彼が氏家に持ちかけた話でしょうから、そっちにもうまく流れる仕組みになっているはずです」

今、つかんでいる有力な情報として、大阪の設計事務所に着手金として払われた金額から、医療コンサルタント会社に二億円ほどが送金された。この設計事務所と医療コンサルタント会社との間の契約書は、氏家の息のかかった者が間に入って作成させたものではないかという。

氏家は、過去にも同様の手口を使って金を流出させたことがあるようだ。大阪地検は、これは偽装で、正当なコンサル契約に基づく支払いがあるように見せかけていると睨んでいるらしい。もしそうなら、そっくり二億円が流出するということだ。

他にも疑わしい動きがあればすぐに捜査の手が伸びるだろうと鎌田は言った。会った時には冷静な切れ者という印象だったが、今はやや興奮した口ぶりだ。彼も長年続けてきた取材を元に決定的な記事を書ける時が来ると、期待が高まっているのだろう。

その時期は、すぐそこに来ている。鎌田の昂りが、弘之にも伝わってきた。坂上理事長へ流れる金は、もしかしたら現金化されて持ち込まれるかもしれないと鎌田は推測した。

「そうなったら、坂上理事長を罪に問うことはかなり難しくなります。病院への背任罪はともかくも、横領罪や所得税法違反だと、裁判では金を本当に受け取ったかどうかが争点になりますから」

金の流れを突き止めるのが一番の証拠になるが、現金で流れていったとなると、誰が受け取ったかが証明できない。仮に坂上の自宅を家宅捜索して現金が出てきたとしても、その出所がわからないのだと鎌田は言った。

その場合、坂上はこれからものうのうと理事長の椅子に座り続けるのだろう。もし金融ブローカーの氏家が逮捕されたとしても、彼らが坂上への金の供与を自供するとは思えないし、証拠もない。

そんなことになったら、せっかくのスクープが、愛媛では効力を失ってしまう。地元の有名病院の理事長である坂上、また愛媛出身の有馬代議士までが関与していたと報じることができるかどうかがポイントだ。長年地域医療を担ってきて、難病治療で全国的にも名の知れた松山西部病院に、闇の集団が取りついて、今後も甘い汁を吸うのだと考えると、憤りを感じた。

松山という土地に、特段の思い入れも愛着もないと思っていた。だが今、弘之を動かしているのは、そういった形のない感情だった。

冬の雨あがりの日、屋代川のほとりに立った時のことを思い出した。すべてはあそこから始まったのだ。丸岡将磨の死から。原点に立ち返って、全体を見渡してみるべきかもしれない。鎌田任せにしておくわけにはいかない。

富夫は、胸ポケットの上から、携帯電話を押さえた。沈黙を守り続ける携帯電話が、錆びた重い鉄の塊りに思えてくる。五年も使い続けている傷だらけのガラケーだ。寝ても覚めてもこれが鳴る時のことを想像してしまう。通話ボタンを押す前に、自分の心臓の高鳴りと戦わなければならない。

天狗堂の裏から、勢三の声が届いてくる。例によって吾郎を指図して、道具の組み立てをやっている。さっき隣の造船所の敷地を覗くと、かなり大掛かりな道具を、ああでもない、こうでもないと二人でこねくり回していた。

勢三によると、それは中世ヨーロッパで使われていた投擲《とうてき》武器のレプリカらしい。まだ火薬武器が発明される前には、そういったもので大きな石を敵陣に投げ込んでいたのだという。そんな昔の道具を再現してみて、何が面白いのか。第一、何でそんなレプリカを買い求めたのか。この科学が発達した世の中で、人力を動力とする道具を蘇らせてどんな意味があるのか。

意味がないのはわかっていた。それを言えば、この天狗堂そのものも、もっと言えば、勢三の生き様そのものにも意味がない。そんな父親から生まれた自分も無意味だ。だが、これからやろうとしていることは、決して意味のないものではない。場数を踏んだ犯罪組織を出し抜いて、彼らの上前を撥《は》ねようというのだから。

これほど刺激的でやりがいのあることはない。半分眠ったような港町で、自分もぼんやりとした半覚醒の生活をしてきた。いや、眠った振りをしてきた。生きているという実感がなかった。こうやって可もなく不可もなくという人生を送って、終わりを迎えるのだと思っていた。それが一番だと思っていた。

でも今は違う。邦明が腰を抜かすようなことをしでかすのだ。邦明は、差し出された一千万円を見てどう言うだろう。それを考えると、つい含み笑いをしてしまう。巽が上首尾にことを終えるのを待っているのは、緊張の極みだ。いい意味の緊張感だ。富夫の人生にはなかった感覚だ。もし、そんな場面に出くわしても、今までならそろっと避けて通っていた。

もうそんな人生には飽き飽きだ。電話が鳴るのが待ち遠しいとも、この緊張感をもう少し味わっていたいとも思う。富夫はもう一回携帯電話を押さえた。少し熱を帯びているように感じる。その時は近い。

ズンッと重々しい音がして、勢三と吾郎の歓声が上がる。ドンゴロスの袋に砂を詰め、投擲武器で飛ばしては、喜んでいる。吾郎の奴、よくもまあ、あんなことをして遊べるなあと富夫は考えた。巽が大阪で大勝負をしているというのに。

また歓声。

多栄がパートに行っていてよかった。バカげた遊びをする二人を侮蔑の目で見たに違いない。それとも元気な義父を見て気落ちしたか。

「今度はよう飛んだな、ゴロー」

「そんでも的からは外れとる。ちゃんと狙ったとこへ飛ばさんと」

「これは簡易式やけんなあ。ほんまの戦場ではもっと複雑な構造のもんが使われとったのや」

戦場は家の中にこそあるのに。

勢三の足腰が弱って、段差だらけの古い家では生活できなくなり、施設へ入ってくれるのを多栄は切に願っている。多栄がそれとなく置いておいた老人ホームのパンフレットを、勢三はびりびりと破り捨てた。しかし、多栄は挫けない。真希と一緒に、別の老人ホームの見学に行ったりしている。二人の計画通りにことが運ぶかどうか。

勢三がボケる気配はない。ああやって店の道具で遊んでいるうちは、意気軒高だ。

まあ、いい。そんな些細なことに気を取られている場合じゃない。勢三も多栄も知らないうちに、大きな計画が進行しているのだ。彼らの与《あずか》り知らぬうちに、自分は大仕事を成し遂げ、みなと湯の窮地を救う。まるで世界平和が自分の肩にかかっているような気分だった。

「支点をもうちょっとずらしてみるか」

「いや、それよりも引っ張る綱を短くした方がええんちゃうかな」

春の日の午後、幻のように二人の会話が響いてくる。富夫の意識も現実から浮遊していく。多栄に見つからないよう、大金を運ぶボストンバッグは、天狗堂の商品の中に紛れさせている。万事準備は整った。

富夫はまたポケットの上から携帯電話を押さえた。まだ機は熟さない。

タツ、うまいことやれよ、と心の中で念じた。

天狗堂の軒下のツバメの巣では、親鳥が卵を温め始めていた。

第四章　きゃらぶき

宇和島への出張が入った。

弘之は、緒方に宇和島にある丸岡の実家を教えてくれるよう頼んだ。

「確か食堂をされていると言われてましたね。そこに行ってみようかと思うんです」

仕事のついでに両親に会って話を聞いてみようと思っていた。いろいろなことが起こって、丸岡の死から注意が逸れていた。そもそもそれが理由で、礼美は邦明や弘之に頼って来たのに。

——私が将磨さんを殺したようなものなんです。

もう会うこともなくなった礼美が呟いた言葉は、常に頭の片隅にあった。

緒方は宇和島支局の記者に確かめて連絡すると請け合い、すぐに折り返してきてくれた。丸岡の実家の住所を弘之はメモした。

鎌田が、氏家がとうとう動き出したと言ってきた。

大阪の設計事務所へ振り込まれた着手金が別の会社に振り込まれたという。設計事務所も、初めから氏家らに協力している。警察の調べで、業者を選定するのに行われたプロポーザルで評価点が改ざんされた形跡があることがわかった。坂上は、病院改築の計画が浮上した時から、この設計事務所に担当させるつもりだったのだ。氏家の意のままに動く業者を選んだということだ。それなら細工はしやすい。おそらくは、坂上から病院の改築における実施要項案が渡っている。設計事務所は、それを元に見積もりを出したに違いない。

そんな業者なら、いくらでも増額した見積もりを出すだろう。丸岡もそこに引っ掛かりを覚えたのだ。初めから仕組まれた不正融資のからくりを暴こうとした真面目な銀行員は、さぞかし目ざわりだったろう。

これからは、金の流出とその経路の隠蔽は一気に起こると鎌田は言った。いよいよだな、と弘之は緊張した。

斎藤と二人、宇和島へ向かうことになった。取材先は、廃校になった小学校だ。廃校の校舎を利用して、ガラス工房、アオノリの陸上養殖場、クラフトビール醸造所などを誘致して町の活性化につなげているという場所に取材を申し込んでいた。機材の搬入が遅れていたクラフトビール醸造所から、急に準備が整ったとの連絡が入って、出張ということになった。

丸岡の両親が経営する海辺の食堂へは弘之が電話をして、会って話したい旨を伝えた。実直そうな父親が応じて、「特に話すこともないので」とやんわりと断られた。無理もない。息子が亡くなってまだ三ヵ月ほどしか経っていないのだ。辛《つら》さや悲しみ、悔しさは癒えてはいまい。それでも生活していくために店を開け、ようやく前を向こうとしているのに、他人にその話を蒸し返されるのはごめんだと思うのは当然だ。

「実は、私は松山の三ツ浦町に住んでおりまして」

そう言うと、父親がはっと息を呑む気配があった。開店準備中の食堂の厨房《ちゅうぼう》で、受話器を握り直した仕事着姿の父親の顔を思い浮かべた。その時、自分と同年代の男性ではないかと弘之は初めて思い至った。子どもを亡くすという絶対的な事実の前で立ちすくむ親。どこにも持っていきようのない気持ちを持て余し、苦悩しているところに、思慮を欠いた申し入れの電話がかかってきたのだ。父親が持った困惑、怒り、悲傷が電話を通して伝わってきた。弘之は慄《おのの》いた。こんなふうに取材対象の気持ちに入り込んだことはなかった。

「私は――」

声が震えないよう、しっかりした口調になるよう心掛けた。無神経にも、また感情的にもなってはならない。それが記者としてあるべき姿だ。真実を知り、またそれを他者に伝える者として。

「息子さんにお会いしたことがあります。知り合いが融資のことでお世話になって、それで何度かお話しさせてもらいました」

「そうですか」

低い声が返ってくる。

「記事にしようとか、そういう意図はありません。ただ丸岡さんの仕事ぶりをお伝えしたくて。とても優秀で熱心な方でした。融資を受ける知り合いと一緒に話を聞きましたが」

「そやけど――」父親は絞り出すような声で言った。「私らは、あれの仕事のことはようわからんがです。難しい話をしたこともなかったし」

「仕事のことをお伺いするのではありません。お線香をあげさせてもらえませんか？　その時に少しお話をさせていただければと思って」

「はて、そう言われても――」

困惑している様子が伝わってきた。東洋新報の記者と名乗った人物が訪ねてくる理由がわからないというふうだった。弘之は、別の取材で宇和島に行くこと、ちょっとした接点を持った丸岡のことを思い出したので、寄りたいと思ったことなどを付け加えた。

「そうですか。それならどうぞ」

父親は、店の二階が自宅になっているので、仏壇もそこにあるのだと言った。突然の申し出を受けてくれたことの礼を言った。温厚で素朴な人物だという印象だ。あの丸岡に似つかわしい親だと思った。

二日後、斎藤と二人で宇和島へ出張した。本来の取材先が、やや辺鄙《へんぴ》なところにあることを考慮しても片道二時間ほどの行程だ。車の運転は、斎藤に任せた。

「よく会うことを承知してくれましたね」

斎藤も、丸岡の親と会うことの方に重きを置いているようだ。

「断る理由を思いつかなかったという感じだな。申し訳ない気はするが」

「南予の人は、人がいいって言いますからね」

高速道路から見える山には、孟宗竹《もうそうちく》が繁《しげ》っている。竹林の中に赤い色が見えるのは、ヤブツバキだろうか。景色はどんどん後ろに流れていって、確かめる術もない。

廃校の取材を終え、丸岡の両親が営む食堂へ向かった時は、四時近くになっていた。店の開店準備の差支《さしつか》えにならないよう、なるべく早く行きたかった。それで松山を早くに出たのだが、廃校の取材に思わぬ時間がかかってしまった。

宇和島の繁華街にある「サンゴ屋食堂」は、小ぢんまりした昭和の匂いのする店だった。そこで待っていてくれた父親は丸岡寿由《ひさよし》、母親は美紀《みき》と名乗った。想像した通り、飾り気のない善良そうな夫婦だった。店の中は照明を落としてあった。寒々しく沈んだ気配に満ちている。開店前の静けさの上に、夫婦の悲しみが積み重なっているような気がした。

寿由に案内されて、二階にある自宅スペースに上がった。斎藤と二人、仏壇の前に座る。持参した菓子折りを供えて、線香を手向け、手を合わせた。

「やっとこの間、納骨したとこです」

寿由は小さな声で説明した。

「失礼ですが、お子さんは将磨さんと？」

「妹が一人」少し迷ったように口をつぐんだ後、続けた。「五つ違いの妹は、双子でした。一人は病弱で、三歳の時に亡くなりました」

「そうでしたか」

それでは夫婦は、子どもを二人も亡くしたことになるのか。慰めの言葉も思いつかず、ただ沈痛な表情を浮かべるしかなかった。仏壇の中には、いくつかの位牌《いはい》が並んでいた。一番新しいものが丸岡のものだろう。

開店準備をしながら話したいと言われ、二人はまた階下に下りた。カウンターの内側で作業する夫婦に向き合う。美紀がお茶を淹《い》れてくれた。

「すみませんねえ。バタバタしとって」

水仕事で荒れた手で、二つの湯呑《ゆのみ》をカウンターに置いてくれる。斎藤と二人、恐縮した。

「こちらこそ、息子さんを亡くされて間もないところに無神経に押しかけてしまって。すみませんでした」

率直にそう言って頭を下げた。きっと美紀は、商売柄、口も達者なのだろう。だが今は無理をしてしゃべっているという感じだ。夫は根っからの料理人というふうで、カウンターの中に入ってしまうと黙々と魚をおろしたり、野菜を切ったりするだけだ。顔も上げない。

「将磨のことをご存知や言われましたけど、あの子、ちゃんと仕事をしよったんじゃろうかねえ」

いくぶん、明るい調子で美紀が言う。弘之は自分が知る範囲での丸岡の仕事ぶりを話した。真摯に取引先に向き合い、適切なアドバイスや書類作成を行って融資に結び付けた。話しながら、まぎれもなく丸岡はそういう人物だったと確信した。みなと湯の融資に関しても、受けた時点では、手早く手続きを済ませるつもりだったことは明らかだ。銀行からしたら、一千万円の融資は、そう大きなものではないだろう。それでも事業主にとっては、大事なものだということをよく理解していた。上からの圧力に屈することをよしとせず、果敢に自分の仕事を全うした。

「丸岡さんは、優秀な融資マンでした。これからもっと経験を積んで、昇進していかれたことと思います。そう考えると、本当に残念です」

それは衷心からの言葉だった。

「そう言うてくれるとねえ。私らもちょっとは気が晴れます」

美紀は、エプロンの裾を持ち上げて涙を拭った。うつむいたままの寿由の方は、表情を変えない。

新聞記者の訪問に緊張していた様子の美紀は、少しは肩の力を抜いたようだ。弘之のことを、新聞記者ではなく、生前の息子を知っていた人物ととらえたからかもしれない。手を動かしながらも、幼い頃の丸岡の様子や、高校生の時、自転車で四国一周をしたことなどをぽつぽつと語った。続けて銀行員という安定した職に就いたのだから、店を継がなくていいと言ってあったこと、それでも帰って来て、店が忙しい時には妹と一緒に手伝いをしてくれたことなどを語った。

そうしながら、大粒のイチゴを小皿に載せて出してくれたり、貰《もら》い物《もの》だという和菓子を出してくれたりする。だんだん打ち解けてきた美紀は、大きくため息をついた。

「何であんなとこで川に落ちたりするんやろ。バカやねえ」

それには、寿由が顔を上げて「しょうもないこと言うな」と叱った。

丸岡がもし殺されたのだとしたら、この人たちはどう思うだろうか。薄暗い開店前の店内で、言葉少なに手を動かす夫婦を見ながら弘之は考えた。

そんなことになれば、この人たちの苦悩はさらに深まるだけだ。嵐の夜に、不慮の事故で亡くなったという方が、まだ自分を納得させられる。強い風や雨や、増水した川を憎んで、仕方がないことなのだと諦める方がいい。もし殺されたのなら、犯人を憎まなければならない。他人を憎むということは、この善良な夫婦には、今までなかった感情に違いない。憎悪や害意、恨みのような負の感情は、相手に向けられているようで、実はその感情を持った人間を損ねていく。

もし一成が、そんなことになったら――。

自分もそういう醜い感情に苛まれ、地獄のような苦しみに悶《もだ》えるだろう。思わず「くっ」と小さな呻き声が唇から漏れた。薄皮まんじゅうを口に入れかけた斎藤が、驚いて隣の上司を見やった。

弘之自身も驚いた。そんなふうに取材した相手のことを、自分の身に置き換えてみたことがなかった。過去には、事件の被害者やその家族と接することは多々あった。彼らの気持ちを慮《おもんぱか》り、深く入り込んだ記事を書かねばならないと口では言っても、その実、取材する自分との間には、一本のはっきりした線を引いていた。冷静な目で見ると言いながら、高いところから見下ろしていた。

被害者の立場に立って、彼らが語らずにいる心の叫びを想像することがなかった。記事に書いた彼らの言葉を代弁したような文言は、弘之が手前勝手に作り上げたものだった。それに今気づいた。

一成を失うことなど、一回も考えたことがなかった。安沙子に世話を任せていれば、当然のようにすくすくと育つものとたかをくくっていた。一成が子どもから少年になり、思春期を経て大人になっていく間に多くのことを学び、多くのことを考えていたはずなのに、それにかかわったこともなかった。

――お父さんは、もしかしたら、家庭なんかなくてもいい人だったんじゃないかという気がするよ。

そんなふうに息子が冷ややかに父親を見ていたことを、随分後になって知るほど、自分の目は何も見ていなかった。

「一月の川に落ちて、さぞ冷たかったやろね」

美紀はまた洟を啜り上げた。

死ぬまでにどんな思いをしたか、何を感じたか、何度も何度もなぞってみたに違いない。その瞬間の恐怖や冷たさを、自分が引き受けてやれば、息子の痛みや辛さが軽減すると思いたいのかもしれない。彼はもう死んでしまったのに、もう戻ってこないのに、気持ちはその時に遡る。それが親というものだ。そこまですくい上げた記事を、自分は書いてきただろうか。書いたつもりで悦に入っていたのではないか。そんなものはまがいものだ。

それがようやくわかった。東京本社で叩き潰されただけではまだ足りなかった。生まれ故郷に帰って来ても、高慢で嫌みな男のままだった。

湯呑を持った手が揺れて、カウンターの上に茶がこぼれた。その染みを、斎藤が気まずそうにじっと見ていた。

この人たちは――と顔を上げてカウンターの中の夫婦を見やった。息子が誰かの手にかかったとなれば、その事実に耐えられないかもしれない。体の内に湧き上がってくる思いに打ち負かされ、萎靡し、生きる気力を殺《そ》がれてしまうかもしれない。

しかし、書かないわけにはいかない。真実というものがそこにある限り、新聞記者はそれを報じる義務がある。だが、ただ悪辣な輩が司直の手に委ねられ、何もかもが決着したという書き方では足りない。読者の中には、この夫婦のような立場の人々もいる。大きな事件には夥しい人がかかわっていて、それぞれの思いに囚《とら》われている。記事を読んで、また新たな思いも抱く。そこまで心を配って書く覚悟が自分にあるのか。

「こんなことを今言うてもしょうがないことやけど、将磨には、決まった人がおったがですよ。そんで来年くらいには一緒になるつもりやったんですよ」

美紀の言葉に、寿由はまた咎めるような視線を送った。

すると丸岡は、両親には友永礼美を紹介していたのか。それも惨《むご》いことではある。

「高校の時から付き合《お》うとってね。器量のええ子で、ようここにも遊びに来てくれて。私らもマコちゃん、マコちゃん言うてかわいがっとったがですよ。麻梨子《まりこ》ちゃんていう名前でしたけん」

「え?」

斎藤が素っ頓狂な声を上げ、慌てて口を押さえた。

「今も宇和島に住んどるもんですけん、あの子の顔、見るんが辛《つろ》うてね。将磨が死んだて知った時は、ここでわんわん泣き崩れました。私らと一緒にね。あれでちいとは私らも気をしっかり持てたんかもわかりません。マコちゃん、今も憔悴しきっとりますわ。あの子がうちにお嫁に来てくれたら、私らもほんとによかったんやけど」

「もうええ。そんなこと」

寿由が一言、たしなめた。

弘之と斎藤は、顔を見合わせた。

「あの――」

ぐっと唾を呑み込んで、斎藤が口を開いた。

「丸岡さんて、同じ支店の女性と付き合っていたんじゃないですか？」

「いいえ」美紀は大きく頭を振った。「そんなことはありません。将磨はもう十年以上、マコちゃんと付き合うとるんですから。親も認めた仲でね。他の人と付き合うはずがありませんよ」

向こうの親とも結婚の相談をしていたくらい、話は進んでいたと美紀は言った。

「でも」斎藤は食い下がった。「そういう人が三ツ浦支店内にいたというような話は――」

「そんなん、いっぺんも聞いたことがありません。あの子はマコちゃん一筋でした」

美紀は頑《かたく》なに否定した。

美紀の背後の棚の一輪挿しに、赤いアネモネが一本挿してあった。

それじゃあ、友永礼美は、いったい何者なのだ？

弘之は、心の中で呟いた。芯に一本黒い筋の入ったアネモネの赤い花びらが、一片はらりと落ちた。

家に帰りつくと、秀一からの絵手紙が届いていた。白い皿にちょこんと盛った蕗の佃煮が描かれていた。

きゃらぶき　いい色　いい味

添えられた文を読んで、フミ枝が蕗の佃煮を「きゃらぶき」と呼んでいたことを思い出した。ふっくらと炊き上がった母の味を、秀一は大切に味わっているのだろう。

丸岡美紀の荒れた手が脳裏に浮かんだ。母の味を、もう丸岡は味わえない。

富夫は、ボストンバッグをぎゅっと抱き締めて、高速バスの座席に座っていた。ボストンバッグの中には、巽から渡された一千万円が入っていた。帯封をかけた百万円が十束。それを風呂敷《ふろしき》で包み、さらにその上に、自分の下着やタオルを詰め込んでいた。

大阪梅田を午後十時半に出て、翌朝早くに松山に着く便だ。隣の席が空いているのはよかった。そうでなければ、一晩中、隣の乗客を見張っていなければならなかった。どっちにしても眠れそうにない。本当は、夜行バスなどには乗りたくなかった。昼間に走る便で帰りたかった。

だが、巽が待ち合わせ場所に来るのが遅れた。だいたい富夫は、大阪の街には疎い。大阪どころかよその土地には縁がない。愛媛からほとんど出たことがないのだから仕方がない。巽から指定された場所にたどり着くのに時間がかかった。「フォレオ大阪ドームシティ」とかいう舌を嚙みそうな名前の商業施設の中のファミレスだった。

「なんじゃ、富夫さん、スマホじゃないんか。スマホなら、マップを表示して、ナビしてもらいながら来れるのに」

巽はそう言いながら、丁寧に道順を教えてくれた。だが迷った。人混みの中を、あっちへ行き、こっちへ行きしながら、やっと目当てのファミレスを見つけた時は、泣きそうになった。まるで迷子になった子どもだ。

席についてて、ほっとした時はもう昼だった。朝から何も食べていないのに、まったく腹は減らなかった。それでもこれからの大仕事のことを考えて、ハンバーグを注文した。トマトソースがたっぷりかかったハンバーグがきても、食欲は湧かなかった。まだ下着とタオルしか入っていないボストンバッグを、席に置いたり、足下に置いたりしながら、ハンバーグの皿を睨んでいた。

巽は、現金が手に入る時間がわからないので、行けるようになったら連絡すると言った。それで富夫はファミレスでじっと待つことになったのだった。長らくしまい込んでいた腕時計を何度見詰めたことか。時計の針はなかなか進まなかった。壊れたのかと思って耳にくっつけて秒針の音を聞いたほどだ。

「ドリンクバーをお付けしますか？」とウエイトレスに問われ、訳もわからず、「はい」と答えたので、飲み物をいくらでも飲めるのはよかった。ドリンクバーへ立つたびに、ボストンバッグを持っていく初老の男は、さぞかし滑稽に見えるだろうなと思った。まだ金が入っているわけではないのに、そうせずにいられなかった。

目の前で冷えていくハンバーグを見ながら、コーラやウーロン茶や炭酸水を飲んだ。二時間経っても三時間経っても巽から連絡はこなかった。腹はタプタプになり、トイレにもボストンバッグを持って何度も立った。

うまくいかなかったのだろうか。巽は金を横取りできなかっただけではなく、犯罪集団に捕まって、どこかへ連れ去られたのではないだろうか。サスペンスドラマで見たように、巽が車のトランクに押し込められ、山の中に連れていかれる様子を思い描いた。するとまた喉が渇いてきて、ドリンクバーへ立つのだった。

また泣きたくなった。こんな役目を引き受けた自分を呪いたくなった。巽と吾郎の計画を聞いた時は、気が大きくなって「大船に乗った気でおれ」などと大口を叩いたが、所詮、自分は邦明の言うように肝の小さい男だったのだ。都会に来ただけで、気後れし、萎縮してしまうのだから。昨日の晩までいた松山が恋しかった。

巽から連絡が来たのは、一昨日の昼間だった。

「明後日《あさって》、こっちに来られるか？　富夫さん」

それだけで通じた。ついに大仕事を決行するのだ。

「お、おう、行ける、行ける」

うわずりながらも、まだその時はそう答えられた。

富夫なりに計画は立ててあった。旅行もせず、ほとんど愛媛から出たことのない彼が、大阪まで出かけるのだ。多栄や勢三を納得させる理由が必要だ。それも突然言いださなければならない。そこで高校時代の友人を引っ張り出した。大阪府吹田市に住む大野《おおの》という男とは、年賀状をやり取りするだけの間柄だったが、大阪行きにはそいつを口実にするしかない。

「わしの大親友の大野という男がの、危篤なんや。そんで、どうしてもわしに会いたいと言いよるらしいわ」

予想した通り、多栄は疑《うたぐ》り深《ぶか》い目をした。

「あんたの大親友は、クニさんやろ」

小ばかにしたようにそう言う。

「あいつはまあ、なんちゅうか、幼馴染や。大野は高校時代の友だちやけんの。長い間会うてないが、死ぬ前にわしに会いたいと言うてきた。こら、行かないかんと思うてな」

何度も頭の中で繰り返したセリフだったのに、うまく言えたとは言い難かった。言葉尻が震えたのが、自分でもわかった。背中を冷や汗が流れていった。

多栄は「ふん」と鼻を鳴らした。「なんの病気？」

「え？」

「そやから、その人、何で死にかけとんの？」

「ええと——あの、癌《がん》や、肺癌。煙草《たばこ》の吸い過ぎやろな」

きっと視線は宙をさまよっていただろう。が、慈悲深い多栄はそれを見逃してくれた。

「ほな、行ってあげや」

「すまんな。会うて話したらすぐ帰ってくるけん」

店番は勢三に頼んだ。それからみなと湯へ行って、釜焚きをしている吾郎に耳打ちした。

「ほうか。とうとうタツの奴、やるんか」

そう言って、にかっと笑った。

「頼んます、富夫さん。クニさん、喜ぶじゃろうな」

「わかった」

ぐっと唾を呑み込んで、富夫はそれだけ答えた。その時からもう緊張の極みだった。

大阪へ来る時は、船を使った。愛媛の東予港から出るフェリーで、大阪南港へ着いた。これも早朝だ。そこから迷いながら、「フォレオ大阪ドームシティ」まで来たというわけだ。帰りがいつになるかわからないが、もう船を使うのはやめようと思った。南港まで行くのにも、東予港から松山へ帰るのにも、乗り換えが必要だ。大金の詰まったバッグを持って、何度も乗り換える気にならなかった。帰りは梅田から出る高速バスに乗ると決めた。便もたくさんあるから、融通がきく。

日が傾いていく大阪の街を見ながら、富夫は高速バスに乗り込むことだけを考えた。バスに乗りさえすれば、任務は大方終わったようなものだ。眠らずにバッグを守っていればいい。

ファミレスの客は、どんどん入れ替わる。夕飯時になれば、混んできて居づらくなるだろう。このまま巽が来なかったら、どうなるんだろうか。あいつが失敗した時のことなど、考えに入れていなかった。金も受け取れず、巽の行方も知れないとなったら、吾郎にどう説明すればいいのだ。その前に、どこで見切りをつけて、ここを出るべきなのかわからない。

自分でものを考え、決断することが、これほど難しいこととは。もはやドリンクバーに立つ気力もなかった。ウエイトレスがやってきて、富夫に断ってハンバーグの皿を下げていった。もうそろそろ出ていってくれという合図だろうか。不安と焦燥と心細さとで、富夫は身をよじった。

だからガラスの向こうに巽の姿が見えた時は、体中の力が抜けた。椅子に座っているのもやっとという状態だった。あれは本当に巽なのか。もしかしたら幻を見ているのではないかとすら思った。しかし、巽の幻は、店に入ってきて富夫の前に座った。

「すまんな、富夫さん。待たせてしもうて」

「そんで、どうや、タツ。うまいこといったんか」

その時になって初めて、巽がスポーツバッグを提げていることに気がついた。巽は、ポンポンとそれを叩いた。

「ばっちりや。富夫さん、あとはこれを吾郎さんに渡してくれたらそれで終わりや」

「ほな」

そう言って手を伸ばそうとする富夫を、巽は目で制した。

「人目があるよって、ここでは渡せせん」

二人はトイレに入った。男が一人、用を足していたので、出ていくのを待った。巽は天井にカメラが設置されていないか確認し、素早く個室を覗いた。富夫は、棒のように突っ立っていた。洗面台に巽がスポーツバッグを置いた。

「富夫さん」

促されてその隣に立つ。膝がガクガク震えていた。巽はバッグから風呂敷包みを取り出した。富夫もボストンバッグのファスナーを開いた。タオルと下着を取り出すと、そこに巽が風呂敷包みをドンと入れた。結び目をそっと緩めて中を見せる。本物の百万円の束が見えた。巽は、一つを指で弾き、中まで全部一万円札だということを見せた。

「ほんまにやったんか」

「当たり前やろ。上々の出来やったで」

富夫は、風呂敷包みの上からタオルと下着を押し込み、ファスナーを閉じた。ファスナーは鍵がかかるようになっている。わざわざこのために買い求めたものだった。小さな鍵を上着の内ポケットにしまった。

トイレから出て、席に着いた。

「一仕事終えたら腹が減ったわ。何か食お」

「そ、そうやな」

巽にそう言われると、富夫も空腹を覚えた。さっきと同じハンバーグを頼もうとすると、巽はメニューを取り上げた。

「祝いや。ステーキでも食おうや。わしが奢《おご》るわ」

巽は生ビールも注文したが、富夫はそれは断った。家に帰りつくまでは、気が抜けない。アルコールを飲むと、きっとバスの中で寝てしまうと思った。

巽は上機嫌で、今日の首尾を語った。巽は、氏家ら上部から現金化を指示された男より一千万円を預かった。それを隠しておいて、金メッキのインゴットを見せた。相手は「ほな、頼むで」とほくほく顔で言った。

今度は、金のインゴットを闇の中国人バイヤーのところに持ち込んで、また換金するという手筈になっていた。

それできれいな金に換わるという計画だった。商談をしているところに、馴染みの警察官が指揮する一団が摘発に来るという段取りだった。

「ところが、やってきたのは、わしの全然知らん刑事でな。そこは泡を食ったわ」

「どうなっとんや」

「どうやら大阪府警がいろいろ嗅ぎ回っとってな。刑事も自由に動けんようになっとるらしい。ほんまもんの手入れになってしもて、大汗かいたわ」

「大丈夫やったんか？」

「中国人がチンプンカンプンな言い訳したんやけど、他の警察官はガサ入れを始めて。わしはただの客という振りでおとなしくしとったんやけど、ガラを押さえられそうになった。なんせ、闇やからな、そこ」

「ヤバいやないか、それ」

湯気のたつステーキが来たが、富夫は胃がきゅっと絞られるような気がして、また食べられなくなった。

「万事休すっちゅうとこで、その刑事の携帯に本来来るはずやった刑事から電話が入ってな」

巽は分厚いステーキにナイフを入れた。レアのステーキの切り口の赤を、富夫は見詰めた。

巽は切り取った肉片を口に入れ、うまそうに咀嚼した。

「そんで話が通って、見逃してもろたわ。ほれ、あれやろ。氏家を捕まえようっちゅうんで大阪府警は血眼になっとんやろ。それで警察もバタバタしとんのや」

中国人はその日を限りに事務所は引き払うよう手続きをしてあったから、ガサ入れの収穫はなかったのだと巽は言った。

「あるのは、おもちゃみたいなインゴットだけやしな」

警察が引き上げた後、中国人バイヤーは金メッキのインゴットを持って逃げた。巽は、隠してあった現金を持って、ここまで来たというわけだ。

「そういう手違いがあったもんやから、ちょっと時間がかかった」

巽はぺろりとステーキをたいらげた。富夫は股の間にボストンバッグを挟み込んで、ステーキを食べ始めたが、味はよくわからなかった。結局半分は残してしまった。

「氏家の奴、今度こそはお陀仏《だぶつ》や。警察も相当気合入っとるで」

「タツもこのまま逃げるんやろ?」

「いや、今逃げたら怪しまれる。一千万という金を奪われた芝居をせないかん。氏家がどうなるか見届けたいしな」

「お前、大丈夫なんか?」

弘之から聞いた話では、大阪府警も大阪地検も躍起になって氏家なる悪徳金融ブローカーを追い詰めているらしいが、もしまたその手をかいくぐってそいつが逃げおおせたら、巽の身に危険が及ぶのではないか。

「心配せんでええよ、富夫さん。うまいことやるからな」

紙ナプキンで口の周りを拭いた巽は、生ビールの残りを飲み干した。

「吾郎さんにも安心してくれて言うといてくれ。ほとぼりが冷めたら、また会いにいくよって」

巽とは、ファミレスの前で別れた。ひょこひょこと歩いて去っていく巽のことも心配だったが、すぐに富夫の全神経は、ボストンバッグに注がれた。来る時とは違い、ずっしりとした重量を持ったボストンバッグ。それを提げて人混みの中を歩いた。通行人すべてが、富夫の持つバッグに注目しているような気がした。

ようやく梅田の高速バス乗り場までたどり着いた。切符を買い、コンビニでおにぎりとペットボトル入りの茶を買った。バスの時間が来るまで、待合所のベンチに座っていたが、その間も気が抜けなかった。

ようやく松山行きのバスが動きだした時には、安堵のあまり、小さく呻いたものだ。それからずっと富夫はボストンバッグを抱き締めている。絶対に寝るわけにはいかない。通路を挟んだ向こうに座った中年の女性が、不審そうにこちらを見ている。

富夫ははっとして、腕の力を緩めた。これではあまりに不自然だ。いい年をした男が、バッグをひしと抱き締めているなんて。富夫は、首を回して外を見た。暗い窓に、落ちくぼんだ目をらんらんと光らせた男が映っていた。これはまさに吾郎に言われた、「私は大金を持っています」という顔ではないか。

富夫は、口の中で「平気の平左、平気の平左」と呟いた。中年女性は、気味の悪そうな顔をして、視線を逸らせた。


大阪府警と密に連携した捜査をしている愛媛県警は、不審な金の動きが始まったことを受けて、瀬戸内銀行が融資を決めた過程を調査し始めたようだ。緒方から情報が入った。融資案件を受けた味岡常務が任意で警察に呼ばれていると。

「どうや、とうとう味岡まで警察の手が伸びたぞ。もうちょっとや」

おそらく緒方からも刑事へ耳打ちしたのだ。味岡の息子の行状と、氏家が味岡を脅す手口について。

「そやけどこれはまだ書けん。刑事がこっそり漏らしてくれたことやから」

地元警察と地元新聞は、持ちつ持たれつの関係だ。

今は微妙で大事なところだと緒方は言った。こっちも注意深く行動しなければならない。

このままいけば、緒方や鎌田と推測した通りの線が浮かび上がってくるのではないか。すなわち、味岡が不正融資を見逃すよう三ツ浦支店に圧力をかけたこと。彼も息子、雄哉のことで反社会的勢力に脅されていたこと。その先には松山西部病院があり、坂上理事長、氏家、有馬とつながっていくはずだ。

どこかでぷつんと線が切れて、捜査の手から漏れてしまう人物が出ないようにと弘之は祈った。ここまで来たのだ。すべてを明らかにして、この不正の構図を暴きたい。緒方が言うように、慎重に行動しなければならない。支局長に報告した。

「味岡常務から先がつながりますかね」そばで聞いていた斎藤は真剣な表情で考え込んだ。

「下っ端のヤクザを二、三人挙げて終わりなんてことになったら目も当てられませんよ」

彼にも筋がよく見えている。瀬戸内銀行の融資に絡んだ取材を始めた時、的外れなことばかり口にしていた新人記者は、着実に成長を遂げていた。

緒方は、中途半端なところでは記事にしたくないようだったが、県警の方から報道資料が出たら書かずにはいられない。そのタイミングを計るのが難しい。大阪府警からも情報が来ているはずだから、県警もこの事案の背景や、狙うべき目標はわかっている。捜査陣もかなり慎重に事情聴取を進めるだろう。

一番難しいのは、丸岡の死の真相の解明だ。彼が殺されたのだとしたら、実行犯は誰だろう。鎌田の話からして、暴力団員だという予測はついた。問題は、その男に指示を出した人物へたどり着けるかどうかだ。

緒方は親しくしている刑事に、踏み込んだ推測をぶつけてみたそうだ。瀬戸内銀行の不正融資に丸岡が勘付いていて、それで殺されたのではないかということを。

相手は考え込んだ末に、そこも考慮に入れて捜査すると請け合ったらしい。うまくいくだろうか。弘之が疑問を口にすると、緒方は、愛媛県警の刑事にしては上出来な答えだと言った。一度事故死だと警察が結論付けたものを覆すには、それ相当の証拠が必要らしい。地方の警察は頭が固いし、変なプライドや仲間意識もあって、なかなか新しい視点で捜査に臨まないという。

「警察も、こっちの情報を重んじてくれとるっちゅうとこやな。丸岡さんの溺死に目を向けてくれただけでも何か新しい進展があるかもしれん」

弘之は友永礼美の顔を思い浮かべた。

礼美には電話が通じない。この前まで通じていた番号にかけても、この番号は現在使われておりませんというメッセージが流れるだけだ。友永礼美は、この番号を解約したのだ。それは要するに弘之たちの前から完全に姿を消したということだ。

いったいどういうことだろう。あの銀行の融資窓口の女性は、丸岡とは深い関係ではなかった。それなのに、丸岡の恋人だと偽ってみなと湯に現れた。そして丸岡は殺されたのだと訴えた。彼女の本当の目的は何だったのだろう。なぜ丸岡の死が事故ではないと考えたのか。なぜ恋人でもない同僚のために死の真相を探ろうとしたのだろう。

宇和島から帰ってきて以来、弘之はずっと考えている。

礼美がみなと湯に初めて来た時のことを思い浮かべた。丸岡のことを「将磨さん」と呼んで、結婚の約束をした間柄だと言った。そして思い詰めた表情で、丸岡は自殺でも事故でもない、殺されたのだと言った。そこにいた全員が、あれをすんなりと信じてしまった。彼女の話は筋が通っていた。瀬戸内銀行三ツ浦支店に持ち込まれた大口融資に不正があったこと。それに気づいた真面目な丸岡が、唯々諾々と上司の言いなりにならず、信念を貫いて裏のからくりを調べ始めたこと。不正な融資は、松山西部病院に向けてのものだったこと。西部病院と瀬戸内銀行とが疑わしい関係にあるらしいこと。

それらは礼美が描いた絵空事ではなかった。弘之が緒方とともに調べたことや、大阪支社の永井や鎌田から聞いたことをすり合わせると、事実であると確信を持てた。礼美が訴えてこなかったら、この大きな不正には気づかずにいて、氏家や坂上の思い通りにことが運び、融資で浮かせた大金が、彼らにも反社会的組織にも流れていただろう。

今、大阪府警や地検特捜部が、融資金の流れに目を光らせている。それもこれも、一人の女性銀行員から始まったことなのだ。礼美は、本来ならまだここに一緒にいて、捜査の行方を見守っているはずだった。あれほど丸岡の死の真相と彼が探っていた犯罪の全貌を知りたがっていたのだから。

なのに、彼女は唐突に銀行を辞めた。

――私が将磨さんを殺したようなものなんです。

あれには、弘之が解釈したのとは別の意味があったのではないか。彼女は丸岡の恋人ではなかったのだから。

――私は本当のことが知りたいんです。

彼女が知りたかった本当のこととは何だったのか。

わからない。何もかもが謎だった。

友永礼美の行方は、その気になれば調べられないことはない。銀行に当たるか、どうにかして住民票の異動先を調べるか。いよいよとなったら金を払って興信所に調べてもらうかすれば。だが、自ら離れていった彼女を追う意味を弘之は見出《みいだ》せなかった。それよりも、彼女がきっかけを作ってくれた不正融資とその背後の組織を暴くことの方が大事だと思えた。

富夫は、天狗堂の一番奥まったところに鎮座している仏像に目をやった。銅に錫《すず》や鉛を混ぜた素材でできたそれは立ち姿の菩薩《ぼさつ》像だ。勢三によると大陸から持ち込まれたもので、どこかの山の中の廃寺から譲り受けたということだった。その由来が真実かどうかなどは富夫にはどうでもよかった。等身大の像だ。金属製なので重量があり、二人がかりでやっと体の向きを変えることができる代物だった。ここに持ち込んだ時は、小型の重機を用いたように思う。天狗堂に収まって四十年以上そのままだ。とにかく重いのだ。そこが肝心だ。

三日前、富夫は巽から受け取った一千万円を無事に松山まで持ち帰った。早朝に松山市駅に着いたら、吾郎がみなと湯のポンコツ軽トラで迎えに来ていた。歯抜けの口でにっと笑う吾郎を見た途端、思わずすがりついて泣きたい気分になった。とうとうやり遂げたのだという思いは、軽トラの助手席に乗った後にやってきた。

疲れ果ててはいたが、爽快な気分だった。高速バスの中では一睡もできなかった。ボストンバッグを膝に置いたり、脚の間に挟んだりしながら、周囲を警戒していた。乗客が少なかったのと、深夜には皆眠ってしまったのとで、いつまでも無理して「平気の平左」の演技をする必要はなかった。それでも何があるかわからない。ここまでうまくいったのに、大金を誰かに奪われたのではたまらない。

通路の向こうの席の中年女は、「フォレオ大阪ドームシティ」のファミレスから、膨らんだバッグに目をつけてついてきたのかもしれない。前の席の金髪の若造は、氏家の息のかかったヤクザものかもしれない。このバスの運転手は、犯罪組織に脅されて全然違う目的地に向かって走らせているのかもしれない。

様々な状況が考えられた。その想像が一晩中、富夫の頭の中をぐるぐる回って、とても眠るどころではなかった。朝日がバスの窓から差し込んできた時は、体中がガチガチに凝っていた。だから巽から連絡がいった吾郎が早朝の駅まで迎えに来てくれているのを見たら、安堵と感激のあまり、全身の力が抜けた。それこそあの間の抜けた顔が、誰にでも救いの手を差し伸べる観音菩薩に見えたものだ。

「富夫さん、ご苦労やったな。タツから何もかも聞いたぜ」

車を出した吾郎は、横目で富夫を見ながら言った。

「うん。ちゃんとタツから受け取って帰ったけんな」

富夫は、膝の上のボストンバッグをポンポンと叩いてみせた。

「一千万や、一千万。間違いない。ちゃんと札を見て確かめた」

「わかっとるて。タツも富夫さんもちゃあんと仕事をする人やけんな」

「そやろ。ぬかりはないて。わしもきっちり働いてきたで。まあ、たいしたことはなかった」

高速バスの中で周囲の目を気にして、まんじりともせずに夜明かししたことは、すっかり頭から抜け落ちた。

「この足でクニのとこに持っていくんか」

「いや、まだや」

ぴっしりと吾郎が言う。

「へ？　何で？」

「あのな、これもタツからの指示や。向こうがちいと落ち着くまでは、一千万をがめたことは、秘密にしとかないかん。氏家らが金を盗《と》られたことでタツらを疑うやろ。ほとぼりが冷めるまでは、大っぴらにこの金を使うわけにはいかんのやて」

「そ、そやな」

巽も細心の注意を払って事後の始末をすると言っていた。彼は金のインゴットを奪われた芝居をして、犯罪組織をごまかさねばならないのだ。大阪から離れてほっとした自分とは違って、巽はまだ危険の中にいるということを忘れてはならない。

三ツ浦町に着くまでに、これからのことを吾郎と相談した。邦明にすべてを話して金を差し出すタイミングは、不正融資のからくりが暴かれて、そこに絡んだ面々が逮捕された後、ということにした。弘之の話では、大阪や愛媛の警察が連携して捜査をしているということだった。大阪地検特捜部まで加わっているらしい。よくわからないが、その重々しい名称だけで、力のある機関という気がする。今までは司直の手をうまくすり抜けて逃げていた氏家も、追い詰められそうな気配だった。犯罪組織の一番の親玉の氏家が捕まれば、もう巽もびくびくしなくていい。組織からも抜けられて自由になれるというものだ。

それまで一千万円の札束をどこに隠しておくかが問題だ。

「わしのとこはオンボロアパートやけん、富夫さんとこで預かっといて」

気楽に吾郎は言う。富夫は頭を抱えた。自宅には、自分のプライベートスペースと呼べるような場所はない。どこだって多栄の目が届く。多栄が無関心なのは、天狗堂の中だけだ。多栄の目は届かないが、天狗堂に置いてある品々は、勢三の蒐集品だ。勢三がいつ持ち出したり、売ってしまったりするかわからない。

頭をひねって考えた末、天狗堂にもう四十年、同じ場所に置いてある菩薩像の中に隠すことにした。金属製の菩薩像は、中が空洞になっているのを知っていた。この中に、有難いお経やお釈迦様《しゃかさま》にまつわるものを納めるのだと勢三が言っていた。背中に取り出し口があるのも、ぼんやりとした記憶の中にあった。四十年前、勢三とその穴から中を確かめたが、有難いお宝は一つもなかった。

勢三に気づかれないようこっそりと天狗堂に入り、吾郎に手伝わせて、背中を壁にぴったりとくっつけて立っている菩薩像の向きを変えた。少し動かすだけでも大仕事だった。一時間ほど格闘して、やっと菩薩の背中が見えた。記憶通り、蓋付きの穴があった。蓋をはずして中に風呂敷を押し込んだ。取り出しやすいよう、紐を付けて中に落とし込んだ。蓋を元通りにして、念のため吾郎が蓋のつなぎ目をハンダでくっつけた。そしてまた像を回して背中を壁につけた。

すべての作業を終えるのに半日かかった。これで大金を見つけられる心配はなくなった。ぐったりして家に戻ると、へなへなと膝から崩れ落ちた。布団も敷かずに畳の上に寝転がると、夕方までぐっすり寝込んだ。

パートから帰ってきた多栄が、どかどかと部屋に入ってきた音で目が覚めた。

「そんでどうなったん？」

「えっ？」

何もかも見透かす多栄に、すべてを勘付かれたのかと冷や汗が出た。

「あんたの大親友よ。死にかかっとんやろ？」

「ああ、あれな。わしが会いにいったら急に元気になってな。よう来てくれたて喜んで、ステーキ食わせてくれたわ」

「しょうもな」

多栄は吐き捨てるように言い、またドスドスと台所へ消えていった。

その翌日から富夫は、朝から晩まで天狗堂に座っている。知らず知らずのうちに、店の奥にある菩薩像に目がいく。あの中に大金があるのだと思うと、にんまりしてしまう。みなと湯を救う一千万円だ。多栄にも勢三にも言うわけにはいかないが、悪の組織からまんまと横取りしたものだ。それは、とりもなおさず、自分が腹の据わった大人物だと証明するものだった。

銅製の菩薩像は、じっと暗がりにたたずんでいる。表面の塗りも剝げてみすぼらしい像だが、今は光り輝いて見える。右の手のひらを正面に向けた菩薩像は、お前がいっぱしの男だということは、よくわかっているよと囁《ささや》きかけてくるような気がした。

瀬戸内銀行の味岡常務への聴取は数日間にわたった。その結果、彼が息子の不行状をネタに脅されていたことが判明した。もはや保身に走る意味もなくなった味岡は、何もかもを自供したという。息子をバカラ賭博でがんじがらめにされ、それをネタに不正融資を通すよう、強要されたこと。仕方なく三ツ浦支店の支店長に命じて早急に稟議書を作るよう命じたこと。本店に上がってきた稟議書は、自分の裁量で通し、役員にも承認されたこと。三ツ浦支店で実務に当たっていた丸岡という行員が亡くなった経緯については自分は知らない。とにかく接触してきた暴力団の言いなりになるしかなかったことなど。

直後、もともと県警が目をつけていた違法カジノの店の関係者が逮捕された。味岡雄哉をギャンブルに誘い込んだ手口も明らかになり、キャバクラ嬢を含む一味も身柄を拘束された。いずれ賭博場開帳等図利罪で起訴されるということだった。そこまでが県警の報道資料として配布された。

資料に従って、弘之が記事を書いた。まだ全国版の紙面に載るところまではいかなかった。

伊予新聞の記事は、緒方が書いていた。

「これからが正念場や」

緒方は、まだその先があるという。違法カジノを開いていた反社会的組織は、大阪の組織とつながっていることがわかっているようだ。おそらく味岡の脅迫にかかわった人物も、関西に拠点を持つ暴力団関係者だろう。そこを愛媛県警は大阪府警につないで、捜査協力しているらしい。

大阪の組織、氏家とつながる線だけでなく、味岡を脅して融資を承認させた先の松山西部病院の線も捜査線上に上がっている。他社に先んじているとはいえ、伊予新聞も東洋新報もうかうかしてはいられない。こうして報道資料が配られたからには、各社、それぞれのやり方で背後関係を探るだろう。

愛媛県側でわかったことは、鎌田にも逐一伝えた。あとは、警察が記者会見をしてすべての情報を発表するのを待つしかない。その時、他社は発表された事実しか記事にできないが、東洋新報と伊予新聞だけは、もっと深い記事が書けるはずだ。丸岡が殺されたことが判明すれば、それも書かねばならない。弘之は腹を決めた。事実は事実として厳然とそこにあるものだ。それを歪めることは、記者にはできない。

気になることもあった。緒方の話にも鎌田の話にも、坂上理事長と有馬代議士の名前が出てこない。丸岡は、松山西部病院にも切り込んだ調べをしていたはずだ。そこが問題になったのではないかという気がした。不正融資を暴くだけで命を狙われたとするのは、どうも腑に落ちなかった。彼はもっと違う何かをつかもうとしていたのではないか。入り口は不正融資だったかもしれないが、知らないうちに、危険な領域に足を踏み入れていたのだとしたら？

それは何なのだろう。礼美なら知っているのか。いや、彼女もそこまでは手が届かないはずだ。銀行員の彼女が知り得たのは、三ツ浦支店が舞台となった松山西部病院への不正融資だけだ。

――松山西部病院には何かがあるんじゃないの？

礼美は松山西部病院に引っ掛かりを覚えた丸岡に何気なく言ったことを後悔していた。恋人でもない彼に。

――それより松山西部病院の方はどうなりましたか？

彼女も丸岡の死が西部病院に深入りし過ぎたせいだとは考えていて、だから病院のことを調べて欲しかったのだろうか。

支局長と打ち合わせをした。斎藤も同席した。

「氏家を頂点とした金融犯罪組織が摘発され、容疑者が検挙されたら、これは大きな全国ニュースになるでしょうね。もちろん、うちとしては、他社を出し抜いて警察発表の前に特ダネを打ちたいですけど」

横川支局長は黒縁眼鏡を指の背でちょっと持ち上げた。レンズの向こうから、弘之を見据えてくる。

弘之もそのつもりだった。警察が記者会見をする前に正確な情報をつかみ、一日だけでも先に記事を書きたい。そこは大阪支社の永井ともタイミングを見計らっているところだ。鎌田が書くか、弘之が書くか、そんなことはどうでもよかった。東洋新報が全国紙として一番にこの事件を報じるのだ。氏家が検挙されれば、今回だけでなく、過去に彼がかかわった関西圏での金融犯罪にも取り調べが及ぶだろう。時効になっていないすべての罪に対して、裁く用意を、大阪地検は始めているようだと鎌田は言っていた。それほど府警も地検も執念を燃やしているのだと。

鎌田自身も、長年追ってきた氏家という男の犯罪歴や人物像をつぶさに書いて、世に知らしめたいのだ。しばらく身を潜めていた氏家は、慣れない場所でちょっとした働きをしたことで、足をすくわれた。地盤のない地方では、彼の思い通りにはいかなかったわけだ。

そういう意味では、鎌田にとってはこれ以上ない機会だろう。

そこは弘之も横川支局長もよく理解しているところだ。

「うちはうちで、支局としての特色ある記事を書きたいんですよ」

横川は分厚い眼鏡をはずして、神経質にクロスで磨き始めた。

支局長は、特ダネを打ったその先のことも考えているようだ。これほど大きな事件になると、世間の関心度も高い。支局ならではの後追いの記事が書けるはずだと踏んでいる。読者を東洋新報に引き付けておける。

「発端は、あなたが――」横川は、眼鏡を持った手で、ちょっと弘之の方を指した。「瀬戸内銀行の融資に不審感を抱いたことから始まったわけだから」

そんな視点で書ける記者はどこにもいないと横川は言った。

弘之は、またレンズを小刻みに磨く支局長の手元を見ながら考え込んだ。

友永礼美がみなと湯に来なかったら、弘之が不正融資に目を向けることはなかった。丸岡の死に腑に落ちないものを感じはしたが、不審を抱いて追及するまではいかなかった。大阪支社に連絡をとることもなかったし、緒方や鎌田と協力態勢を取ることもなかった。

その場合、氏家は松山でもまんまと手慣れた犯罪を成功させ、何人かの人物、あるいは組織の懐を潤して終わりになっただろう。そう思うと、この事件で大きな役割を果したのは、友永礼美だと言わざるを得ない。

あの子は、いったい何者なのだろう。また同じ疑問が頭に浮かんできた。同僚である丸岡が殺されたのかもしれないと気づき、行動を起こした勇敢な女性銀行員？　それだけだろうか。初めてみなと湯に来た時、悔しいと言って涙を流した。あの涙は嘘《うそ》ではなかった。激昂《げきこう》して、彼女の味方についた邦明を始めとして、あの場にいた誰もが心を動かされたはずだ。

「坂上理事長の経歴や、大阪支社の鎌田君の話からして、氏家とつながっているのは間違いないと思います」

弘之は落ち着いた声で言った。

「そうですね」

横川は、黒縁眼鏡をかけ直して、弘之の言葉に耳を傾けた。

「おそらく病院改築の計画を進めたのは坂上理事長でしょう。その裏には不正融資の企みがあった。主導するのは氏家です。病院の方は、坂上の裁量で難なくことは進むと考えたに違いない。彼があの病院の頂点に君臨していますから。院長も事務長も何も知らないでしょう」

この場ではまだ一言も発しない斎藤が、小さく首を縦に振った。

「坂上氏が融資金から不当に利得する意図があったと実態解明されれば一番ですが。その利権構造の全体像に迫れるかどうかが鍵です」

「坂上理事長まで捜査の手が及びますかね？」

「わかりません」

斎藤が不安そうに弘之の顔を見た。

大阪府警も地検も、氏家を検挙するのが大きな目的だから、坂上まで届かないまま捜査を終えてしまうかもしれない。巧妙に仕組まれたマネーロンダリングが功を奏したら、そういうこともあり得る。松山西部病院に対する背任罪に問われた坂上は、一度は拘束されることは間違いない。だがその先まで解明され、彼が関与したことがすべて露わになるかどうかは微妙なところだ。

「しかし、まあ、そうなった以上、もう理事長の席にはいられませんよね」

それでよしとするかのような口調で、横川は言った。

「丸岡さんは、誰かに殺されたんじゃないんですか？　そこに坂上理事長がかかわっていたとしたら？」

斎藤がおずおずと口を開いた。

そうだ。丸岡の死を追及しなければならない。そして、そここそが突破口なのだ。氏家の計画の綻びは、そこにあるような気がした。

「殺人事件だという疑いが大きくなれば、愛媛県警も威信をかけて捜査していくはずです。その情報は伊予新聞の緒方さんも追っているし、うちにも流してくれるはずです。しかしうちとしては、もっと別の切り口で追っていきたい」

支局長と話していると、頭の中が整理されてきた。丸岡の死と松山西部病院。そこには必ずつながりがある。まだ見えていない何かが。思わず言葉が口をついて出た。

「丸岡さんの死が殺人だとしたら、きっと坂上理事長が絡んでいますよ。決して大阪の金融犯罪グループの摘発で終わらせない。坂上の関与を報じて、世に知らしめる。それが松山支局としての報道姿勢です」

「わかりました。その線でいきましょう。うちにはうちのやり方がある。もう何も言いません。宮武さんにお任せします」

自席に戻りながら、薄暗い食堂で言葉少なに開店前の仕込みをする丸岡の両親の姿が浮かんできた。これから彼らは、息子が殺されたという残酷な事実に向き合わねばならないのだろうか。一人息子が死んだ時、彼らの心も一度死んだはずだ。冷たい水に流され、誰にも届かなかった叫びを上げた息子の死に際の恐怖を何度も何度も繰り返し、我が身に引き受けた。それなのに、誰かによって企まれた理不尽な死を、またなぞらなければならないのか。

それでも知らないでいるよりは、知った方がよかったと言ってもらえる報じ方をしなければならない。窓越しに見上げた空に、一筋の真っすぐな飛行機雲が、澄みきった青色の上に引かれるところだった。


愛媛県警は、丸岡の溺死も絡めて捜査をしているという。緒方は律儀に弘之に情報を伝えてくれる。地方紙からの情報提供は有難かった。彼は警察だけでなく、多くの情報源を持っているのだと知れた。緒方は新聞記者という仕事を、心の底から楽しんでいるようだ。昇進よりも現場にいることを選んだ潔い男の姿だった。

「うちとしては、近々第一報を打ちたいと考えとる」

驚いてスマホを耳に押し当てた。

「氏家が企んだ不正融資のことはまだ書かん。銀行員の溺死事故を警察が再捜査しているということだけ。それは事実やから。その後、続けて不正融資の記事を全国紙が打つはずやろ？」

全国紙というのは、東洋新報のことだ。つまり、まず露払い的に伊予新聞が丸岡の死について不審な点があると書く。それは地方の話題だけにとどまる。まさか背後に大きな金融犯罪が隠されているとは、誰も気づかない。そしてその直後に東洋新報が、氏家が中心となって松山で展開された不正融資の事件を記事にする。そういう段取りでいけば、伊予新聞としても一番いい形になると緒方は言った。

「地方紙であるうちの記事と、全国紙であるお宅の記事が、密接に連動せんと、うまいこといかん」

緒方の考えていることはわかった。この事件を報じる特ダネは、同時に抜こうと二人で決めた。しかし特ダネとしての価値は、全国紙である東洋新報の方が圧倒的に有利だということは、緒方も理解していた。だからこういう形を取ろうとしているのだ。地方紙である伊予新聞が、ローカルなニュースである銀行員の水死について報じる。事故死と見られていたものが、実は殺人事件に発展するかもしれない。警察が再捜査をしている。その程度の記事なら、全国的には注目されない。愛媛県民だけがちょっと記憶を喚起される。それだけの記事。

「ああ、そういえばそういう事故があったなあ」

そう思って読み飛ばすような記事にとどめる。

その翌日、愛媛を舞台にした不正融資と横領の特ダネ記事が東洋新報の紙面に出る。まだ誰もあの水死事件とは関連して考えない。緒方の記事は、布石なのだ。ずっと後になって、丸岡の死がこの犯罪とつながっているとわかった時にこそ、意味を持つ記事。

いくら言い合わせて同じ日に同じ内容を報じても、東洋新報という大きな新聞社が抜く特ダネには、地方紙はかなわない。そこで緒方が考え出した地方紙ならではのやり方だ。これなら埋もれてしまいそうな地方紙の記事も、全国区で注目を浴びるだろう。彼なりに時間差で一泡吹かせる方法を編み出したということだ。緒方は根っからの事件記者だ。

弘之は緒方の抜け目のなさに感心するとともに、落ち着かない気分になった。

「うまい方法ですが、タイミングがうまくいかないと元も子もなくなりますよ」

「うん。そこはすり合わせが大変や。それはわかっとる。それやから、宮武さんに相談しよる」

「じゃあ、そのタイミングは僕に任せてくれますか?」

「そのつもりや。じゃけど、長くは待てん。県警の調べは進んどる。近いうちに味岡をゆすった奴の面が割れる。おそらくは大阪から来たヤクザや。そこから突破口が開けて丸岡さんを手にかけた奴がわかるかもしれん。このことを警察が正式に発表してしもたら、この情報のニュースバリューがなくなってしまう」

「わかりました。大阪支社と打ち合わせしてみます。向こうの記者もかなり警察に食い込んでいるはずですから」

「頼むで、宮武さん。うちにもちょっとは花を持たしてくれ」

緒方はおどけた振りをしてそんなことを言った。すぐに改まった声を出す。

「丸岡さんの身に何が起こったか。そこを明らかにせないかん。もしあれが事故でないと警察が断定したのなら、きちんとそれを報じる。犯人が挙げられたらそれもな。それがわしらの使命というもんや。そうやろ？」

スマホを耳に当てて、弘之は目を閉じた。

「そうです」

大きく深呼吸をした後、きっぱりとそう答えた。

緒方も同じ考えだ。新聞記者として、長年、地道に愚直に事件を追ってきた男の言葉に背中を押された。あの食堂で日々変わらず働く丸岡の両親に捧《ささ》げるとしたら、真実しかない。

緒方はもう一回「頼むで」と念を押して通話を切った。弘之はスマホを耳から離し、汗でぬるついた手のひらをズボンに擦り付けた。

犯罪組織を自在に操り、多くの会社を潰し、莫大《ばくだい》な金を手に入れてきた氏家という男。一度鎌田に見せられた氏家の写真を思い浮かべた。彼が所属する組織の末端には、汚れ仕事もいとわない凶悪な暴力団員もいるだろう。善良な市民然としたアクのない風貌の氏家には、今まで警察の手は及ばなかった。

松山西部病院の理事長の座についた坂上とつるんで、不正融資を計画した。そこから莫大な利を得ようとした。何度も繰り返した手慣れた方法だった。だが、今回は少し様相が違った。まさか地方銀行の一番下の融資係が、不正に気づいて思いがけない行動に出るとは思っていなかったのだろう。

不正融資に気づき、西部病院の内部事情を探ろうとした丸岡は、坂上にとっては邪魔者以外の何ものでもなかった。坂上は、いつものように乱暴で手っ取り早い方法で、知り過ぎた銀行員を消したのだ。金融ブローカーと組み、政治家に取り入り、反社会的勢力を巧みに使いこなす男。彼は、私腹を肥やすことよりも、二つの顔を持って社会を欺くことにこそ、この上ない愉悦を覚えていたのではないだろうか。大物政治家の秘書や大病院の理事長という顔と、アンダーグラウンドに君臨する闇紳士の顔を使い分けて悦に入っていたのだ。

会社を経営し、政治家と密接に交際して、学んだ処世術がそれだった。松山西部病院の理事長室で向かい合った時の、鷹揚に構えた坂上を思い出した。いかにも実務に長け、患者や病院スタッフのことを思いやる人格者という風貌だった。新聞記者なんぞに本当の顔を見破られるものかと、たかをくくった顔だった。苦々しい思いで、弘之はあの顔を思い浮かべた。

緒方が望んでいた記事が書けたのは、その四日後のことだった。鎌田から、氏家の身柄が拘束されるという確実な情報が入ったのだ。緒方が手がけた伊予新聞の記事は、丸岡の死について警察が再捜査をしているという小さなものだった。

翌日、東洋新報の特ダネ記事は、鎌田が書いた。

東洋新報の第一面を飾った記事は、愛媛県の銀行と病院との間で行われた不正融資をスクープしたものだ。記事が出た二日後、氏家は逮捕された。大阪府警はテレビカメラの前で記者会見を開いた。東洋新報に抜かれた他社は、遅ればせながら一斉にこの事件を報じた。だが、鎌田の記事には及ばなかった。記者会見で語られた以上のことを、鎌田は調べ上げていたからだ。

味岡を脅したヤクザも、味岡の証言で逮捕された。大阪に事務所を構えるヤクザが動員されたとわかった。間接的に氏家からの依頼があったということだった。文字通り、そこからこの計画の綻びが生まれたのだった。丸岡さえ、言いなりに稟議書を書いていれば、この金融犯罪は露呈しなかったかもしれない。

あの時、丸岡が自身の信念に従って取った小さな抵抗が、巨悪の構造を暴いたのだった。暴力団関係をたどっていけば、丸岡に危害を与えた人物にもいき当たるはずだと緒方は息巻いていた。

瀬戸内銀行の味岡常務は、本来なら商法の特別背任罪に当たるが、脅迫された上での行為ということであったし、実質的には銀行に損失を与えていないということで、逮捕は免れた。ただし、銀行内では処分され、解任となった。

警察発表に沿って、マスコミが第一報として伝えたのはそこまでだった。氏家の事情聴取は続いている。続々と情報はニュースや記事になって伝えられるだろう。松山西部病院まで捜査のメスが入るのは、目に見えていた。鎌田も第二弾の記事に向けて取材を続けている。不正融資で浮かせた金の動きがつかめず、警察の捜査が行き詰まっているようだという。

「氏家の手口は警察もわかっているから、金の動きには目を光らせていたんです。しかし思った以上に巧妙な仕組みで、五億ほどの金が複数の会社の口座を経由して流出しているようです。中には実体のないペーパーカンパニーも含まれていたり、現金化されたり、実際に商品を買ったように見せかけたり、とにかく複雑なんです。それに——」

鎌田はやや困惑したような声を出した。

「途中で仲間割れといいますか、裏切りといいますか、どうやら末端にいた人物が金を持ち逃げしたりするということもあったようです。そういう不測の事態まで発生したもんだから、警察は苦労していますよ」

そうした事態に陥ったことも、氏家が予期しなかった綻びかもしれない。よその土地で稼ごうとしたことで、しっぺ返しを受けたということか。そこはなぜか痛快な気がした。氏家ほどの金融のプロを出し抜く者がいたということが。数々の企業を食い物にし、大金を自在に動かして私腹を肥やし続けた犯罪者も、己の力を過信して驕《おご》り高ぶった挙句、思いもよらない裏切りに遭ったというわけだ。

彼が道具のように使い捨てる手下はいくらでもいただろう。大きな組織の末端の構成員だ。氏家のような人物にとって、彼らにあるのは利用価値だけ。氏家には、彼らの心が見えていなかった。愚昧な支配者には、そういうふうに滅びの翳が忍び寄るものだ。

かつての自分とかぶる部分があると感じることは、もう不快ではなかった。氏家に少しだけでも泡を吹かせた連中に、拍手を送ってやりたい気持ちだった。逮捕された氏家には、そうした手下をもはや罰することができない。他者から収奪することに長けていた男は、今度は収奪される立場になったわけだ。まんまと金を持ち逃げした奴らは、今頃快哉《かいさい》の声を上げているに違いない。

しかし、そんなふうに横取りされた金はたいした額ではないだろう。億単位の金は、いったいどこに流れていって、誰が利を得たのか。社会的な特権を持つ者、または反社会的勢力や政治家にまで流れたかもしれない。複雑な構造の金融犯罪の全貌が司直の手によって暴かれ、報道によって世に知られるには、相当の時間がかかりそうだ。しかし、諦めずに食らいつき、最後まで記事にすると鎌田は言った。それには松山支局としても協力すると弘之は伝えた。

鎌田は、静かな執念の炎を燃やしている。しかしこの調子では、松山西部病院の坂上理事長にたどり着き、彼の罪に相応の裁きを下すには、時間がかかるだろう。緒方の話では、愛媛県警も捜査員を多く投入して捜査を進めているようだ。だから不正融資を計画したのが坂上理事長だというところまでは持ち込めるにしても、一旦大阪の設計事務所や経営コンサルタント会社に振り込まれた金の流れがつかめないと、坂上がその一部を受け取ったかどうかがはっきりしない。

へたをすると西部病院への背任罪で起訴されても、執行猶予付きの有罪判決で終わりということになりかねない。理事長職は解任されるかもしれないが、本人にとってはたいした痛手ではないだろう。氏家も検挙されてしまったし、そろそろ現役から身を引いて、悠々自適の生活を始めるにはいい頃合いと考えるかもしれない。

何もかもを明らかにしたかった。このままでは、丸岡将磨という将来有望な青年が命を落とした背景がはっきりしない。実行犯だけが逮捕されて終わりではやりきれない。

その時、自分のやるべきことがはっきりした。

富夫は、ボストンバッグを持ってみなと湯に向かって歩いていた。

バッグの中には、菩薩像から取り出した一千万円が入っていた。吾郎と一緒に取り出したのだ。吾郎は一足先にみなと湯に戻った。今頃は釜場で釜焚きをしながら、富夫がやってくるのを待っているだろう。もうじき、薪釜はガス釜に取り替えられるはずだ。銀行の融資では得られなかった一千万円は、今彼が提げているボストンバッグの中にある。

意気揚々と天狗堂を出たはずなのに、だんだん足が前に出なくなった。これを邦明はすんなり受け取ってくれるだろうか。吾郎や巽には自信満々で請け合ったが、しだいに自信がなくなってきた。

吾郎と相談して、この金を手に入れたいきさつは、包み隠さずに言おうと決めていた。出所を教えないと、邦明は決して受け取らないとわかっていた。巽が持ち掛けた融資からの流出金を横取りしようという作戦を、まるのまま伝えようと腹をくくった。悪玉親分の氏家という男は逮捕された。あいつからくすねた金だと正直に告げるのだ。友永礼美がみなと湯に現れてから、邦明は、あの子に肩入れして憤っていた。だからきっと氏家を出し抜いたと聞くと、喜んでこれを受け取ってくれると思った。

だが――、富夫は、上島印章店の前でつと足を止めた。薄暗い店の奥で、親父がうつむいてハンコを彫っていた。誰かが店の前で立ち止まった気配に、顔を上げた。老眼鏡をずらしてじっとこちらを見たが、客ではないとわかると、また下を向いた。

だが、今は少々事情が変わってしまった。礼美は銀行を辞めて去ってしまった。弘之によると、礼美は丸岡の恋人ではなかったということだ。いったいどうなっているのだろう。悪い奴らが捕まったということは理解できたが、小さな謎はいっぱい残った。いろんなことがあり過ぎて整理がつかず、邦明は元気がない。

　富夫は、自分を奮い立たせて歩きだした。ボストンバッグの中身が、邦明を元気づけることになるといいが、逆の効果をもたらすということも考えられる。こんな汚い金は受け取れないと怒り狂うかもしれない。こんな方法でガス釜は導入できない。みなと湯は廃業すると頑なに言い張るかもしれない。みなと湯が近づくにつれて、また気持ちが萎縮してきた。今日は弘之も呼んである。彼にも隠すことはできない。どうせ邦明から伝わるだろうから。新聞社というまっとうなところに勤める弘之の反応も怖かった。

　こんな乱暴なやり方で金を作ったことを後悔した。あれほど勇み立って巽の企てに賛同したというのに、冷静に考えると、これは犯罪以外の何ものでもないと思い始めた。もしかしたら、弘之が、警察に自首することを勧めるかもしれない。そんなことになったらどうなるか。吾郎も巽も無事ではいられない。多栄は呆れて夫を見下げ果て、勢三は口汚く息子を罵るだろう。

　やっぱりこんなだいそれたことをするんじゃなかった。

　気がついたら目の前にみなと湯の暖簾がはためいていた。正面入り口を素通りして、邦明の家の方に回る。

「富夫さん、こっちや」

　吾郎が窓から首を突き出して呼んだ。いつも面々が集まる応接間の窓だ。

　吾郎は、富夫に目配せを送ってきた。手に入れた一千万円で、みなと湯が息を吹き返すと、寸分も疑っていない様子だ。

　お前は能天気でええなと、心の中で呟いて富夫は玄関を入った。階段を上がる足取りも重い。応接間のドアを開けると、邦明と弘之、それに吾郎が揃って富夫を見た。身が縮みあがる気がした。

「どしたんぞ、はよこっちに来いや。宮さんも忙しいのに来てくれとんじゃ」

ドアの前で立ち止まった富夫に邦明が言った。

もうここまで来たら引き返せない。富夫は腹をくくった。

ソファの前のテーブルに、ドンとバッグを置いた。ファスナーを勢いよく開ける。大阪から帰る高速バスの中で、この場面を何度も想像した。どうや、というふうに満面の笑みを浮かべるはずだった。だが、今は泣き笑いのような表情しか作れなかった。

邦明と弘之が、身を乗り出してバッグの中身を見た。その中には無造作に入れた札束が十個転がっているのだ。弘之が大きく目を見張り、邦明があんぐりと口を開く様を、富夫は情けない思いで見ていた。二人は同時に首を回らせて、突っ立ったままの富夫を見上げた。

「――これ、なんぞぉ」

ようやくというように、邦明が喉の奥から声を絞り出した。

「こ、これでみなと湯の釜をガス釜に替えてくれ」

このセリフも、何度も頭の中でなぞってきたものだ。思い描いていた図では、自信たっぷりに二人の顔を見渡して、大きな声で言うつもりだった。ところが今は、二人が耳をそばだてなくてはならないほど小さく、言葉尻は震えていた。

「は？　なんやて？」

邦明に問い返されたが、もう一回同じセリフを言う勇気は富夫にはなかった。

「これな、富夫さんとわしとタツの奴でこしらえた金なんや」

吾郎が代わりに答えた。

「どういうことぞ」

難しい顔をして邦明に突っ込まれ、富夫は「あの」と消え入りそうな声を出すのがやっとだった。

「まあ、座ったら？」

弘之が見かねて助け舟を出してくれた。ソファに腰を下ろして、だらしなく開いたボストンバッグの口を見詰めた。膝に置いた両手で、ズボンの生地をぐっと握りしめる。そして邦明と弘之を真っすぐに見据えた。

富夫は、金の由来を説明した。時に言葉に詰まり、時に時系列があべこべになって訂正したり、その都度邦明に問い返されたりしながら、それでもなんとか最後まで話し終えた。そもそもこの二人には、巽が詐欺師だということを知らせていなかったので、時間がかかった。

弘之は、腕組みをしたまま口を挟まず聞いていた。吾郎は落ち着きなくキョロキョロと視線を三人の顔に走らせていた。

話が終わると、邦明は言葉を失ったとでもいうように黙り込んだ。しんと静まり返った部屋の中に、外で囀《さえず》るイソヒヨドリの声が届いてきた。ツバメよりも一回り大きな鳥が、みなと湯の向かいの空き倉庫の屋根にとまっている。弘之の肩越しに見えるその鳥の赤い腹を、富夫は疲れ果てて見ていた。

「と、いうことは――」

邦明の言葉で富夫の意識は引き戻された。

「ということは、この金は、その――、ヤバい連中からかすめ取ったということか」

改めてそう言われると、目の前の一千万円がいかにも汚い金に見えてきた。いや、実際にまっとうな金ではないのだが。

「ほんでも、クニさんが堂々ともろてええ金やと思う」

吾郎がおずおずと口添えした。

「そうや、あいつらの悪だくみのお陰でクニは融資をしてもらえんかったんやろ。これでみなと湯の釜をやり替えたらええんや」

吾郎に背中を押された形で、富夫も言葉を継いだ。金を受け取ってもらいたい一心だった。そうでなければ、悪党どもをペテンにかけた巽も、大阪までわざわざ行った自分も浮かばれない。

「そんなことを言うても、こんな金、受け取れるわけなかろうが。なあ、宮さん」

邦明が不安げに言い、富夫と吾郎も弘之を見やった。邦明がまるで期待外れの返答をしたので、急速に気持ちは萎《しぼ》んでいた。新聞記者の弘之なら、この金を持って自首しろと言いだすかもしれない。

弘之は腕組みしたまま、片手の親指を唇にあてがっていた。うつむき加減の表情は窺い知れない。隠しているのは、侮蔑か怒りか。富夫は泣きたい気分になった。弘之の肩が小刻みに揺れ始めた。吾郎が目を瞬《またた》いた。

やがて弘之は顔を上げた。彼は笑っていた。最初は、親指を当てた唇が発するクスクス笑い。それから肩を大きく揺らしての笑いに変わった。その様子を三人は、呆気《あっけ》にとられて見ていた。しまいにソファの上で体をのけ反らせて笑った弘之は、まだ笑みをたたえたまま、富夫に向き合った。

「氏家らの組織の裏をかいて、マネーロンダリング用の金をかすめ取った奴って、富夫さんたちだったのか！」

弘之は、すでにその情報をつかんでいたらしい。警察や地検が監視する中、行方がわからなくなった金があり、それがどうやら末端にいる人物にしてやられたのだと判明したようだ。

「そんな小気味いいことをする奴がいるのかと思って、感心していたら――」

またひとしきり笑う。

「こんなに近くにいる人の仕業だったなんて」

参ったなあ、とそう参ったふうでもなく続けた。

「笑いごとじゃないで、宮さん。この金は、もともとは氏家とかいう悪党が懐に入れるはずのもんやったんやろ？　まあいえば、犯罪に絡んだ金や。そんなもんでみなと湯の釜、直してええんか？」

邦明がしごくまともなことを言った。

富夫と吾郎は、同時に弘之に注目した。吾郎の皺くちゃの首元で、喉仏が上下するのがわかった。

「いいんじゃないか？」弘之はさらりと言ってのけた。

「警察もその事実をつかんではいるが、彼らの目的は、氏家とその組織の罪を問うことだ。そして氏家は身柄を拘束された。警察も氏家も、この金の行き先を追及することはないんじゃないかな？」

「そ、そんなもんかいな」

邦明はまだ懐疑的だ。

「大丈夫やて、クニさん。タツはうまいことやる。もうどっかに身を潜めとる。詐欺からも足を洗うと言いよる。絶対にこの金の出所はわからんて」

吾郎が勢いづいて言った。

「そうや。みなと湯が当然受け取るはずの金を、あいつらによっておじゃんにされたんや。胸張ってもろうとったらええんや」

富夫も言い募った。弘之が味方をしてくれたのは心強かった。

「当然受け取るはずの金て、お前。あれは融資で貸してもらうはずの金やぞ」

まだ邦明は怖がっている。

「クニ、そんな肝のこんまいことでどうするんじゃ。タツとゴローが一生懸命考えてこの一千万円をこしらえたんやぞ」だんだん声に張りが出てきた。「これはな、ゴローとタツと、ほんでわしからの融資や」

また弘之がぷっと噴き出した。

「まあ、そういうことでいいんじゃないですか」

弘之の一言で邦明も納得した。富夫に「肝が小さい」と言われた彼もとうとう腹を決めたようだ。

「ほ、ほうか。ほな、そうさしてもらうわ。これは巽から借りた金ということにする。借りたもんはきっちり返す」

それを聞いて、富夫は心底ほっとした。吾郎も前歯の抜けた口を開けて笑った。

吾郎は、これでみなと湯の経営者邦明に、雇って面倒をみてくれた恩を返した。巽は、かつてのチンピラ時代、身を挺して自分を守ってくれた吾郎に恩を返したわけだ。

そして富夫は、犯罪組織を相手にした詐欺行為に加担したことで、自信を取り戻した。この大胆不敵な行為のことは、多栄にも勢三にも告げることはないだろうが、これからの人生は変わってくるような気がした。どこもかも丸く収まったわけや、と富夫は思った。富夫たちの暴挙ともいえる行為を咎めることなく、思いがけず許容してくれた弘之も、どこか以前とは違った印象を受けた。

東洋新報が、愛媛県で起こった不正融資からそれを計画した大阪の金融ブローカーについて特ダネ記事を書いた。その記事は、富夫も読んだ。この記事には、おそらく弘之も嚙んでいるのだろう。東京から帰ってきた新聞記者は、地元でもいい仕事をしたということだ。

一千万円の入ったバッグを邦明に渡して、富夫は家を出た。弘之は忙しそうにみなと湯を出ていった。富夫は吾郎と一緒に釜場に回った。早速吾郎は、薪釜の蓋を開けて薪を放り込んだ。長年慣れ親しんだ仕事だ。吾郎は流れるような体の動きで釜焚きをする。ガス釜になったら、木材を運んできてここで切り刻み、積み上げておくこともない。夏でも冬でも絶えず薪釜で火を燃やす作業もなくなる。富夫もこうしてここでぼんやりしていることも少なくなるかもしれない。

軒の向こうに春霞《はるがすみ》の空と港山が見えた。イソヒヨドリも美声を響かせている。遠くで船の汽笛が鳴った。見慣れた風景と聞き慣れた音だが、どれ一つとして同じところに留まっているものはないのだ。何もかもが少しずつ形を変えている。

それが嬉しいことなのか、寂しいことなのか、富夫には判断がつかなかった。


「松山西部病院についてちょっと調べてみます」

弘之は支局長にそう告げた。東洋新報の大阪支社とは別の視点で今度の事件を切り取れるとしたら、松山西部病院からだと思った。それに横川も賛同した。

大阪では、氏家の取り調べが進んでいる。鎌田が捜査陣に張り付いて情報を取り、次々と続報の記事を書いていた。松山では、緒方が瀬戸内銀行の不正融資についての捜査の進展に目を光らせている。少しでも新しい事実が出れば、すぐに記事にするつもりだ。おそらくどこよりも詳しくて深い記事を書くことだろう。そこは日頃から刑事たちに食い込んでいる緒方の独壇場だった。

弘之は松山西部病院の方に目線を移した。不正に融資を受けた側にも、警察の捜査は及んでいるだろう。しかし、まだ何か釈然としないものが残っている。坂上と有馬の関係を探って、不正融資で浮かせた金が政治家にまで流れたと解明できれば、これは大ニュースだ。

二人のつながりから調べてみようと思った。有馬の孫が松山西部病院で難病の治療を受けたことで、強固な関係が生まれたと考えれば合点《がてん》がいく。政治家にどうやって取り入ればいいか知り尽くしている坂上なら、そういう機会を逃すはずがない。孫の治療において特別な待遇をするとか、何かしら便宜を図ったなどは大いに考えられる。そこから切り崩していけないかと考えた。

　しかし病院というところは、なかなか情報を取りにくい。特に不正融資で取り沙汰されている今、新聞記者が真っ向から取材を申し込んでも警戒されるだけだ。病院は、世間を騒がせたお詫びと捜査には真摯に協力していくという通り一遍のコメントを発表したきり、沈黙を守っている。坂上理事長も一切取材には応じていない。聞くところによると、病院にも出勤してきていないということだった。

「宮武さん、ちょっとこれを見てください」

　斎藤が薄い冊子を手にして寄ってきた。

「これ、松山西部病院が年に二回、患者さん向けに発行している読み物なんです」

　差し出された冊子には『やすらぎ』というタイトルが印刷されていた。発行日は二年前の日付になっている。斎藤がめくったページに弘之は視線を落とした。

「これは……」

　数行読んで、弘之は立ったままの斎藤を見上げた。

「それは当時ＭＳＷをしていた山脇さんへのインタビューです」

　明朗快活そうな五十年配の女性の写真が載っていた。「松山西部病院で、医療と福祉の橋渡しをするメディカルソーシャルワーカーの山脇志織《しおり》さん」とキャプションが付いていた。弘之は斎藤の手から冊子をひったくって、内容に目を通した。

「ＭＳＷの仕事は、病院と地域、医療と福祉、医師と患者の橋渡し役となることです」と山脇は語っていた。「社会福祉士として、病院で患者さんや医療スタッフからの相談を受け、その問題の解決と支援に当たるのです。昨年は約二千件の相談を受けました」

　彼女は若い頃から福祉に思い入れがあり、県庁の嘱託職員として働きながら社会福祉士や介護支援専門員の資格を取った。父親が癌を患って闘病の末亡くなった経験から、ＭＳＷという仕事に興味が湧いた。松山西部病院の初のＭＳＷとして着任してからは、精力的にこの仕事にまい進し、二十一年が経った。

　この間、病院内の仕事だけにとどまらず、地域に根付いた開業医、福祉関係者、ＮＰＯ関係者などを巻き込んだ「連絡会」を作った。そういうことが記事には書かれていた。

「患者さんの退院後の支援態勢を組むということです。肝心なのは、医療と福祉が分断されないこと。専門職が情報を共有し、活用できる態勢を整えることが必要です。そのために私たちがいるのです」

　冊子をめくる手が震えた。

　これほどまでにＭＳＷの職にやりがいを感じていた彼女が、職を離れて家でぶらぶらしていることがあるだろうか。患者や医療スタッフの相談に親身に乗っていたのに、一つ一つの詳しい内容はもう憶えていないことがあるだろうか。

　弘之はすっと目を上げて斎藤を見た。

「うまくはぐらかされた」と言った斎藤の感触の方が、的を射ていたのではないか。

　今度は弘之が山脇に電話をかけた。前と同じように新聞記者からの接触をやんわりとかわそうとした山脇だが、自分たちは有馬勇之介と坂上理事長との関係を探っていて、病院改築にまつわる不正融資には、この二人が深く関わっていると睨んでいること、高橋看護師が、病院を辞めたいきさつについて納得できないでいることをほのめかしたことなどを弘之が伝えると、山脇はしばらく黙って考え込んだ。

「わかりました。お会いします」

落ち着いた声が返ってきた。弘之は向こうに伝わらないよう、詰めていた息をそっと吐いた。

山脇志織の家は、松山平野を流れる一級河川石手川の近くにあった。川の土手下に、古びた住宅街があって、その中の一軒だった。小さな前庭にプランターがいくつも並べられていて、パンジーやナスタチウム、ミニバラなどがきれいに植えられていた。

出迎えてくれた山脇は、想像していた通り、はきはきとものを言う女性だった。通された居間は、古いが気持ちよく整えられていた。

「母が高齢になって生活に不自由を感じるようになったので」

西部病院を辞めた理由をそう説明する。独り身の彼女は、父親の死後、母親とずっと二人で暮らしてきたらしい。

「でもたいして介護とかは必要ないんですよ。身の回りのことは自分でできますし。今日はデイサービスに行っています」

弘之と斎藤の名刺を受け取りながら、柔らかな笑みを浮かべた。まずは彼女が病院で行っていた仕事のことから話を聞いた。

「ＭＳＷは、医療と福祉をつなぐ仕事なんです。西部病院のような大きな病院で治療を終えて退院した患者さんに、リハビリ専門の病院や地域の開業医を紹介したり。一言でいうと支援のネットワーク作りですかね。患者さんやそのご家族は医療に対して不安をお持ちだから」

冊子の内容をなぞるようなことを、山脇は口にした。

「そういう方々には、山脇さんのような存在が必要でしょうね。僕もＭＳＷのことを、初めて知りました。そういう職種の方が病院に常駐していることも知りませんでした」

弘之の言葉に、山脇は大きく頷く。

「病院では、医療のことだけではなく、いろいろな悩みの相談に乗るんです、患者さんだけでなく、医療従事者からもね。まあ、困りごとの何でも引き受け屋ですよ」

彼女は目をくりくりと動かした。表情の豊かな人だ。

「それで？　私に何をお訊きになりたいんですか？」

頭もいい。新聞記者が訪ねてきたのは、不正融資のことだけではないと察している。こういう勘のいい人には、直球で当たるのが一番いいやり方だ。

「瀬戸内銀行から松山西部病院への不正融資のことは、すでにお聞き及びでしょう。我々は当初からこれにかかわってきました」

山脇は表情を変えない。背筋をピンと伸ばし、膝の上で手を重ねて聞き入っている。

「うちとしては、病院側で坂上理事長が率先してこの計画を進めてきたと考えています。背後関係は、今捜査中ですので、そのうち明らかになると思います。でも、坂上理事長にまで捜査のメスが入るかどうかは微妙なところです。つまり、彼が負うべき正当な罰が科されるかどうかということですが」

「理事長が負うべき罰？」

山脇の頬がぴくりと動いた。この人は、何かを知っている。記者としての勘が働いた。久方ぶりの感触だ。ここから重要なことを引き出せる。

「何か心当たりがありますか？」

「いえ」

感情を露わにしかけた顔が引き締まった。

「小児科病棟で勤務されていた高橋桜子さん。彼女の相談にも乗られましたか？」

「ええ」

短い言葉でしか答えない。用心深い。だが、迷いもある。こちらの出方を見ているのだ。

「我々が耳にしたところでは、医療的な手違いがあり、それを彼女の責任にされたとか。それで退職に追い込まれたということでしたが」

「追い込まれたのではありません。彼女は自分から辞めたんです」

口を滑らせたように見せかけて、山脇は自分から情報を提供しようとしている。頭のいい人。またそう感じた。では、こちらも相手に合わせるしかない。腹を決めて踏み込んでみることにした。

「有馬恭文。それが有馬勇之介氏の孫の名前でしたね。看護師の高橋桜子さんが彼の担当でしたか」

山脇は否定も肯定もしなかった。弘之からの電話を受けた後、山脇は高橋桜子と話したのかもしれない。

「何か都合の悪いことが病院内でもみ消されたということですか?」

山脇はふっと笑った。

「あなた方は、不正融資のことを取材しているんじゃないんですか?」

「いえ」ここが勝負だと思った。「坂上理事長その人を追及しています」

山脇の顔に広がりかけた笑みが、畳み込まれるように消えた。

「不正融資を取っ掛かりとして、坂上理事長を追い込みたい。不正融資以前にも、彼は犯罪に手を染めています。彼は反社会的組織と密接につながっているんです。有馬代議士とも癒着していると睨んでいます。そこをすべて明らかにしたい。そして彼が償うべきものがあるなら、そうさせたいと思っています」

「新聞に――」山脇は無表情のまま、静かに問いかける。「新聞に、その力がありますか?」

「あると信じています」

山脇の目尻に、細かい皺が寄るのを弘之は見た。かすかに微笑んだのか。

ここまで来たら、腹を割って話すしかない。山脇は信用のおける人物だという直感を信じることにした。テーブルの上に置かれた麦茶を、一口飲んで喉を潤した。

弘之は、坂上理事長の履歴と金融ブローカー氏家との関係、大阪時代から存在した暴力団とのつながり、政治家を利用するやり口など、鎌田や緒方が調べ上げたことを包まず話した。氏家ら反社会的組織が絡んだ今回の不正融資と、そこから流出させる金のこと、それは有馬の政治力を利用するために、彼にも流れるのではないかという推測までしゃべった。

あまりに手の内を見せすぎると思ったのか、途中で斎藤が顔を上げ、咎めるような視線を送ってきたが、意に介さなかった。山脇は、初めから終わりまで、姿勢よく座って聞いていた。

「わかりました」山脇は静かに答えた。「あなたは本気であの人を追い詰めようとしておられるんですね。それがようわかりました」

そして弘之と斎藤を交互に見やった。斎藤は落ち着かない様子で、姿勢を正した。

「私はＭＳＷという仕事は大好きでした。本当なら、ずっと勤めていたかった。でも辞めました。それは坂上理事長への抗議の意味だったんやけど」

向こうも腹を決めたのだ。その気配を斎藤も感じたのか、隣で体を強張《こわば》らせるのがわかった。

「宮武さん」

山脇がすっと体を前に傾けて、弘之の目を覗き込むようにした。

「職を離れたからといって、患者さんのことを外部の人にお話しするわけにはいきません。個人情報ですから」

「ええ、承知しています」

「ですから、これからお話しすることは、新聞には書かないでください」

「わかりました」

「本当に？　記事にできないんですから、聞く意味ないんじゃないですか？」

「新聞記者になって気づいたことがあります」

「それは何でしょう？」

弘之はゆっくりと息を吸い込んだ。

「真実の重さです」

灰色がかった山脇の瞳が、真っすぐに弘之に向けられていた。

「記事になるならないに関係なく、真実は厳然としてそこにある。新聞記者としてではなく、人として真実の重さに敬意を払わなければならないと思います」

今度は、山脇がすうっと息を吐いた。

「そうね。真実から目を背けることはできないですよね」

目を伏せて、自分に言い聞かせるように言った。そしてまた弘之に向き合った時には、すっかり心を決めたというふうだった。

「有馬恭文君は、とても珍しい病気でした。リヒャルト・バーデン症候群という小児の時に発症する病気です。今は十三歳ですけど、うんと小さい時から松山西部病院にかかっていました。西部病院の菅野《かんの》先生が、国内では唯一のこの病気の権威でしたから。とても苦しい治療なんです。食事制限も厳しくて、子どもには酷な病気でした。それでも菅野先生を頼って、日本中から子どもさんが治療に訪れました。といってももともと稀有《けう》な病気ですから、常時かかっているのは、二十人弱ほどの患者さんでしたが」

山脇は、リヒャルト・バーデン症候群という病気を簡単に説明した。以前、緒方から聞いたので、理解しやすかった。とにかく自己免疫作用の暴走によって細胞が破壊されていく先天性疾患なのだ。患者数が少ないので、この病気だと診断できる医者は多くない。何軒もの病院を回って、やっと菅野医師のところにたどり着くのだ。菅野医師にかかっても、完治することはない。対症療法で、症状を抑えていくのが精一杯だったという。

しかし、まったく別の病気のために開発された薬がリヒャルト・バーデン症候群に効くという研究がアメリカで発表され、日本でも認可された。

「そやけど、この病気の厄介なところは、様々な合併症を引き起こすところで、その治療薬が目覚ましく効く子もおれば、逆にそれが毒になって予期しない症状を引き起こすということもあるんです」

治療できるか、それとも余計に悪化させるかは、生じた合併症によって決まるのだと山脇は言った。西部病院にかかっている子どものうち八人は、その薬が効いて、ほとんど完治にいたったそうだ。だが有馬の孫には、面倒な合併症があった。小児1型糖尿病だ。この合併症ゆえにさらに厳しい食事制限を受けていた。

海外の報告では、小児糖尿病の合併症がある患者にこの薬を投与すると、重篤な副作用が顕《あらわ》れることがあるという。しかし、治療がうまくいったという実例もあった。使うか使わないかは、菅野医師の裁量一つというところだ。

「結局は有馬恭文君に投与することはありませんでした」

そう言うと、山脇は表情を歪めた。

「何か?」

「別の患者に投与してみたんです。同じ小児糖尿病を合併症として持つ子に」

「それは――」

「やはり副作用が起こりました。その子、筋肉疾患《ミオパチー》の症状が出て、どんどん進行していきました。あっという間に自力で立つこともできなくなってしまって」

「しかし、菅野医師がどうしてそんな危険な治療を？」

「先生も危険性は充分承知していたんです。でもそれで治る可能性もあった。あの時、菅野先生が診ていたリヒャルト・バーデン症候群の子どもさんで、小児1型糖尿病を併発していたのは、二人だけでした」

「つまり、菅野医師は有馬恭文ではないもう一人の子に薬を投与したわけだ」

「入院させて点滴で投与しました。点滴をほどこしたのが高橋さんでした。彼女は先生の指示通りにしただけです」

弘之は少しの間、考え込んだ。山脇は、相手が考えをまとめるのを静かに待った。

「なぜ、菅野先生はその薬を投与したんだろう」

「その背後には、理事長の意向があったと思います。それは、有馬代議士の希望を汲んだものだったんです。医療者としては間違った選択でした」

きっぱりと山脇は言った。胸を反らした彼女を、弘之は驚いて見た。

「そんなことが――」

「もちろん、患者さんの家族は納得しませんでした。どうしてこんなことになったのか、説明して欲しいと言いました。当然でしょう。あの子は、よくなるために西部病院に来たのに、ベッドから起き上がることもかなわないようになったのですから。有馬恭文君の方は、別の治療法を取るようになりました。例の治療薬のように飛躍的によくなるということはありませんが、まずまずの成果を挙げて日常生活に支障は出ないほどにはなりました。その事情も、同時期に入院治療を受けていたもう一方のご家族にもわかってしまったんです」

二人の同じ症状の患者だ。その子によって薬の作用を試されたとしか思えなかったのだろう。だが家族の抗議は、うまくかわされてしまった。そもそもそれが医療ミスになるかどうか微妙なところだ。治療にかかわる医師の判断にすべては委ねられるわけだから。だからこそ、そこに理事長や有馬の意向が入ってしまう。

「それは確かなことなんですか？」

「高橋さんが、菅野先生と坂上理事長が話しているのを聞いたと言っていました。その時の会話から、自分にミスの責任を押し付けられるんじゃないかと察して、怖くなったんです。それで西部病院を辞めてしまいました」

「あなたは？　あなたはなぜ辞めたんですか？」

「ＭＳＷとしての自分の無力さを感じたからです。私には、何もできませんでした。副作用でほとんど寝たきりになってしまった患者さんの家族からも何度も話を聞いていましたから。力になってあげたかった。菅野先生にも、理事長にも話しにいきました。でも無駄でした」

まさかこんな話になるとは思わなかった。斎藤がつかんできた「医療ミスっぽいもの」の実態がこれほど重大なものだとは。

「その患者さんも幼い頃からリヒャルト・バーデン症候群を患って苦しんでいたんです。西部病院を頼って来てくれたのに、逆に薬で体を悪くしてしまうなんて。彼もまだ十五歳でした。本人やご家族のために、私もできるだけのことはしようとしたんです。でも病院はこの事実を隠蔽しました。すべては理事長の意向です。こんなことが表沙汰になったら、西部病院の威信は失墜してしまいますから」

　山脇は、家族を励まして医薬品医療機器総合機構に医療費や医療手当の申請をしたが、無情にも不支給の通知が来た。長年働いてきた西部病院に不信感を抱いた山脇は、患者と家族の味方になることを決心した。

「もう怖いものはありませんでした」

　医療訴訟を視野に入れて、当時のカルテや看護記録を調べてみた。するとそれらの記録は改ざんされていたという。患者や家族の訴えの記録抹消、検査記録やX線《エックスせん》写真の抜き取り。現場のスタッフを問い質しても口をつぐむばかり。

「何もかも理事長の指示です。医療訴訟は資料が揃っていても難しいのに、そんな状態ではとても……」

「断念したんですか？」

「ええ」山脇はゆっくりと目を瞬いた。見開いた瞳の中に、小さな怒りの炎がぽっと浮かび上がった気がした。「患者さんにはご両親がいらっしゃらなかったんです。家族は十歳年上のお姉さんだけ。とても大病院を相手に勝てるとは思えませんでした。姉弟は、寄り添いながら病気と闘ってきたのに、こんなことになって。お姉さんは、何度も私のところに相談にみえました。でもしてあげられることは限られていました。彼女も苦しんだはずです。たった一人の弟が自立して生活できない体になって。彼を養うために仕事もしなければならない。あの人、銀行で働いていたんですけど、毎日病院に通って看病して、すごく頑張っていました。でもとうとう力尽きたんでしょう。九州にいる祖父母に呼び寄せられて、体の不自由な弟を連れて越していきました」

弘之と斎藤は顔を見合わせた。

「山脇さん」喉がカラカラに渇いて、うまく言葉が出てこない。「その患者さんて、友永さんという名前では？」

山脇は半開きにした口元に手を持っていった。節くれだった指が震えていた。

「なぜそれを？」

「お姉さんの名前は友永礼美。そうですね？」

隣に座った斎藤が漏らした「ああ」という声を聞きながら、弘之は頷く山脇を見ていた。


「いったいどういうことなんです？」

山脇の家を辞し、最寄りの私鉄の駅まで来ると斎藤は問うた。山脇の家からここに来るまでに、弘之も頭の中を整理していた。

「友永礼美は、これを望んでいたんだ」

「これって？」

二人はホームのベンチに並んで座った。軌道横のわずかな土地を耕して畑が作られていた。よっぽど手入れがいいのだろう。添え木をされたエンドウ豆やトマトには、食べ頃の実が鈴なりだ。ひと畝《うね》分のキャベツの上を、モンシロチョウがふわふわと飛んでいる。

「誰かが松山西部病院の中で起こったことに気づき、理事長の悪行を告発してくれるのを」

斎藤は難しい顔をして考え込んだ。

「それは彼女の弟に為《な》された理不尽な治療のことですか？」

「たぶんな。西部病院が不正融資を受けるということを知って、一縷《いちる》の望みに賭けたんじゃないかな。西部病院はもっとひどいことをやっている。何もかも坂上理事長が企てたことだと、誰かに調べ上げて欲しかったんだ」

「だから、丸岡さんの恋人の振りをしたんでしょうか。そうでなければ、ただの融資窓口係が、彼の死に疑問を持ってそれを訴えるなんて不自然だから」

礼美の弟は、颯太《そうた》という名前だと山脇が教えてくれた。姉弟の母親は、三年以上前に交通事故で亡くなり、母と離婚した父とは音信不通になっていた。以来、礼美は難病の颯太を抱えて生きてきたのだ。

ところが弟は難病を克服するどころか、重い障がいを持つ体にされてしまった。有力者である有馬の孫を助けるために、実験台にされたのだ。だが彼女の声は誰にも届かなかった。メディカルソーシャルワーカーの山脇が骨を折ってくれたけれど、結局彼女も大きな力の前に屈してしまった。弁護士を雇って訴訟を起こしても勝ち目はないと悟った礼美は、己の無力を思い知って嘆き悲しんだことだろう。颯太が不憫《ふびん》でならなかったに違いない。

その時、三ツ浦支店に本店から下ろされてきた松山西部病院への不正融資の疑惑に気がついた。誠実な銀行員であった丸岡が、不正を暴こうとしていることも。

彼女は丸岡に言ったのだ。「松山西部病院には何かがあるんじゃないの？」と。丸岡の目を、西部病院の中に向けさせ、坂上理事長の横暴で理不尽なやり方を告発してもらいたかったのではないだろうか。その時はまだ礼美は知らなかった。坂上の背後にある悪辣で洗練された犯罪組織や、それを動かす金融ブローカーの氏家という男の存在を。何より、坂上自身の凶悪性を。

礼美は、丸岡が三園橋から転落して溺れ死んだ時、驚き慄いただろう。あの溺死事故は、あまりにタイミングがよすぎる。自分のせいで丸岡が死んだのではないか。絶対にこの裏には何かある。

──私が将磨さんを殺したようなものなんです。

あれは礼美の本心を吐露したものだった。不正融資も丸岡の死も、このままうやむやにしてはいけない。だが丸岡を失った自分は無力だ。知恵を絞った彼女はどうしたか。

融資を断られたみなと湯にやってきて、弘之や邦明を味方につけた。不正融資の裏事情を暴露して、煽り立てた。あれは友永礼美の乾坤一擲《けんこんいってき》の勝負だったのだ。

そして初老の域に達した男たちも、まんまと礼美の計画に乗せられてしまったというわけだ。邦明はいきり立ち、弘之は新聞記者としての気概を蘇らせた。弘之は大阪支社の記者とも手を組んで、探りを入れ始めた。警察も動きだし、氏家は逮捕された。おそらくは坂上にも捜査の手は伸びるだろう。礼美の思い通り、医療ミスまで暴かれるかどうかはわからない。それでも何らかのダメージを病院や坂上理事長に与えることはできる。

泣き寝入りするしかなかった弱小な患者とその姉は、小さな一撃を食らわせることには成功したわけだ。小さな一撃は、もしかしたら波紋を呼んで、大きなものになるかもしれない。とにかく西部病院と坂上に警察の目を向けさせ、それを報じる記事によって、世間に知らしめることができる。

彼女が唐突に弘之たちの前から姿を消した理由も理解できた。西部病院を調べ始めた弘之は、いずれ礼美が隠していた事情にも、彼女が立てた安直な計画にも気がつく。それは礼美が初めから予期していたことではあった。弘之たちを利用してでも、西部病院で行われたことを暴露してもらいたかったわけだ。あまりに強引で一途で危なっかしいやり方だ。その一念でみなと湯に乗り込んでくるなんて。それほど切羽詰まっていたということか。

山脇が語ったことを思い出した。礼美は年の離れた弟を大事に思っていたという。颯太も姉を慕っていた。礼美は弟が難病を克服して食事制限のない自由な生活が営めるのを心の底から待ち望んでいた。

「菅野先生が新薬を投与すると決めた時は、跳び上がらんばかりに喜んでいましたよ。まさか有馬恭文君のために弟が実験台にされているとも知らずに」

山脇は両手に顔を埋めた。たとえＭＳＷでも、医学的なことは理解できず、それを止めることはできなかったはずだ。菅野医師に坂上が圧力をかけたという証拠もない。カルテも改ざんされていた。そこに病院、医療というものの闇がある。

「颯太君も嬉しそうにしていました。あの子、食事制限のせいでガリガリに痩せていて。食べたいものも我慢してたから、かわいそうでした。でもね、新薬を点滴されている時、こんなことを言ってたんです。この薬を体に入れている時、なぜだか口の中に甘い味が広がるんだって。うっとりとした表情で言ってた。あの子、甘いものにも飢えていたんですよね。いい薬ねって、私も言ったんだけど、でもあれは薬じゃなかった。あれは甘い毒でした」

ホームの向かいの道路端に幼稚園バスが停《と》まって、三人ほどの園児が降りてきた。待っていた母親と手をつないではしゃいだ声を上げる。

斎藤がぼんやりとその様子を眺めていた。晩春のうららかな陽の中で繰り広げられる日常の風景だ。さっき聞かされた話とは大きく隔たっている。病院という隔絶された世界の話を、斎藤も頭の中で反芻《はんすう》しているのか。

電車はまだ来そうになかった。モンシロチョウが一頭、ホームの上まで飛んできて、二人の目の前を横切った。

第五章　風の通り道

鎌田はどんどん記事を書いた。

東洋新報は今回の金融事件の報道に関しては、抜きん出ていた。常に全国版の第一面を飾る特ダネだった。他社の記者が知り得ない情報が次々に出てきた。デスクの永井と二人、大阪支社で気炎を上げている様子が目に浮かんだ。捜査陣も気合が入っていた。氏家が逮捕されてから、厳しい追及が為されたのだろう。関西金融業界の裏で暗躍する氏家の周囲には、容赦なく捜査の手が入った。関係各所に家宅捜索が入って、氏家の手足となって動いていた組織や暴力団員が芋づる式に検挙された。

実体のない会社が摘発され、犯罪に使われた口座は凍結された。何度も涙を呑んで取り逃がした犯罪組織を徹底的に潰すという警察や地検の気概が見てとれた。それに付随した記事を、鎌田は恐れることなく書いた。長く氏家を追ってきた記者だからこそ書ける優れた記事だった。

伊予新聞もこの事件に鋭く迫った記事を書いた。全国的なニュースになっている事件を取り締まるきっかけは、この松山から生まれたのだという部分を、常に強調してあった。愛媛県の読者の興味は、そこに引き付けられた。瀬戸内銀行と松山西部病院は、地元の有力な金融機関と医療法人だったから、東洋新報の記事と連動したように打たれる伊予新聞のスクープは耳目を集めた。

弘之は、東洋新報と伊予新聞を読み比べていた。

「まったくこの二人にやられっぱなしじゃないですか」

はす向かいの席から斎藤が不満そうに言った。

「この事件に最初に目をつけたのは宮武さんなのに」

「いいさ。誰が書いても」

さらりと言い放つと、斎藤は納得できないというように黙り込んだ。若い部下の姿に頰が緩む。この数ヵ月で、斎藤は随分変わった。新聞記者として、ただ場数を踏んだだけではない。事件の裏には常に人がいるということに気づいた。それが取材記者の原点だとは、言葉にしなくてももう学んでいるのだろう。

弘之は、ゆっくりと新聞を畳んだ。

緒方には、松山西部病院内で隠匿された医療過誤のことは告げた。友永颯太にほどこされた新薬の試験的な投与と、その結果について。おそらくは有馬代議士に頼まれた坂上の意向が多分に含まれた投薬であったこと。それは颯太の生活の質を著しく低下させる障がいを残すことになってしまったこと。有馬恭文は、その結果を見て、別の治療法に切り換えたこと。

颯太の姉である礼美が、自分たちの前に現れたいきさつも話した。

緒方はすぐに動いた。その医療ミスについて告発できれば、それで有馬という地元の大物を追い詰められれば、地元新聞としてこれ以上の収穫はない。地元出身の代議士に遠慮したりする気づかいは、緒方にはなかった。そこはもうよくわかっているから、弘之は期待したのだった。

だが結果は不発だった。ただでさえ不正融資の事件で捜査が入り、神経質になっている西部病院は、緒方の取材やその理由を真っ向から退けた。とんでもない言いがかりだと例の事務長は憤慨したという。これ以上取材を続けると、こちらも弁護士に相談して訴訟を起こすと息巻いたそうだ。有馬代議士の孫が絡んでいるということも大きかった。内偵取材も空振りだった。彼の豊富な取材源をたどって、病院のスタッフに話を聞こうにも、皆「知らない」の一点張りだったそうだ。

「いくら山脇っちゅうメディカルソーシャルワーカーの話を取っても、裏付けがない。うちとしてもいい加減な記事は書けん」

それに、と緒方は声を潜めた。上から西部病院の医療行為に関しては首を突っ込むなとお達しが来たという。有馬代議士から、伊予新聞の経営トップに直々に抗議があったらしい。

「こういうとこは地方紙の弱いとこや」

緒方は首をすくめた。弘之と違い、たいして悔しそうでもなかった。こういうことは、地方ではたまにあることなのだと態度が伝えていた。

「うちには、そういうしがらみはないですよ」

ついそう言ってしまったが、裏付けのないことは書けない。山脇も記事にしないという条件で友永颯太のことを話してくれたのだ。歯ぎしりしたい思いだった。弘之の心を読んだように、緒方は考え込んだ。

「上からそんなこと言われてわしも腹が立った。上を無視して、坂上理事長を直撃してみよかと思うたくらいや。やけど、それはよう考えたらあんたの仕事やな」

緒方はにやりと笑った。坂上が妻と暮らす自宅とは別に、マンションの一室を借りていることを突き止めたのだという。病院や自宅周辺で張り込んでいても、ガードがきつくて坂上のコメントを取ることはできない。だが隠れ家的なマンションのことは、誰にも知られていないと気が緩んでいる。たいていふらりと一人で行くのだと教えてくれた。

「今度、そこに行くのがわかったら、宮武さんに連絡する」

いつになるかわからないが、と言いながら、緒方はマンションの住所を教えてくれた。弘之はそれを急いでメモした。緒方のとっておきの情報のはずだ。それを自分に譲ってくれるのだ。新聞社の垣根を越えた記者どうしの連帯を感じて、メモする手に力が入った。

その三日後、とうとう愛媛県警は、丸岡を屋代川に突き落としたという地元の若いヤクザを逮捕した。ただし、彼の供述はあやふやだった。大阪から来た暴力団員と一緒に、丸岡を脅すつもりで待ち伏せした。丸岡を殺すつもりはなかった。ただ脅すだけだと言われていた。それなのに、大雨の中、橋の上でもみ合いになって、つい力が入って突き落とす結果になってしまった。彼を連れ出した大阪のヤクザは、その日初めて会った男で、名前も知らない。

警察では、その背後関係を調べ上げているようだが、まだ詳細はわからない。

警察の捜査の手が及んできたので、実行犯だけを差し出してケリをつけようとする、暴力団の常套手段だ。警察からの報道資料を基に記事を書きながら、弘之は据わりの悪い思いに苛まれた。

緒方が以前、伊予新聞に書いた丸岡の死を警察が再捜査しているという記事も、彼が期待したほどは注目されなかった。実行犯が逮捕されても、坂上や氏家が企んだ犯罪と結び付けられなければ、効果は薄れてしまう。

遠く離れた土地で、じっとこの行く末を見詰めているだろう友永礼美の視線を感じた。

――宮武さんなら、きっといい記事を書いてくださると思います。

――彼の死の真相も含めて、すべてを解明し、世間に公表してくれる。そうでしょう？

丸岡と礼美は、恋人どうしではなかったが、ある部分では心を通わせていたのではないか。丸岡の妹は、病弱で三歳の時に亡くなったと父親が言っていた。すべてを打ち明けたわけではないだろうが、礼美は自分の弟の病気のことを、彼に話したことがあったのかもしれない。優しい心根の丸岡は礼美に同情して、彼女の言葉を素直に聞いたところもあったのではないか。だからこそ、彼を利用した形になり、そして死なせてしまったことに、礼美はやりきれない思いを抱いていたのだ。その悔恨が、彼女の足をみなと湯へ向かわせた。坂上や有馬が結託して為した邪悪な行為の報いを与えてやりたかったのだ。果敢な女性は、そのまま引き下がることをよしとしなかった。

彼女の思いに、自分は応えられない。事件の裏にいる人の思いに寄り添えない。それが新聞記者として、一番悔しいことだ。

弘之が悶々としているうちに、不正融資事件の解明は、着々と進んでいった。

鎌田も緒方も精一杯の仕事をしていた。二つの新聞が報じる記事には、氏家と坂上との癒着ぶりが克明に書かれていた。伊予新聞では、とうとう有馬の名前が出た。松山西部病院からの献金を受けた有馬代議士が、病院が各種の認可を受けたり、国有地を払い下げられたりするのに便宜を図った疑いがあるというものだった。

　そこまで言及した緒方はたいしたものだ。その記事が呼び水になって、他のマスコミも関連の話題を報じた。テレビのニュース番組が取り上げたり、雑誌が特集を組んだりした。有馬への非難は日に日に大きくなって、次の選挙では落選するのではないかと取り沙汰された。大阪で桐生から引き継いだ強固な地盤を持っていたはずの有馬は、窮地に立たされたわけだ。出身地の愛媛での名声も地に落ちた。そこまでの力が報道にはあると思い知らされた事象だった。国会でも野党から追及されて、有馬は議員辞職に追い込まれた。

　静かに成り行きを見守っていた弘之の心には、またあの疑問が湧き上がってきた。

　これで友永礼美は満足なのだろうか。いや、これでは足りない。すぐさまもう一人の自分が答える。問題は坂上だ。ある意味、彼は氏家や有馬をうまく利用していたのだった。

　坂上は、西部病院に損害を与えた特別背任罪で取り調べを受けた。マスコミは色めき立った。今のところは任意での事情聴取だが、坂上のことは、連日ニュースになった。実質的に病院のトップだった坂上が、不正融資を主導したことは明白であるが、不正に流出したとされる五億円のうちのいくらを受け取ったかどうかがはっきりしないのだった。大阪地検特捜部が追えないでいる流出金の行方は多岐にわたる。その点では、氏家は優秀なマネーロンダリングの腕を発揮したということか。

「時間はかかるが、捜査陣は執念を持って当たっているから、いずれ明らかにはなるでしょう」

鎌田は苦々しげにそう言った。氏家と坂上の関係はかなり前からだから、そこを掘り下げれば過去に行った犯罪が暴かれるに違いない。氏家にぴったりくっついていた坂上は、彼を含めた組織を操って大きな利権と利益を得ていたはずだ。人を傷つけることなど意に介さない。真面目な銀行員も、闘病に明け暮れていた少年も、坂上にとっては取るに足りない存在だった。他にもそうやって目の前から排除してきた人物があったに違いない。

大阪地検も大阪府警も、腰を据えて徹底的にやるつもりのようだ。しかし結論が出て、彼が訴追されるのはいつになるのだろう。

その過程では、友永颯太が坂上によって受けた身体的被害のことはうやむやになると見ていい。そんなことを礼美は望んではいないだろう。あの子は、坂上に相応の罪科が下されることを望んでいるのだから。

とうとう坂上は、理事長の職を辞任した。今後、どういう処罰が下されるかということを緒方と話しあった。彼は、もし坂上が逮捕起訴されるにいたったとしても、そう重い刑罰は下されないだろうと予測した。過去に金融犯罪にかかわっていたり、業者などからのリベートや謝礼金などを受け取ったりしていたら、一度は逮捕されて勾留されることは間違いない。が、やがては保釈金を積んで自由の身になるだろうし、一切の役職を辞したことで一応の制裁は受けていると見なされ、執行猶予付きの判決が出るというのだ。

「そんなことでお茶を濁されたんじゃあ、たまらんな」

すべてを知っている緒方は、気の毒そうにぼそっと呟いた。緒方は友永礼美に会ったことはないが、彼女の身の上に同情していた。たった一人の弟に為された惨い仕打ちに心を痛め、平然とそれを命じた坂上を憎んでいるのだ。緒方は心のある記者だ。だからいい記事を書く。記事を書くために現場からも離れない。彼は、坂上が莫大な金を横領したことよりも、そういうことの方に憤りを感じるのだった。

久しぶりに秀一から絵手紙が届いた。

ガラスの風鈴の絵が描いてあった。吊るされた短冊が軽く翻っている。

あ、いま風がとおった

添えられた一言を読んだ。風鈴がチリンと鳴った音が聞こえた気がした。

緒方から、坂上が例のマンションに入ったと連絡があった。

「出てくるところを直撃してみたらええ」

短い言葉で促す。弘之も短く礼を述べた。

斎藤には黙ってマンションまで行った。市の中心部からはやや離れた大きな神社の近くだった。住宅の間には、田畑があったりする郊外の地区だ。緒方が調べたところでは、大阪から愛人を呼び寄せて住まわせる場所として用意したのではないかということだった。だが肝心の愛人は、数ヵ月ほどいたきりで、退屈な生活に嫌気がさし、大阪に帰っていったという。その後、解約することなく放っておいたのだが、最近、坂上はここに出入りするようになった。身の回りが騒然としてきたので、それを逃れるためにたまに来ているのではないかというのが、緒方の推測だった。あるいは誰にも聞かれたくない裏の連中とのやり取りを、ここでしているのかもしれない。

そういう目的なら、ここはうってつけだなと弘之は思った。電車の駅もなく交通の便が悪いし、会社や工場などもないから、住人以外は足を踏み入れそうになかった。捜査陣やマスコミをまいてこもるには最適な場所だ。築年数をかなり経た八階建ての地味なマンションだった。一階は駐車場になっているらしく、車が何台か停まっていた。おそらく坂上は自分で車を運転してきたのだろう。

目立つからマンションの前にじっと立っているわけにもいかない。道を隔てた向かいに、木々がほどよく繁茂した公園があった。小さな池もある。そのほとりにあるベンチに腰かけて、駐車場を見張ることにした。エントランスの中のエレベーターの扉も駐車場もそこからならよく見える。

池の周囲には、黄色い花を見事に咲かせたレンギョウが数株植えられていた。じっと座っていると、花の蜜を吸いにきた蜂やアブの羽音が聞こえてきた。それほど静かなのだ。坂上は、部屋で何をしているのだろう。騒がしくなった周囲から逃れて、一息ついているのだろうか。うまく彼を捕まえられるといいがと弘之は思った。坂上本人と接する機会は、もう二度とないと思われた。

松山西部病院の元理事長が現れたのは、二時間半後だった。

何度か開いたエレベーターの扉からは、マンションの別の住人が出てきた。中天にあった太陽は傾きかけていた。坂上の姿を認めた弘之は、急いで立ち上がった。自分の影が地面に長く伸びているのを見ながら、弘之はマンションに向かって駆けた。枝を広げたレンギョウを乱暴に蹴ってしまい、黄色い花がほろほろとこぼれた。

駐車場に走り込むと、メタリックシルバーのレクサスのドアに手をかけた坂上が振り返った。

「坂上さん」

かけた声に、坂上は不快な表情を浮かべた。ドアは半開きにしたままだ。いつでも運転席に滑り込める体勢だ。

「お話を聞かせてもらえませんか?」

「断る」と坂上はつっけんどんに答えた。急いで名乗った。

「東洋新報だと?」

眉間に皺が寄り、頰の肉がぴくりと動いた。その表情で、この男は新聞の記事を読んでいるのだと悟った。東洋新報だけでなく、不正融資のことを書いた記事は入念に目を通し、忌々しい思いでいるのだ。

「以前、お目にかかりました。病院の理事長室で」

坂上は「ふん」と鼻を鳴らした。弘之のことを思い出したのかどうかはわからない。かまわず先を続けた。

「病院への不正融資を計画したのは、あなたですか?」

「断ると言うたやろうが。帰れ」

低く抑えた声は、理事長室で滔々《とうとう》としゃべっていた声とは明らかに違っていた。坂上が思い切り開いたドアを、弘之は手で押さえた。

「ええ加減にせえよ」坂上の顔が朱に染まった。

「あなたの本心が知りたい」

「新聞屋ふぜいにしゃべるか。わしは警察の事情聴取をちゃんと受けとるのや」

車に乗り込もうとした坂上の肩を、弘之はつかんで引き戻した。坂上は、さらに激昂した。

乱暴に弘之の手を振りほどく。

「お前、こんなことしてただで済むと思うなよ」

「目ざわりな新聞屋に危害を加えようと？　手下のヤクザを使って」

坂上は「ははーん」というような表情を浮かべた。ゆっくりと弘之に向き合う。

「お前か。瀬戸内銀行の行員が、病院の融資の担当になったばっかりに殺されたとかなんとか騒いどるんは」

「違うんですか？」

「あれはチンケなヤクザと橋の上で喧嘩《けんか》しただけやろ。ちゃあんと調べんかい。東洋新報さんよ」

それこそ、ヤクザと見紛《みまが》うような口のきき方だった。突き出た腹を、威嚇するようにさらに押し出してくる。他人を脅し慣れているのだ。

だが、弘之は一歩前に出た。

「あれはあなたの指示だったのでは？」

坂上の喉の奥から、かすれた唸り声が聞こえた。

「ええ加減なこと言うなよ。大きな新聞社の看板背負うとるくせに」

大病院の理事長をしていた男の言い草とは到底思えなかった。弘之が動じないので、坂上は苛ついたように舌を鳴らした。

「呆れたもんや。どこで聴き込んできたんやら」

「それでは、友永颯太君に投与した薬はどうですか？　あれはあなたの意向ですか？　それとも有馬氏の？」

明らかに坂上は怯《ひる》んだ。

「お前――」

そこまで調べられているとは思いもしなかったのだろう。だが、百戦錬磨の闇紳士は、すぐに態勢を立て直した。

「何のことかわからんな。これ以上しつこくすると、警察に訴えるぞ。ここんとこ、警察とは懇意にしとるからな」

笑おうとしたのか、唇の一端を持ち上げたが、彼が狙ったはずの残忍な笑いにはならなかった。弘之を押しのけ、坂上はレクサスの運転席に滑り込んだ。バンッと乱暴にドアを閉めてから、ウインドウを下ろす。ぐいっと坂上の首が突き出された。

「ええか。こんなことでわしを追い詰めた気になるなよ。宮武て言うたの。近いうちに心の底から後悔するやろな」

坂上は、さっと頭を引っ込めてウインドウを閉じた。ガラスの向こうの重く垂れた瞼《まぶた》の下の瞳が、不敵な新聞記者を睨みつけていた。

エンジンがかかり、坂上は思い切りアクセルを踏み込んで車を発進させた。弘之は、車体から跳《と》び退《の》いた。

道路に出る前に、テールランプが一瞬灯《とも》った。そのまま出ていくレクサスの後ろ姿を弘之は見送った。あんな捨てゼリフを吐いた坂上は、相当苦しい立場にいるのだろう。それがわかっただけでも収穫だ。

弘之は、坂上の言葉の一字一句を忘れないよう、頭に刻みつけた。それは新聞記事の活字となって浮かび上がった。近い将来、現実のものとなるであろう文字だった。

坂上が死んだのは、その三日後だった。


例年より早く梅雨に入った。

みなと湯のトタン板の軒からは、ひっきりなしに雨だれが落ちていた。富夫は雨でかすんで見える向かいの倉庫をぼんやりと見ていた。倉庫の扉の下からキジ猫が這い出してきた。猫は体に雨がかからないよう、用心して軒下を歩いていった。

邦明は、ガス釜を業者に注文した。設置は一ヵ月後だという。

「薪釜もあとちょっとやのう。もうじき、そんなふうに薪をこしらえんでもようなるぜ」

釜場でせっせと廃材を鋸《のこぎり》で挽《ひ》いている吾郎の背中に向けて、富夫は言った。吾郎は一心に鋸を動かしている。木材は、天狗堂で処分した品物だ。時々勢三に命じられて、いらなくなった木製品を、吾郎は薪にして釜で燃やす。もうこんな作業も不要になるだろう。吾郎も楽になるに違いない。

ごつごつと背骨の浮き出た貧相な吾郎の背中を見ながら考えた。こいつもいつの間にか年を取った。力仕事もだんだん億劫《おっくう》になるだろう。ガス釜に替えるのには、ちょうどいい頃合いだった。

「タツからなんぞ連絡はあったか？」

「いや、ないなあ」

「どうしとるんやろ」

「どこぞに身を隠しとんやろ。ほとぼりが冷めるまで」

ここで何度も交わされた会話をまた繰り返す。巽が悪党どもの裏をかいて横取りした一千万円を、大阪まで出かけて受け取って帰った行為は、富夫にしてみれば一世一代の大冒険だった。あんなに緊張したこともなければ、心が弾んだこともない。大芝居を打って奴らをペテンにかけた巽に比べれば、たいした働きではないかもしれないが、富夫に達成感と自信をもたらしてくれた。

邦明や弘之が自分を見直し、賞賛してくれたことに安堵もしたし、晴れ晴れした気分にもなった。それで充分報われたと思っている。家では相変わらず勢三には顎で使われ、多栄には軽んじられているが、もう前のように気持ちが萎えることはなかった。

くさされたり文句を言われたりしながら、心には余裕があった。釜場にガス釜が据えられたら、もっといい気分になるに違いない。

まるで自分がスーパーヒーローにでもなった気がしている。

どうじゃ、悪は滅びるんじゃ、と心の中で呟く。

一週間前に、松山西部病院の理事長をしていた坂上が死んだ。マンションから飛び降り自殺をしたのだ。まさかそんなことになるとは思わなかった。弘之の話では、悪の親玉みたいな奴だったのに。

あれほどの悪党が、潔く自分の身の始末をするとは信じられないと弘之も、弘之と一緒に調べを進めていた伊予新聞の記者も驚いたようだ。実行犯は捕まったが、丸岡を脅すように命じたのは、坂上だったのではないかと二人は睨んでいた。おそらく殺してしまってもかまわないくらいの気持ちだったのではないか。そう推測していた。そんな心根のひん曲がった邪悪な坂上の自殺には、彼らもしっくりこない感触を持っているようだ。

弘之は坂上が死ぬ直前、直接当たって、彼に疑念をぶつけたのだと言っていた。みなと湯で、弘之が邦明にしゃべるのを富夫と吾郎は聞いた。坂上が自殺したのは、そのすぐ後だった。弘之が直撃したことで坂上の心が折れ、自殺の引き金になったのだろうか。そんなヤワな奴とはとても思えないが。邦明も自殺の報を聞いた後、同じように言っていた。

坂上には後ろ暗いところがたくさんあったそうだから、これからその一つ一つを暴かれていくことを想像して悲観したのかもしれない。あいつの仲間も大阪で逮捕されて、厳しい取り調べを受けているという。坂上は、ここまでと観念したということか。

とにかく坂上の自殺は、大ニュースだった。自殺の現場となったマンションは、何度もテレビに出た。東京から来た有名なレポーターがその前でマイクを握ってしゃべっていた。そこは坂上の自宅ではない。彼が借りていた別宅だとレポーターは言った。反社会的な輩と会って、何かを相談するための部屋だったとか、愛人と密会するための部屋だったとか取り沙汰されているようだ。人目を気にしてか、わざと防犯カメラもなくセキュリティもいい加減な古いマンションを選んでいたという。

弘之が坂上を捕まえて詰め寄ったのも、あのマンションだったそうだ。

ちょうど朝御飯の時間で、一緒にテレビを見ていた勢三が「やるのう」と呟いた。

七十歳を過ぎて愛人がいることに感心したのか。多栄が侮蔑の視線を投げかけた。富夫は、急いで画面から目を逸らせたものだ。だが耳だけは、レポーターの言葉を拾っていた。瀬戸内銀行と松山西部病院の不正融資事件には、自分も深くかかわっているのだ。狭い家の中でいがみあっているこの二人には、想像もできないだろうが。

レポーターは、坂上は八階のベランダから深夜に飛び降りたと推測されると伝えた。外で随分飲んで、自宅ではなく隠れ家みたいなマンションまでタクシーで帰った。着いた時はひどく酔っていたというタクシーの運転手の証言まで取っていた。苦々しい思いで深酒をしたせいで、通常の精神状態ではなかったということも考えられる。人間は、時として思いがけない行動を取るものなのだ。マンション敷地内を傘をさして、自動ドアに向かって歩く坂上の後ろ姿を、タクシーの運転手は目撃していた。

一週間前のその日も大雨で、誰も坂上が転落した音を聞いていない。坂上の遺体は、翌朝、八階のベランダの真下で見つかった。墜落死であることは間違いない。警察の検視官が死亡推定時刻を割り出し、捜査に当たった警察が自殺だと断定した。部屋の鍵は掛かっていたし、誰かが侵入した形跡もなかった。出かけた時のままのスーツ姿だったそうだから、帰ってきてドアの鍵をかけ、そのまま真っすぐベランダに行ったのではないかとレポーターは、推測を口にした。スマホも財布も、部屋の鍵までもスーツのポケットに入ったままだったと。事件のたびに現場に駆けつけるレポーターは、やや得意そうに調べたことを披露していた。

「人間、悪いことはできんちゅうこっちゃな」

雨の音に負けないように声を張り上げたつもりだったが、吾郎には届かなかったようだ。吾郎はせっせと鋸を挽いて、大型の運搬具か何かを薪に変えていた。

坂上が自殺したという一報が入った時は、耳を疑った。

県警から電話をしてきたのは斎藤で、彼も慌てふためいていた。弘之は、すぐに横川支局長に報告した。斎藤には、そのまま県警で待機して、新たな情報が入るたびに伝えてくるよう指示を出した。鑑識が動くだろうから、そこからも情報を取れと言っておいた。斎藤は緊張した声で「わかりました」と答えた。

おそらくは緒方も血相を変えているところだろう。

大阪の永井デスクにも連絡をとった。一瞬言葉を失った後、呻くような声が聞こえてきた。

「呆気ない終わり方や。尻切れトンボやないか」

これから金融犯罪の全貌が暴かれ、氏家と坂上の役割が解明されるはずだった。その詳細を正確に報じることが東洋新報の役割だったし、他社に先んじる用意もあった。それが坂上に関しては、不可能になった。

なぜ坂上ほどの男が自殺などという手段を取ったのだろう。そこが一番解《げ》せなかった。三日前に自分があのマンションで待ち伏せをして、彼を問い詰めた時は、精一杯虚勢を張っていた。身の程知らずの新聞記者を脅しもした。あの時の感触から、まだまだあの男を追い詰められると思ったものだ。

また自問した。友永礼美はどう思うだろうか。どんなに抗議しても、食らいついても、憎んでも、坂上には届かなかった。今回、不正融資や他の金融犯罪で訴追されたとしても、友永颯太に意図的に為された悪辣な医療行為を裁くことはできない。あれは闇から闇に葬られたのだ。礼美が声を上げたとしても、それを証明するものは何もない。その恐ろしい結果だけが、颯太の体に残された。

丸岡を脅し、場合によっては危害を加えるよう指示したのも坂上だろう。この二つの罪をもってしても、彼は死に値する。礼美はずっと前からそう感じていたのではないか。

それなら——弘之は、ふと浮かんできた考えに身震いした。それなら礼美は、坂上の死を当然だと受け止めているだろうか。

ジャーナリズムの目標は粘り強い取材の結果、確かな情報をキャッチして世に知らしめることだ。だが、当たり前だが記者は報じる側から脱することはできない。事件の当事者になることはない。嘆き悲しむ被害者やその家族に寄り添う記事を書くよう、心を砕いてはいるが、彼らと同じ視点を持つことはない。客観的な記事を書くためには、距離を取ることも大事だと思っていた。

だが、本当にそうだろうか。そうやって書いた記事には血が通っていなかったのではないか？

礼美は、坂上が正しく裁かれないのなら、正しくない方法ででも制裁を与えたかったのではないか。坂上の自殺を、納得して受け入れたのではないか。

坂上に死なれて悔しがった新聞記者の自分たちとは、乖離した感情がそこにはある。全貌を明らかにするよりも、彼の死を望む。おぞましく、忌避すべきものだが、その本音を排することはできない。被害者の感情を理解しなければ、事件記者は真の記事は書けない。

数時間の間に、斎藤からは坂上の死に関する警察発表が次々と届いた。それを受け取って、弘之が記事を書いた。警察の見立てでは、事件性はないということだった。つまり、坂上は自ら命を絶ったのだ。マンションのベランダから飛び降りて。

記事を書く前に、そのマンションにもう一度行ってみた。まだ雨がかなり降っていた。ベランダがあるのは、マンションの裏手で、彼の部屋の真下に死体はあったらしい。マンションの裏には、数メートルのコンクリートの擁壁があって、その上を道路が通っている。朝、道路を通った人が、擁壁とマンションの間にうつ伏せで倒れている坂上を見つけたのだそうだ。

前に来た時は、正面からしかマンションを見ていなかった。裏手の道路からマンションの敷地を見下ろしてみた。もしかしたら、坂上は本気で死ぬつもりではなかったのかもしれないなと思った。八階のベランダに立って、雨が降り続く暗い地面を見下ろしている男を想像した。

丸岡だけではなく、過去にも人の命をないがしろにするようなことを坂上がしていたのは容易に想像がつく。警察で長時間事情聴取され、新聞記者に詰め寄られ、ふと気弱になって酒に逃げた男の背中を、形のないものが押したのかもしれない。丸岡が亡くなったのと同じ大雨の夜に。

おかしなことに、坂上がさしていたと思われる黒い傘が、濡れたままマンションの入り口付近に投げ出すように置かれていたそうだ。酔っていたから、そんな不可解な行動を取ったのか。丸岡が転落した三園橋の上に放り出されていたのも、黒い傘だった。そこに何か奇妙な符合がある気がした。この世ならざる者たちの意図が働いた？

そんなことを考える自分を笑った。

弘之は、マンションに背を向けて道路を下った。傘を叩く雨の粒が重かった。

翌日の東洋新報に、弘之の書いた記事が載った。坂上の死を報じた伊予新聞の記事は、緒方が書いていた。地元新聞なので大きく取り上げていた。マンション住人の「あの部屋に出入りしているのが、松山西部病院の理事長だとは知らなかった。一昨晩は、雨の音がうるさく、何も聞こえなかった」というコメントも載せていた。

夕方になって鎌田から連絡が入った。坂上の死については、通り一遍の感想を述べただけだった。別のことを知らせたいというふうだった。

「以前、話したことを憶えていますか？」

鎌田は、マネーロンダリングの過程で下っ端の人間に横取りされた金のことを持ち出してきた。

「憶えていますよ」

それが吾郎と巽という仲間の仕業だとは言えず、弘之は平静を装った。

「あの手口がわかったそうです」

鎌田が特捜部から聞いたところによると、未だ素性が明らかにならない犯人は、金のインゴットを見せてそれを買ったと偽ったという。

「氏家は悔しがっていたそうですがね。たくさんの経路を通って資金洗浄する時、人も多くかかわるため、危険が伴います。人間をクズのように使い捨てる奴らは、時折そうやって足をすくわれるんです」

「なるほど」

「でももう氏家には手も足も出ないということです。現金化されていますからね。あの金を回収することは、特捜部にも不可能でしょう」

それを聞いてほっとした。まさかその一千万円で、みなと湯のガス釜を調達するのだとは、誰も思わないだろう。

「氏家が傘下に入れていた詐欺集団の一人がうまくやったということらしいです。奴はこき使われた仕返しに、まんまと大金をせしめた。今頃、どこかでほくそ笑んでいるでしょう。二億もの金を持ち逃げしたんだから」

「二億？」

つい大きな声が出た。富夫が巽から受け取って持ち帰ったのは一千万円だった。ちょうど薪釜をガス釜に取り替える金額だ。いったいどうなっているのだ？

「その金額は確かなんですか？」

「間違いないですよ。金の流れは特捜部が厳しく追及していますからね。消えた金が二億というのは確かです。インゴットはメッキをほどこされた偽物で、それを見せられた人物も特定できています。インゴットを売りさばいた差額で儲けられるとうまいこと言われて、つい欲が出て話に乗ったというところでしょうか。で、金だけを持ち逃げされた」

特捜部は一応調べは進めているが、そこに拘泥していたのでは、後の三億円の行方も不明になる。氏家を確実に有罪にするために、追える筋から潰していく方針だと鎌田は言った。それからもしばらく彼と話したが、後の会話は弘之の頭の中には入ってこなかった。

手口は、吾郎や富夫から聞いたものと一致している。巽は二億円を横取りしたのだ。そのうちの一千万だけを富夫に渡して、後の金を持っていってしまったのか。

残りの金と巽はどこに消えたのか。

「ゴローが仕事に来んのじゃ」

邦明から富夫に連絡が入った。携帯電話の向こうから聞こえてくる声は、慌てふためいている。ぼうっと天狗堂に座っていた富夫の頭は半覚醒の状態だったが、ようやく回り始めた。

「どしたんやろか。具合でも悪いんかの」

「お前、見てきてくれや。わし、釜を焚かんといかんけん、手が回らんのじゃ」

「よっしゃ」

反射的に立ち上がった。天狗堂を開けっ放しにして、吾郎のアパートに向かって歩いた。朝方まで降り続いた雨は上がっている。雲が切れ、隙間から陽が射《さ》し始めるのを、富夫は見上げた。漁船の船尾の白い三角帆が眩《まぶ》しい。潮の匂いが立ち昇った。

「あいつ、具合でも悪なったんか。部屋の中で動けんようになっとんやないかな」

独り言が口をついて出た。体が丈夫な吾郎が寝込んだという話は、一度も聞いたことがない。みなと湯での仕事を休んだという話も聞かない。吾郎は黙々と与えられた仕事をこなして、満足そうに笑っているのみだった。

「まあ、あいつも年やけんな」

また呟く。その間にもう吾郎の住むアパートに着いてしまった。ごちゃごちゃと建て込んだ住宅街の路地裏、古びた木造モルタル仕上げの二階建てアパートだ。金属製の外階段は赤く錆びている。吾郎は、二階に五つ並んだ部屋の手前から二番目だ。もっとも古くて使い勝手が悪いせいで、半分ほどは空き部屋だ。

「ゴロー、おるんか」

合板が反り返ったドアをノックもせずに開けた。いつも鍵などかけていないのは承知している。

「盗られるもんなんか、一つもないよってな」

吾郎はそう言って笑っていた。

富夫はコンクリート張りの狭い靴脱ぎで、ドアノブに手をかけたまま立ちすくんだ。がらんとした部屋を見渡した。吾郎が言う通り、この部屋にはもともと物が少なかった。だが、生活臭が滲み出た雑然とした雰囲気はあった。ハンガーに掛けられた上着が窓枠に吊るされていたり、流しに洗った食器が伏せられていたり、時には布団が丸めて片隅に寄せられていたりした。今日はそんな気配がまるでなかった。部屋はきちんと片付けられていた。

富夫は気を取り直して、靴を脱いだ。手前の三畳ほどの台所を通る。調理台も流しもピカピカに磨き上げられて冷たく光っていた。奥の六畳もよそよそしい雰囲気だ。押入れを開くと、布団がきちんと畳まれて入っていた。半透明の衣装ケースの中身が半分ほどに減っている。

あ然としたまま、振り返る。勢三が吾郎にやった座卓が一つ、日に焼けた畳の上に置かれている。その上にある一枚の紙に目が留まった。そろそろと寄っていって紙を手に取った。

「クニさん、長いあいだおせわになりました。トミオさん、ミヤさん、ありがとうございました。こんなことになってすみません。もうここにはおれません」

それだけが汚い字で書いてあった。

たっぷり二分間はその紙を見下ろしていた。置手紙の意味するところが、富夫の頭の中に少しずつ入ってきた。

「こら、おおごっちゃ！」

富夫は紙を握りしめて、部屋の外に飛び出した。

邦明が、弘之に連絡をした。仕事中だったろうに、弘之はタクシーで駆けつけてきた。寿々恵を加えて四人で、吾郎の置手紙をじっくりと検分した。

開店前のみなと湯の脱衣所。

「どういうことやろ」

難しい顔をして考え込む邦明と弘之に、富夫は小さな声で問うた。

「昨日までは何も変わったことはなかった」

邦明の言葉に、寿々恵も不可解そうな顔を向ける。

「なんぞ事情があったんやろかねえ」

「あいつにどんな事情があるんぞ」

邦明は、怒りを押し込めた口ぶりだ。まさか吾郎に出ていかれるとは思っていなかったのだろう。働き手としての吾郎は貴重だ。しかしそれ以上に、邦明は吾郎を信頼していた。みなと湯を辞めてよそに行きたいのなら、まず自分に相談があってしかるべしと思っているのだ。富夫にしたって、吾郎がこんなふうに唐突に姿を消すとは思っていなかった。

「ここを出て、どこに行くいうんやろ」

寿々恵は、吾郎の身の上を心配している。彼を探そうにも、行き先に心当たりがない。天涯孤独な吾郎は、みなと湯だけが頼りだったはずだ。

「ほうや！　タツに連絡してみよ」

富夫は携帯電話を取り出した。大阪行きの前、連絡をとりあうために携帯電話番号は交換していた。吾郎が頼って行くとしたら、巽しか思いつかなかった。だが、電話は巽につながらなかった。この電話番号は使われていないという無機質な音声が聞こえてくるだけだった。

「どないなっとんじゃ」

邦明は式台にドスンと腰を下ろして腕組みをした。

「おかしいな。ゴローもタツも一緒におらんようになるて」

富夫は携帯電話を畳みながら首をひねった。本当にわからなかった。いったい何がどうなっているのだろう。頭のいい犯罪者をペテンにかけて、大金を横取りするという大仕事を共にやり遂げた二人だった。吾郎も巽も強固につながった仲間だと思っていた。それが邦明にも自分にも黙って行方知れずになるとは。

弘之が小さく咳払《せきばら》いをした。そしておもむろに口を開いた。彼がしゃべったことは、さらに仰天するようなことだった。

巽が氏家という悪徳金融ブローカーから巧妙にくすねとった金は、一千万円ではなかった。二億円だと弘之は言った。

「二億円⁉」

邦明と富夫、それに寿々恵は同時に声を上げた。

「そのうちの一千万円をみなと湯の釜を新調するために渡して、二人は姿を消したということだな」

邦明と富夫と寿々恵は、ぽかんと口を開いて、弘之を見た。それが意味するところが、にわかには信じられなかった。つまり、吾郎と巽は、残りの金、一億九千万円を持ち逃げしたのだ。

しばらくは誰も口をきかなかった。番台の中から、かけっぱなしのラジオの音が聞こえてきた。あまり売れていないお笑い芸人がつまらないギャグを言い、自分でゲラゲラ笑っている耳障りな音声が、脱衣所に響いた。

吾郎がそんなことをする人間だとは到底思えなかった。一年三百六十五日、みなと湯で文句も言わず働き、天狗堂に来ては勢三の手伝いをする。憶えた拙い手品で、施設を慰問して回り、巽が来れば、嬉しそうに目を細める。善良と実直を絵に描いたような男だった。

弘之は何か勘違いをしているのではないか。富夫はその可能性を探して、頭をひねった。しかしすぐに諦めた。弘之が検証して間違いないと思ったからこそ、それをここで告げたのだ。消えた金が一千万ではなくて二億だということは確かなのだろう。手口からして、巽の仕業だということも間違いない。巽は一億九千万円という途方もない金額を手に入れたのだ。そしてそれには吾郎もかかわっている。吾郎が唐突に姿を消したのがその証拠だ。

初めから、二人は二億円を奪い取るつもりだったのだ。一千万円をみなと湯のために奪い取ると富夫に持ち掛け、その実、自分たちはまんまと大金を懐に収めたわけか。

富夫は、まだ手にしていた吾郎の置手紙に目をやった。

「こんな手紙一枚置いていきやがって」

富夫が紙を破り捨てるのを、弘之が複雑な表情で見ていた。

「まあ、あいつらヤクザ上がりと詐欺師やけんの」

邦明が両膝をパンと叩いて声を荒らげた。まるで自分の気持ちを吹っ切るような言いようだった。寿々恵が「そんな、あんた――」と咎めるように言ったが、弱々しい声だった。

「そやな、二人でどこかの温泉旅館ででも祝杯を上げとるかもしれんの」

富夫もそう言ってみたが、やはり力が入らなかった。

四人ともが寂しく黙り込んだ。

「うわあ！　やられたなあ！」

ラジオからお笑い芸人の品のない声が響き渡った。邦明が立っていって、ラジオを消した。

「さあ、釜焚きでもしょうかのう」

そう言いはしたものの、その場から動かずに番台にもたれかかった。

「二億という金に目がくらんだんや。あいつら貧しい出やけんな」

邦明は、それで自分を納得させたのか、のろのろと出ていった。弘之も新聞社に戻ると言い置いて出ていった。

吾郎のことを、どうやって勢三に告げようかと富夫は考えた。きっと勢三も寂しがるだろう。みなと湯を出て歩きながら、自分も寂しいのだと気がついた。

もう二度と吾郎に会うことはないだろう。


吾郎が失踪して五日後、弘之が支局に帰ると、斎藤が「お客さんが来ています」と告げた。

部屋の隅を、パーティションで仕切っただけの応接セットのスペースで立ち上がったのは、見知らぬ男だった。

「菅野といいます。松山西部病院で小児科医をしています」

そう名乗られて驚いた。友永颯太の担当医だ。ほっそりとした体つきに、銀縁眼鏡の思慮深そうな顔。四十歳に手が届いたかどうかといったところか。案外若い。難病治療の専門医だと聞いていたので、もっと年がいっているのかと思っていた。

「あなたのことは、山脇さんから聞きました。東洋新報の記者さんが訪ねてきたと。どんな話をしたかも詳しく聞きました」

一言一言を嚙み締めるように言う。何度も瞬《まばた》きをする様子から、緊張しながらも、何か心に決めたことがあるのだと察せられた。弘之は、菅野を連れて外に出た。

少しだけ迷った挙句、堀之内のベンチに誘った。梅雨も中休みで、木漏れ日がまだらな影を落とすベンチに並んで腰を下ろした。頭の上では、何重にも差し交す枝が風に揺れている。白鳥は、遠くの木陰で休んでいた。

「友永颯太君のことを話しに来ました」

支局からここまで来る間に心が落ち着いたのか、菅野は静かに口を開いた。

「私がしたことは、医者として決して許されることではありません」

山脇が弘之に語った内容を、菅野は認めた。リヒャルト・バーデン症候群を患い、同じ小児糖尿病を合併症として持つ二人の患者、有馬恭文と友永颯太に、新薬を投与するのを迷っていたこと。菅野は重篤な副作用を恐れていた。小児糖尿病を併発していない他の患者はよくなっていた。どうにかして寛解まで持っていってやりたかった。これからの人生を、厳しい食事制限や苦しい治療から解放してやりたい。そう思っていた。

有馬恭文が有馬勇之介の孫だということは知っていた。しかし、それが治療に関係するということはなかった。

「その時までは」

菅野は苦しげに目を伏せた。だが、言葉が途切れることはなかった。向かい合わず、並んで座っていることが、話しやすい雰囲気を醸し出しているのかもしれない。風が通り抜けていく屋外にいることも。

坂上理事長は、有馬の孫である恭文の病状や治療のことは、逐一知りたがった。新薬を投与しようかどうか菅野が迷っていることを知ると、その薬を、同じ合併症を持つ別の患者に投与してみることを提案してきた。すなわち友永颯太に。菅野は断った。医療者でもない坂上理事長の指示に従う気はまったくなかった。

「しかし、結局私は理事長の言いなりになったのです」極力感情を抑えた様子で、菅野は言った。「理由は、保身のためです。まったく利己的で蔑むべきことでした。あんなことはすべきではなかった」

有馬のお陰で松山西部病院は、難病医療協力病院に指定され、年間潤沢な研究費が下りている。もし断れば、それらはすべてふいになる。菅野も西部病院で難病治療を続けられなくなる。そう坂上は脅したという。明らかに、若い姉しかいない友永颯太を軽んじていた。彼に投与してみて具合が悪くなるようなら、有馬の孫には別の治療法を取るようにと言った。いかにも軽い調子で。それが患者の人生そのものを左右するほどのことだとは思っていないのだった。

「悩みました。もちろん。でも卑怯《ひきょう》な私は、恵まれた医療環境を守りたいがために、理事長の指示に従ったのです。西部病院を追われたら、治療を待っている多くの難病患者を救えなくなるのだと、都合のいい理由を無理やりこじつけて」

友永颯太を犠牲にすることで、有馬恭文の治療方針を決めることにしたのだ。颯太本人にも姉にも、新薬を投与することに伴う危険性を充分説明することなく、高橋看護師に点滴で投与させた。姉弟は、これでよくなると一心に信じていたという。他のリヒャルト・バーデン症候群の患者には、効果があったことを目の当たりにしていたから。

「結果はあなたもご存知の通りです」

友永颯太の体に顕れた症状を見て、坂上は、有馬の孫には別の治療法を取るよう指示したという。菅野は、そんなことよりも副作用に苦しむ颯太をどうにかしてやりたいと、様々な治療をほどこした。だが菅野にも初めてのケースだった。どの文献を当たっても参考になるものはなかった。

颯太の症状は悪化の一途をたどり、筋肉が衰えて通常の動作にも支障が出始めた。握力も落ちて、食事の際に箸やスプーンを取り落とした。筋肉CTを撮ると、骨格筋の容積が明らかに減少していた。嚥下《えんげ》にも困難をきたすようになり、固形物が呑み込めなくなってきた。とうとうベッドから起きられなくなって、流動食を取るようになった。そんな状態になっても颯太もその姉も、なす術がなかった。ただ嘆き悲しむだけだった。

そんな颯太を尻目に、有馬恭文は、対症療法で持ちこたえた。裕福な親が、鍼灸《しんきゅう》だの気功だの、スポーツドクターやトレーナーをつけての体力作りだのに熱心に取り組ませた。オーストラリアで新しい治療が始まったと聞けば、そこへ連れていって治療を受けさせたりもした。それらが功を奏したのかどうか、まだ大量の薬の服用は必要だが、食事制限は緩和された。それでも主治医は菅野だったから、松山西部病院にも定期的にかかっていた。

一方、友永颯太の姉、礼美は、西部病院だけが頼りだった。菅野にも何度も話を聞きに来たし、メディカルソーシャルワーカーの山脇のところにも、足繁く通った。山脇は、親身に相談に乗ってやっていたようだ。そのうち、看護師の高橋からか、山脇からか、有力者への忖度《そんたく》があって、颯太は新薬を試されたのだということが礼美に知れた。

有力者の孫を優先的に救うための犠牲にされたと知ってショックを受けた友永礼美は、菅野に食ってかかったという。菅野は自分の非を認めて詫びたが、それがまた坂上の逆鱗《げきりん》に触れた。礼美が医療訴訟を起こす意思を示したこともあり、坂上は、不利な資料をすべて改ざんさせた。菅野の与り知らぬところですべては処理された。

「坂上理事長は、高橋看護師を辞めざるを得ないように追い込みました。山脇さんは、それに抗議して自ら職場を去りました。私は――」菅野はゆっくりと首を回らせて、弘之を見た。「私は、松山西部病院に残りました。颯太君の治療に当たりましたが、無駄でした。彼は人生のとば口で、大人の汚い思惑と自己保身の犠牲になったんです」

西部病院では、それ以上颯太にほどこす治療はなく、リハビリ専門の病院に転院していった。孤立無援の礼美は、医療訴訟を諦めたと山脇から聞いた。

話が終わっても弘之が口を開かないので、菅野は不安げに眉を寄せた。弘之は、夏服のサラリーマンたちが行き交う堀の向こうを見やった。日傘を差した女性や、杖をついた老人も通っていく。

この世の中において、真に正しいこととは何だろうと考えた。真実は確かにある。だが、正しいこととは、真実そのものとは、少しずれているような気がする。

なぜ坂上は死んだのだろう。正しいことは存在しても、それが行われるとは限らない。礼美と颯太の姉弟のような無力で小さな者たちが、声を上げることなく坂上のような海千山千の食わせ者にねじ伏せられて泣きをみるようなことは多々ある。

坂上の死は、真に正しいことが行われたことになるのだろうか。

弘之は、菅野に向かって微笑みかけた。菅野は意表を突かれたような顔をして、つと体を反らせた。

「あなたは病院を辞めることはありませんよ」

菅野は目を見張った。そしてすぐさま泣きそうに顔をくしゃりと歪めた。

「宮武さん」菅野はベンチの上で居ずまいを正した。

「私を卑劣な人間だとお考えでしょうね。坂上理事長が亡くなってから、こんなことを新聞記者のあなたに告白しにくるなんて」

「いいえ、そうは思いません。菅野さんは、黙っていてもよかった。誰もうあなたを脅したり、告発したりしないのだから。でも、あなたは山脇さんから話を聞いて、私のところへ来られた」

カワセミが、堀の水面に向かって矢のように急下降してきた。そしてすぐに飛び上がった。水面にごく小さな波紋が残る。コバルトブルーの背中が、陽に照り輝いていた。弘之と菅野は、翡翠《ひすい》の弾丸のような小鳥を同時に目で追った。長いくちばしの先に小魚がくわえられていた。

奇跡を目撃したとでもいうように、菅野の口から小さな唸り声が漏れた。

「あなたはこれからも西部病院で難病患者さんの治療を行うべきです。それが正しいことです」

「わかりました」

菅野は深く息を吸い込んだ後立ち上がり、深々と礼をして背を向けた。

彼は堀端の道を、ゆっくりと歩き去った。堀の向こうでは、車や電車が行き交い、人々も足早に通り過ぎていく。ここで一人の医者がある告白をしたことなど、誰も知らないし、気に留めもしない。

弘之の頭の上の枝が、風でざわざわと鳴った。そのまま吹き下りてきた風は、弘之のシャツの襟をパタパタと揺らした。

今、風が通った、と弘之は思った。

見えなくても、知らなくても、存在するものはある。誰かが正しい目でそれを検証し、世に知らしめる行為には意味がある。

弘之は、静かに立ち上がった。風は花の終わったツツジの繁みを揺らして去っていった。木陰に浮かんでいた白鳥が、首を曲げて風の行方を追っていた。

秀一が入っている『かざぐるま園』は、東温市の南端に位置している。松山市の三ツ浦町から車で五十分というところだ。この距離を遠いと見るか、近いと見るか、微妙なところだ。どちらにしても、弘之の足は滅多にこちらには向かないのだった。兄の秀一はどう思っているだろう。車の運転をしながら、弘之は考えた。

きっと何とも思ってはいないだろう。会いに来ない弟を恨んだり、家族と離れていることを嘆いたりもしない。そもそも兄は、誰かを憎むとか、妬むとかいうことをしない。秀一は、そういう負の感情からは解き放たれているのだ。あれほど自分を疎んじた父ですら、最後まで慕っていたのだから。

安沙子が神奈川から心づくしの荷物を送ると言っていた。弟の元妻が蕗の佃煮や、絵手紙用の葉書を送ってきても、秀一は複雑な思いを抱いたりもしないはずだ。来る者を受け入れ、離れていく者を恨むことなく、穏やかに過ごしているだろう。

空は薄く雲に覆われているが、暗くはない。九州には、今日梅雨明けの発表があった。『かざぐるま園』は、皿《さら》ヶ嶺《みね》連峰を背負った自然豊かな場所にあった。ここへ来ると、森が吐き出す濃い酸素を感じる。昨日まで雨が降っていたせいで、空気はさらに瑞々《みずみず》しい。駐車場で車から降りると、弘之は濃密な空気を吸い込んで、肺腑《はいふ》を満たした。

受付にある面会者名簿に名前を記入して、スリッパに履き替えた。

「あ、宮武さんですね。お部屋にいらっしゃいますよ」

窓口にいた女性スタッフが、名簿を見て声をかけてきた。

「えっと……」部屋の場所を思い出せない。

「二階です。そこの階段を上がって左の二〇二号室」

スタッフに礼を述べて階段を上がった。廊下を歩いてくる入居者やスタッフにも頭を下げる。窓から中庭が見下ろせた。花壇があって、紫陽花《あじさい》やダリアが咲いていた。その間を入居者たちが歩いたり、手入れをしたりしていた。面会に来た家族らしい人々もいる。談笑している声が届いてくる。

廊下に面した部屋のドアは、皆開いていて、ドアストッパーで止めてあった。窓も開けてある。ここでは、エアコンはまだ必要ないようだ。田舎なので、無粋なコンクリートの建築物などは目に入らない。鳥の囀りも聞こえる。目にも優しく耳にも心地よい場所だ。

『かざぐるま園』を秀一の終《つい》の棲家《すみか》として選んだ母は、最良の判断をしたのだと思う。自分がいなくなった後、息子がどんなふうに過ごすか、何度も考えたに違いない。その推測の中には、弟と疎遠になってしまうということも入っていたのか。

二〇二号室のドアの前に立って、中を覗いてみた。そう広くはない部屋だ。家具はベッドとクローゼットと引き出し箪笥《だんす》と、机が一つ。どれも小ぶりなもので、どの部屋にも同じものが備え付けられているのだった。秀一は、壁際の机に向かって一心に筆を動かしていた。机の上のコップに千日紅が数輪挿してあって、それをスケッチしている。

弟に絵手紙を書いているのか。それとも安沙子にか。あまりに集中している様子なので、声をかけそびれる。下唇をちょっと突き出すようにするのが、ものごとに熱中している時の秀一の癖だ。無視してきたはずなのに、そんなことを憶えている自分にも驚く。

コンコンとドアを叩くと、秀一は顔を上げて入り口に立つ弟を見た。ぱあっと笑みが広がる。

「弘之さん」

「どうしているかと思って、ちょっと来てみた」

ぶっきらぼうな口調になる。秀一は気にする様子もなく、いそいそと立ち上がって、弟が入ってくるのを待っている。満面の笑みに迎えられると、逆に落ち着かない気分になる。弘之は、持ってきた紙袋を手渡した。これもぶっきらぼうな動作だ。母がいつもここへ来るたびに買っていた昭栄《しょうえい》菓子舗の薄皮まんじゅうだ。三ツ浦商店街で細々と続いている。自分では特にうまいとも思わないのだが、弘之には、それしか思いつかない。

受け取った兄の手には、赤い絵の具が付いていた。

嬉しそうに紙袋を開けて見ている秀一の、頭頂部が薄くなっている。子どものような兄の上にも、等しく年月は降り積もり体を衰えさせる。当たり前のことなのに、秀一だけは老いから逃れられるのではないかという幻想を抱いてしまう。

秀一は、紙袋に早速手を入れて、まんじゅうを一個取り出した。それを手に持ったまま、掃き出し窓を示した。

「弘之さん、ありがとうございます。外で一緒に食べましょう」

部屋ごとに小さなベランダがついている。そこに秀一は、弘之を誘った。キャンプで使うような布製の折り畳みチェアがあって、それを二つ広げる。おもちゃのような小さなチェアだ。座り心地はすこぶる悪い。だが、秀一に倣って腰を落とした。頭の上で、風鈴がチリンと鳴った。見上げると、ガラス製の風鈴だ。絵手紙に描いたのは、この風鈴だったのだなと気がついた。秀一はまんじゅうの袋を差し出してくる。断るのも面倒で、弘之は一個取り出した。二人で黙ってまんじゅうを食べる。

そっと盗み見る兄の容貌には、やはり老いが感じられた。咀嚼を続ける顎の筋肉は落ちて、喉には皺が寄っている。頬には老人性の斑点が浮いていた。この人にとって人生とは何だったのか。今は幸せなのか。

「弘之さんは、幸せですか?」

まんじゅうの最後の一欠片《かけら》を呑み込んで、秀一は唐突にそう問うてきた。

「えっ？」

「弘之さんは、新聞記者をして幸せですか？」

兄は無邪気な視線を向けてくる。答えない弘之に、にっこりと笑いかけた。さっと目を逸らす。仕事をすることが、幸せかどうかなんて考えたことがなかった。だが、秀一には秀一の物指しがあって、時折どきりとさせられた。その感覚を今思い出した。

秀一は、袋の口を丁寧に折り畳んで、膝の上に載せた。大事に取っておいて一つずつ食べようというのか。兄にとって、昭栄菓子舗は遠い店なのだ。三ツ浦町からも離れてしまった。知的障がいを持って生まれ、人生の終焉を施設で過ごす。そんな人生が幸せかどうか、ふと考えてしまった。

だがそんなふうに兄の人生を測ること自体が、彼を見下しているのだ。そして鋭敏な感性を持つ兄は、弟が自分を「不幸」という箱に押し込めようとしたことを知っている。その位置に兄を置いて、憐《あわ》れもうとした弟こそが不幸だと。だからこそ、逆に「幸せですか？」と問うてきた。

兄を蔑むことに慣れた弘之は、常に他人を評価し、分別し、自分との位置関係をきっちり決めてかかった。それが悲しい習いになってしまっていた。

本当はわかっていた。松山支局に異動になり、三ツ浦町の実家に住むようになってから、みなと湯に集う面々と親しくなった。邦明や富夫や吾郎と。だが、彼らにしんから心を開いていたわけではなかった。小さな町にしがみつき、学もなく向上心もなく、日々の暮らしをただのんべんだらりと送る人々。そこに自分を置くことは、ある種、自虐的な快感だった。都落ちしてきて、妻にも去られ、孤独な老人になろうとしている自分には、ふさわしい場所と仲間だと思っていた。

彼らを侮蔑する気持ちが心の奥底にはあった。気のいい彼らには気づかれなかったが、兄には見破られた。秀一は、何もかもを受け入れる。自分の障がいも自分以外の人間が決めた環境も。だからどこへいっても人生を楽しむ。その方法を知っている。だから彼は幸せなのだ。不幸なのは、自分の方だ。

「僕は――」喉が潰れたようになって言葉がつっかえた。「僕は冷たい人間なんだ」

ようやくそれだけを言った。言った途端、隣に座っているのが、紛れもなく血を分けた兄弟だと感じられた。この世にたった一人の兄弟だからこそ、こんなことを打ち明けられるのだ。

秀一は、やや驚いたように目を見張った。白いものが混じった眉がくいっと持ち上がる。

「弘之さんは、冷たい人ではありませんよ」

「いや、そうなんだ。僕はどうしようもない人間だ。安沙子がそれを一番知っている。だから僕から離れていったんだ」

「弘之さんは、冷たい人ではありませんよ」

頑なに秀一は繰り返した。「だってデンスケを助けてやったじゃないですか」

何のことかわからずに、弘之は首を傾《かし》げた。秀一は、もどかしそうに揃えた脚を数回踏み鳴らした。

「ほら、デンスケ。脚の悪いデンスケを買ってきたのは、弘之さんだったでしょう？　白井鳥《しらい》獣店から」

「ああ……」

記憶が洪水のように溢れてきて、弘之を押し流した。

白井鳥獣店は、かつて三ツ浦商店街にあったペットショップだ。

「鳥獣店なんて、無粋な名前やね」と母は言っていた。店主も無愛想な中年男だった。三ツ浦町に越してきた時、弘之は中学三年生だったから三ツ浦中学に転校せず、元の中学に通うことにした。電車で通学したので、毎日商店街を通っていた。白井鳥獣店の前も毎日通った。鳥獣店というだけあって、扱う動物は、小鳥と小動物が主だった。店の前に置いてあるケージは毎日見て通っていた。そこには鶏や子犬やうさぎが入れてあった。

まだ商店街も買い物客が多かった頃だ。

たいていは子どものうちに売れていくのに、一匹の白いうさぎが売れ残って、どんどん大きくなっていた。よく見たら、左の後ろ脚が変に曲がっていて、不自由な動きをしていた。ケージの隙間にでも挟まれて痛めてしまったのか。これじゃあ、売れないだろうなと思って通り過ぎていたものだ。

ある日、店主が乱暴な手つきで白いうさぎを引っ張り出していた。後ろ脚二本を持って吊り下げている。

「それ、どうするん？」

つい訊いてしまった。

「これか。これはもう売れんけんな。動物園に引き取ってもらうんじゃ」

「動物園に？」

動物園で飼ってもらえるのかと思った。店主は暴れるうさぎを小さなカゴに押し込めた。

「ほうよ。ライオンの餌にするんよ」

弘之は駆けだした。家に帰ると、机の引き出しから小遣いの入った封筒を取り出した。それを持って引き返した。そして白井鳥獣店から、白いうさぎを買い取ってきた。弘之が抱いて帰ったうさぎを見た秀一は、たいそう喜んだ。デンスケと名前を付けて大切に世話をしたのは、秀一だった。脚を悪くしたのは、狭いケージに入れられていたからだと、しょっちゅう庭に放してやっていた。

冷静になると、したたかな鳥獣店の店主は、出まかせを言ったのかもしれないと思った。純粋な中学生に売れ残りのうさぎを押し付けるために。父もそんなことを言っていた。だが、少なくとも秀一は弘之のしたことを褒めた。デンスケの命の恩人だと思い込んでいた。

「だから、弘之さんは冷たい人ではありません」

きっぱりと秀一は言った。

そういうふうに太鼓判を押してくれるのは、この世の中で兄だけだ。ただ一途に肉親を信じてくれる人。そう思うと、感極まった。

ベランダから見える山の緑が潤んで見えた。急いで上を向く。まったくバカげている。兄に慰められて涙ぐむなんて。もうすぐ六十になる男が。

そんな弟の仕草を見ていた秀一が、うつむいてごそごそと上着のポケットを探った。手を差し出してくる。赤い絵の具の付いた手のひらの上に、カンロ飴が一つ載っていた。弘之は、震える手でそれを受け取った。セロハンを剝がして口に入れる。舌の上で転がすと、懐かしい甘さが広がった。

友永颯太が、点滴をされながら、口の中に広がった幻の甘味を喜んだというエピソードを思い出した。山脇は、「あれは毒だった」と言ったけれど、その瞬間は、彼にとっては確かに幸福な時間だったのだ。

「口福、口福」

飴を舐めながら小さく呟くと、秀一が嬉しそうに笑った。

頭の上で風鈴がチリンと鳴った。


弘之は、松山西部病院と坂上理事長に焦点を当てた記事を書いた。今回、告発された不正融資の仕組みや坂上理事長と大阪の金融ブローカー氏家や、政治家との関係などを追及したものだ。坂上の大阪時代まで遡り、彼がいかに人脈を作り上げていったか、その中には反社会的勢力も含まれていて、政治家とも癒着していたこと、氏家とともに金融犯罪にかかわり、巧妙に金を横領していたことなど。

宮武弘之の署名入りの記事は、東洋新報の全国版に数回に分けて連載された。坂上を告発するという明確な目的で、松山西部病院の理事長の座についてからのことも書いた。有馬代議士とも密につながっていたこと。難病医療協力病院として真摯に治療に取り組んでいる医師にも圧力をかけて治療に口出しするほど、権力を笠にきていたこと。その弊害をこうむって、治療がうまくいかなかった患者もあったことなど、かなり踏み込んで書いた。

横川支局長とも大阪支社の永井とも、綿密に打ち合わせをして、坂上が犯した罪を追及した。死んでしまった者のことを、そこまで書くことはないという意見も上層部では出たらしいが、弘之は引かなかった。死んだからこそ、曖昧にしてならないと言い張った。金融犯罪だけでは収まらない事件の真相を書かねばならないと決心していた。丸岡が死に追いやられたのも、坂上の意向が働いたせいなのだ。

そのことにも怯まず言及した。実行犯は理由も知らずに殺人を犯したが、背後には大阪の反社会的勢力がいる。彼らは、坂上の指示を受けて動く実動隊だったと。前途有望な銀行員の命を奪うことになったあの溺死事件から、この犯罪は露わになった。端緒からかかわった自分が記事を書くのが使命だという気がした。

死ぬ直前に坂上を直撃した様子も詳しく書いた。

永井が上を説得してくれた。

東洋新報の連載記事は大きな反響を呼んだ。多くのマスコミが、この事件を追った報道をした。一般にはあまり注目されない金融犯罪の報道が、多くの人々の耳目を集めることとなった。ニュースやワイドショーで時間を割いて特集をやり、週刊誌やネットニュースでも取り上げられた。まるでカワセミが起こした小さな波紋がどんどん広がって、周囲に浮かぶものを動かすようだった。

緒方も、伊予新聞で関連した記事を書いた。愛媛県内の関係者に丁寧に取材をかけた独自路線を貫いた記事だった。

「坂上の奴、こうなることを予想して死んでしもたんかいな。そんな殊勝な人間じゃないんやけどな。それとも神さんが死の裁定を下したんかな」

しばらくぶりに会った緒方はそんなことを言った。

どこかで友永礼美は、この記事を読んだだろうか。きっと読んだはずだ。それでも彼女は満足はすまい。不自由な体の弟を抱えてのこれからの長い年月は困難なものだろう。だが、記事を読んで少しでも気持ちに収まりをつけてくれれば、書いた甲斐《かい》がある。もう彼女の感想を聞くこともないだろうが、そんなことを弘之は思った。

「いい記事だったわ」

そう伝えてきてくれたのは、安沙子だった。電話を受けたのは、支局が入っているビルのエントランスだった。まだ仕事中だとわかっているだろうに、その一言を伝えたくて急いで電話をしてきたのだろうか。

「事件には多くの人がかかわっていて、それぞれがいろんなことを思い、それに基づいていろんな行動を起こしたってことがよくわかる記事だった」

短い言葉だったが、弘之が一番聞きたかった感想だった。

事件は人間が起こすものだ。背後には人間の欲望、邪念、自己保身、傲慢さ、脆弱《ぜいじゃく》さなど、数々の感情が渦巻いている。ただ起こった事象だけを見ていたのでは、事件というものを真に理解できない。坂上は自ら命を絶ってしまったが、それですべてが許されるというものではない。最後に死という逃避を選んだ彼は、どんな心境だったのか。記事を読んだ人々に、そこまで思いを馳《は》せてもらいたかった。正しいことは為されたのか、どうなのか。

そこを問いたかった。かつて安沙子は言ったのだった。

――あなたには、何も見えていない。新聞記者なのに、人の心がわかってない。そんな人にいい記事なんか書けるわけがない。

安沙子の言葉の真の意味が、今はよくわかった。事件にかかわった人々の心を中心に据えた記事が書けただろうか。少なくとも、安沙子には届く記事だったということだ。それだけでも今は嬉しかった。

「ああ、そうそう。肝心なことを忘れるところだった」

明るい声で安沙子が言った。この声が、いつも弘之を励まし、支えていたのに、気がつかずにいたのだ。

「千怜さんに赤ちゃんができたの」

一瞬、何のことかわからなかった。

「赤ちゃん?」

電話の向こうで、安沙子がコロコロと笑った。何度も何度も聞き流していた笑い声。

「いやあねえ。一成たちに子どもが生まれるの。予定日は年明け早々らしいわ。私たち、お祖父ちゃんとお祖母《ばあ》ちゃんになるのよ」

何と答えていいのかわからなかった。一成に赤ん坊が生まれる。自分にとっては孫に当たる赤ん坊が。若い夫婦が子に恵まれるのは自然のことなのに、とんでもない僥倖を引き当てたような気がした。

「会いに来るでしょう?」

「えっと――」

「赤ちゃんが生まれたら、会いに来てくれるわね？」

一言一言を区切るように、安沙子は念を押した。

「ああ」ようやくそれだけを答えた。

「その子が大きくなったら、あなたが書いた記事を見せるわ。あれ、とってもいい記事だもの」

そんな先のことを口にする安沙子がおかしかった。笑おうとしたが、うまく声が出なかった。安沙子は「それじゃあ」と電話を切ってしまった。もっと気のきいたことを言えばよかった。一成におめでとうと伝えてくれとか、千怜の体を気づかうようなこととか。

――デスペラード　正気に戻ったらどうだい？

耳に当てたままのスマホから、幻の歌声が聴こえてくる。

つまらない意地を張る愚かな男に向けて。

のろのろとスマホをしまい、エレベーターで支局がある五階まで上った。自席に着いて、自分が書いた記事をもう一回見直した。今まで何度も読み返した記事だが、安沙子に褒められた後は、また違って見える気がした。

安沙子は、どこが一番いいと感じたのだろう。そんなふうに自分の書いたものを読み返したことはなかった。夫が書いた記事を、安沙子がじっくりと読んでいるということすら、考えたことがなかった。だが、今は気になった。別れてしまっても、切れないものはある。一成に子どもが生まれることで、さらに深くつながる気がした。まだ生まれていない命に、素直に感謝した。

名前は出さなかったが、難病治療において優先順位にまで坂上が口出しをしたせいで、犠牲になった患者があったということは、きちんと書いた。そこに関しては、菅野医師から再度取材したのだった。彼は尻込みすることなく、取材に応じてくれた。不幸にも寛解までいたらず、失意のうちに西部病院を去った患者のことは、礼美に向けて書きたかった。颯太の人となりを表すのに、菅野医師や山脇の言葉を用いた。

「とても聡明《そうめい》な子でした。入院生活が長かったのですが、院内学級では優秀な成績を収めていたと聞いています。人懐っこく、誰とでもすぐに仲良くなる子でした。病院を訪問してくれるボランティアスタッフや、度々慰問に来てくれる人たちともすぐに打ち解けて。中には親身になって彼の病気や生活環境を心配してくれる人もいました。きっと放っておけなかったのでしょう。辛い治療や食事制限を受けながらも、明るさとひたむきさを持った子でしたから」

菅野医師と山脇から聞き及んで書いたこの部分を、弘之は改めて読み返した。何かが心に引っ掛かった。立ち上がって、斎藤の席に行った。パソコンに向かっていた斎藤が、顔を上げた。彼の机の透明マットの下に敷かれた新聞の切り抜きを、じっと眺めた。斎藤の初めての署名入りの記事だ。彼が松山西部病院を取材して書いたもの。

「何ですか?」

デスクマットの下から切り抜きを引っ張り出す上司を、斎藤は訝しげに見た。斎藤が事務長に案内されて行った小児科病棟の写真。掲示板に子どもたちが書いたメッセージカードがいくつも貼り付けられていた。その一枚に目を凝らす。小さな文字を読むために、自分の机から拡大鏡を持ってきた。端っこにあるメッセージカードには、フェルトペンでたどたどしくこう書かれていた。

「キジュツのゴローさん、また来てね!」

吾郎は、手品の慰問で、松山西部病院の小児科病棟を度々訪れていたのだった。

そのことは、山脇に電話して確かめた。

「ええ、そうですよ。奇術のゴローさんは、もう何年も前から小児科病棟に慰問に来てくれとりました。子どもたちに人気でね。彼が来ると皆大喜びで。あの人も、手品を見せるだけやなくて、病気の子どもたちのことを気づかってくれていましたよ。自分も苦労したから辛い思いをする子のことが気になると言うてね。優しい人でした」

弘之は、友永颯太と吾郎の関係を訊いた。

「ああ、そうじゃった。颯太君ともよう話していました。お姉さんの礼美さんとも。颯太君の治療がうまくいかず、体の自由がきかなくなった時は、我がことのように悲しんだり悔しがったりしてね。礼美さんの話も聞いてあげとったみたい」

弘之は、丁寧に礼を言って電話を切った。

初めから引っ掛かりを覚えていた。なぜ友永礼美は、丸岡の身の上に起こったことを訴えにみなと湯に来たのか。丸岡がみなと湯の融資も担当していたというだけでは、どこか納得できなかった。礼美はみなと湯の融資がふいになった理由を説明して、丸岡の不審死を調べてくれと言ってきた。よく知りもしないみなと湯に集う初老の男らのところへ、若い女性が相談に来るというところに、弘之は違和感を覚えた。

あれは吾郎の発案だったのだ。すべては彼が仕組んだことだった。弘之たちは、丸岡の死をきっかけに何もかもが始まったと思い込んでいた。だが違った。弘之らより先に、吾郎は難病患者、友永颯太とその姉である礼美と知り合っていたのだ。親しくなったきっかけは、彼女が瀬戸内銀行三ツ浦支店に勤めていると知ったからだったのかもしれない。気さくな「奇術のゴローさん」と、親のない入院患者の颯太と礼美は、病院という特殊な場所で心を寄せあったわけだ。

そして吾郎は、西部病院で行われた理不尽な治療も目の当たりにすることになる。有馬恭文の治療を優先するために、試しに投与された薬で、友永颯太には障がいが残ってしまった。手前勝手で横暴な坂上の差し金だった。

その裏事情を知った礼美が相談した先は、山脇だけではなかった。吾郎は、大きな力の前で屈しようとしている姉弟のために奮起したのだった。難しい医療訴訟もかなわず、医療費や医療手当も不支給になった。打ちひしがれている無力な二人に同情した。どうにかして力を貸そうとした。情に厚く、純粋な吾郎は必死になったことだろう。

吾郎が頭をひねっているその時、丸岡の溺死事件が起こった。礼美から不正融資の疑いを聞く。不正融資先は松山西部病院だ。不正融資を強硬に推し進めるために、みなと湯への融資がふいになったということも、吾郎にはショックだった。恩のあるみなと湯への融資は、大きな融資の陰で潰されてしまったという事実が、彼の心を動かした。

丸岡は不正な融資が行われることを知って抵抗していたという。正義感溢れる彼は、礼美の言葉に導かれ、西部病院の内部や坂上理事長まで調べを進めようとしていた。そんな彼の突然の死はおかしいと礼美は訴えた。丸岡の死の真相を探り、弟にほどこされた医療行為の不正を暴きたいと吾郎に助けを求めたに違いない。

東北の山深い里から都会に出てきて、暴力団でいいように使い回され、挙句に手ひどいやり口で放り出された吾郎は、社会的弱者である二人を捨て置くことはできなかった。

だが礼美と吾郎には力も知恵もない。そこで吾郎は一計を案じた。

弘之と富夫というみなと湯の常連客と、経営者の邦明を味方につけるということを考え出した。礼美が丸岡の恋人だと偽ったのも、吾郎の思い付きだろう。より彼女に心を寄せて、この計画に乗ってもらうためには、そうするのがいいと考えた。単純明快で激しやすい邦明の反応を見れば、その作戦は見事に当たったと言わざるを得ない。

新聞記者である弘之の興味を引く事案でもある。もし弘之をうまく巻き込むことができれば、坂上理事長の悪行を暴露することができると踏んだ。西部病院の闇の部分を、新聞社で追及して欲しかったのだ。そして、弘之も邦明もまんまと吾郎の思う壺《つぼ》にはまったわけだ。

だが――と陰鬱な思いで弘之は考えた。

風向きが変わった。吾郎は、途中で巽と謀って、氏家らから二億円を奪い取る計画を立てた。その中の一千万円を、みなと湯存続のために邦明に渡したのは、ささやかな恩返しのつもりか。

残りの金を、吾郎と巽は分けあったのだろう。そうでなければ、吾郎が姿を消す理由がない。

――こんなことになってすみません。もうここにはおれません。

置手紙で詫びていたのは、自分たちの卑怯なやり口だった。反社会的勢力に組み込まれ、騙されて、社会の底辺を這いずるような生き方をしてきた二人は、これで社会に復讐したのだろうか。吾郎はみなと湯で働きながら、安楽に老いていくものだと断じていた自分たちの見込みは甘かったのか。

今頃、吾郎はどこで何をしているのだろう。

富夫は自分の目を疑った。

天狗堂の上がり框に、勢三と巽が並んで座っている。和やかに話しているふうなのも、信じられなかった。入り口のコンクリートを蹴って、富夫は巽に駆け寄った。勢いをつけたので、つっかけの片方が脱げた。

「タツ、お前、ようも――」巽の襟首を取ってねじ上げる。「ようもここへのこのこと来れたもんやな」

「違うんじゃ、富夫さん」

「何が違うんぞ」さらに力を込める。

「おい、待てい」

勢三が立って富夫を引き剝がした。九十二歳の老いぼれの、どこにこんな力があるのかというほどの強さだった。富夫は巽から離れはしたが、肩で息をしながら、相手を睨みつけた。巽は体を丸めて咳き込んだ。

「まあ、座れ」

勢三が杖で売り物の椅子を指した。息子が言われた通り座るまで、立って見ていた。仕方なく富夫はつっかけを履き直し、椅子を引っ張ってきて腰を下ろした。その間も油断なく巽を見張っていた。ここで逃がしてなるものかという気持ちだった。

「話はタツから聞いた」

勢三は巽を上がり框に座らせ、自分も隣に腰かけて富夫に向かい合った。

「タツとゴローが企んで、逮捕された奴らから金をかすめ取ったことをな」

巽に向かって「お前ら、うまいことやったもんじゃのう」などと言う父親を見て、富夫は苛立った。この人のよもだな気質には、ほとほとうんざりする。知らず知らずのうちに、片脚が貧乏ゆすりを始めた。

「すんません。富夫さん」

巽がひょこんと頭を下げるのに、また腹が立った。

「何が『すんません』じゃ。お前、わしに大阪まで金を取りにいかして、ほんまはもっとでっかい金を隠しとったんやないか」

勢三がガハハと笑った。

「お前、親友が危篤やったんやないんか。嘘をつくんなら、もっとうまい嘘を考えんかい。あれ、多栄さんも全然信じてないぞ」

富夫はぶすっと黙り込んだ。

「あのな、吾郎さんは黙っとってくれと言うたんやが、やっぱりわし、ちゃんと言うといた方がええと思うて来たんや。氏家からがめた金な、ほんまは二億やった。初めっからそんだけ盗ったろと思うとった。吾郎さんと相談して」

「ほれみい。お前らの魂胆はわかっとるぞ」

「まあ、待て待て。タツの言うことを聞いたれ」

勢三が口を挟んでくる。

「富夫さんに渡した一千万円の残りの金はな、わしらの手元には一銭もない」

「何？」

暴力団に取り戻されたのだろうか。貧乏ゆすりの脚が止まった。

「あの金はな、吾郎さんが病院で知り合うた友永っちゅう姉弟にやったんじゃ。そのつもりで吾郎さんはこの計画を練った。弟は難しい病気を患っとったらしいな。それを坂上っちゅう病院の理事長にさしくられて、一生立てんような体にされたて、吾郎さんはえらい怒っとった。医療ミスかどうか微妙なとこやし、裁判起こしても勝てんのやてな」

富夫は呆気にとられて巽の顔を見やった。吾郎が手品の慰問で松山西部病院の小児科病棟を訪問していたことは、弘之から聞いていた。そこで友永礼美と顔見知りになり、友永颯太の身に起こったことを相談されていたことも。

その後、礼美は死んだ丸岡の恋人だと偽って、みなと湯に現れた。それは吾郎が考えたことだったらしい。丸岡の不審死にも、西部病院で行われたことにも、坂上理事長が深くかかわっていることを暴いて欲しかったのだろうと弘之は推測していた。

吾郎がそんな手の込んだ計画を立てていたとは思いもしなかった。突然いなくなった吾郎が一億九千万円を持ち逃げしたのだと思っていた。だが、弘之と巽の話をすり合わせると、彼がやったことがすっきりと見えてきた。吾郎の目的は、泣き寝入りをするしかない弱い立場の姉弟の代わりに、坂上理事長の悪行を世にさらすこと。そして不正融資で横流しされた金を奪い取って、礼美に渡すことだった。

体の自由を奪われた難病の弟には、今後治療費がどれくらいかかるかわからない。礼美だけでは生活が支えられない。吾郎はそこまで考えて計画を練ったわけだ。

「何で黙っとったんや」

ぽつりと呟いた。

「そんなことができるんは、裏社会の水に染まったわしらだけや。クニさんや富夫さん、それに大きな新聞社に勤める宮さんらを、そこまで巻き込むことはできん。これは立派な犯罪やよって。そんでも宮さんは、西部病院や坂上のことをちゃんと調べ上げて書いてくれた。それだけで充分や」

「お前は――」富夫はかすれた声を絞り出した。「お前はそれでええんか。あんな大仕事をしたのに、一銭も手に入らんで」

「わしはええ」巽はきっぱりと言った。「真のワルは坂上じゃ。悪知恵のきく氏家とつるんで、がっぽりと金を儲けとったんは、坂上なんじゃ。あいつは金の亡者やったし、冷血非情な犯罪者やった。わしら詐欺集団のリーダーを殺すように命令したんもあいつやと思う。氏家にはそこまでの度胸はない」

きっぱりと言い切った巽を、富夫は茫然と見詰めるしかなかった。巽はにやりと笑う。

「それにな、これで吾郎さんに借りが返せた。昔、わしを助けてくれた借りを」

「お前もアホやな」

そう言うと、巽はさらに嬉しそうに両頬を持ち上げて笑った。

「そうやな。アホやな。せやけど、アホやないと、こんなことはできん」

富夫は深々とため息をついた。

「坂上の奴も、自殺してしもた。あんな悪い奴が自分で死ぬとはな。バチが当たったたんやろか」

「そのことやがな――」

それまで腕組みして聞いていた勢三が、富夫と巽を交互に見て言った。

「あれ、ほんとに自殺やろかの。わしはどうも違うような気がする」

「組織に口を封じられたんか」

巽が物騒なことを口走った。反社会的勢力が絡む犯罪では、大きな裏の力が働いて、逮捕されてベラベラしゃべられたら困る輩を消すことがあるという。黒幕のはずの坂上は、警察に目をつけられ、力関係が逆転した組織に口を封じられたということか。しかし、坂上はマンションのベランダの真下に倒れていたのだ。部屋には鍵がかかっていて、その鍵は、坂上のポケットに入っていたという。どうやって彼をベランダから突き落とすというのだろう。

「あいつ、ほんとにベランダから落ちたんかいな」

勢三が腕組みのまま、首をひねった。

「どっか別のとこで殺されたっちゅうんか?」

「おっちゃん、そら無理な話やで。坂上は墜落して命を落としたんやから。そこは警察もちゃんと調べとる」

富夫も弘之から聞いた。坂上は確かにあの場で地面に激突して死んだのだ。よそから運ばれた形跡はなかったということだった。

勢三は腕組みを解いて身を乗り出した。

「ベランダから落ちたんやのうて、投げられたんかもわからん」

「へ?」

富夫と巽は顔を見合わせ、同時にぷっと噴き出した。

「誰がどうやって投げるんじゃ。人間を投げて殺すやなんか聞いたことがないぞ」

「カタパルト」ぼそっと勢三が呟いた。

「なんやて?」富夫は訊き返した。

「お前、憶えとるやろ。ゴローとわしがこの裏で組み立てた大きな道具」

よもだを言うかと思った勢三は、真面目な顔で答えた。

「昔の投擲武器や」

「ああ、あれか」

いつだったか、勢三と吾郎が、裏に放置していた西洋の投擲武器のレプリカを組み立てて遊んでいたのを思い出した。しょっちゅうそんなことをやっているから、気にも留めなかった。

「あれがカタパルトや。古代から中世にかけてヨーロッパで使われた兵器や。石や矢を発射して敵を攻める道具やな」

勢三は、カタパルトの仕組みを説明した。腕木の先に吊るした革帯に石などを載せ、遠心力で飛ばす武器だ。すこぶる原始的な原理だ。

「それがどしたんじゃ。坂上の自殺とどんな関係があるんじゃ」

言いながら、富夫は嫌な予感に背筋をぶるっと震わせた。

「投げるんは石や矢だけじゃないぞ。中世ヨーロッパではな、あれで人間を飛ばすという作戦があった」

「人間を？　何で？」

巽は、気味悪そうに眉をひそめた。こいつもうこの先を予感しているのだ。

「敵がたてこもった城や街の中にな、人体を投げ込むんや。天然痘やペストに冒されて虫の息の人体や死体をな。そしたら敵陣の中で疫病が広がる。あっという間や。たちまち戦力は失われる。囲んだ軍隊は、外でそれを待っとればええだけや。そういう作戦なんじゃ」

「ほんなら――」

富夫は、ぐっと唾を呑み込んだが、それから先の言葉は出てこなかった。

「ゴローにそんな逸話をしてやりもって、カタパルトのレプリカを組み立てさせたんじゃ。あいつ、その後、熱心にカタパルトの操作を練習しとったわ。革帯に土嚢《どのう》を載せて、的に当てる練習をな」

それは富夫も目にしていた。カタパルトという名前は知らなかったが、吾郎は暇があれば天狗堂にやってきて、組み立てた原始的な投擲武器を操作していた。富夫も裏に出て、隣の造船所の敷地でそんなことをやっている吾郎を見物したものだ。そういえば、あの時の吾郎の表情はいつになく真剣だった。

「あの日――」勢三は続ける。「坂上っちゅう男が死んだ日や。ゴローはカタパルトを軽四トラックの荷台に載せたんじゃ。あれ、もういらんのなら、くれとゴローが言うもんやけんな。

ええでと答えた。裏に置いとっても邪魔になるだけやし、売れもせんし」

吾郎は、組み立てたままのカタパルトを荷台に載せて、出ていったという。

「あの坂上が飛び降りたマンションな、裏がちょっと小高くなっとるやろ。そこに上がる道路がマンション側についとる。夜中にあそこに軽トラを停めて、坂上の体を投げたらベランダのちょうど真下に落ちるで。なんべんもニュースで出たけん、あそこの地形はわしも見た。レプリカいうても、人間一人投げ落とすくらい、世話ないこっちゃ」

富夫と巽は黙り込んだ。巽は顔を上げて富夫の肩越しに天狗堂の出入り口をじっと眺めている。四角くくり抜かれた戸口の向こうに、謎を解く文言が浮かんで見えるとでもいうように。

富夫の頭の中にも、大雨の深夜の情景が浮かんできた。マンションの裏の緩い坂道の途中にみなと湯の軽四トラックが停まる。荷台には、カタパルトが組み立てられている。革帯には正体をなくした坂上が横たわっている。薄ぼんやりした街灯が、それらを照らしている。吾郎は手慣れた手つきでカタパルトを操作する。弧を描いて飛んでいく坂上の体。

マンションの裏手の地面に激突するそのおぞましい音を聞いたように、富夫と巽は、同時に顔を歪めた。実際には、誰もその音を聞いていないだろう。あの晩は大雨だったから。

何もかも雨と闇が覆い隠した？　タクシーを降りて千鳥足でマンションのエントランスへ入る坂上を呼び止めた吾郎の声や、正体をなくして眠り込んだか、吾郎によって昏倒《こんとう》させられた坂上の体をカタパルトにセットする作業を？

あのマンションの場所は、弘之がみなと湯でしゃべったのだった。坂上を待ち伏せして、そこで問い詰めたという話を。あの時、確かに吾郎もいた。

巽は、ゆっくりと首を振った。

「まあ、全部わしの想像やけどな。まずあり得ん話やわな」

勢三が笑い話にしようとして、軽い調子で言った。だがそれは成功したとは言い難かった。

富夫も巽も笑い顔を作ろうとはしたものの失敗した。

「ああ」

富夫は小さく呻いた。また別の映像が頭に浮かんだ。これは実際に見た光景だ。みなと湯の釜場で、吾郎が鋸で挽いていた木材。せっせと挽いて薪にして、薪釜の中に放り込んでいた。ぼんやり眺めていたが、あの木材には見覚えがあった。しっかりした角材には、組むために空けられた穴や突起があった。革帯を吊るす腕木もあった。あれはカタパルトだ。吾郎が何度も何度も土嚢を投げて的に当てる練習をしていた中世の投擲武器。坂上が自殺したニュースが流れた直後、吾郎はその作業を黙々とやっていた。

「なんぞぅ」

「いや、何でもない」

勢三の問いには、答えなかった。あの光景のことをここで口にすれば、何もかも本当のことになってしまう気がした。勢三の想像のことは、邦明と弘之にも黙っていようと決めた。

「そんで、ゴローは今、どこにおるんぞ」巽を問い詰める。

「知らん」

「しらばっくれるなよ」

「ほんとに知らんのじゃ」

巽は泣きそうな顔をした。どうやらそれは事実のようだ。みなと湯の気心の知れた仲間の前からも、昔馴染みの巽の前からも、吾郎はきっぱりと姿を消したのだ。

「まあの、ゴローのことはもう詮索すな。放《ほ》っといてやれや」

富夫は、泰然と構える父親の横顔をそっと見た。豪胆で気ままで直情で洒落《しゃれ》。時に偏屈で手に負えない男。家族に迷惑をかけながら、そんなことはどこ吹く風でやってきた。だが、本当はものごとの本質を見通す力を持っているのかもしれない。

吾郎のことを一番理解していたのは勢三だった気がする。

吾郎が実際に坂上に手を下したかどうかはわからないままだ。だが少なくとも、吾郎は友永礼美と颯太のために働いたわけだ。彼にできる精一杯のことをした。これからの二人の困難な人生を支えるために、氏家ら金融犯罪グループから一億九千万円という金を奪い取って渡した。

あいつはあの二人にとって「幸福の王子」だった。

「しけた王子やな」富夫は心の中で呟いた。


弘之、邦明、富夫の三人は、オオヤマザクラの下に立ち、縦横に広がった枝を見上げた。樹齢百年は超える巨木だ。花が満開の時期に来たら、どれだけ見ごたえがあっただろう。だが、野生種の桜が深緑の葉を繁らせた姿も堂々としていて、見事だった。

「これが『馬子の桜』か」

息を切らせながら、邦明が問うた。

「うん。昔、峠を越えてきた馬子が、ここで馬を休ませて自分たちも一休みしたというので、そんな名前が付いたらしい」

弘之は、下調べで得た情報を披露した。

「ゴローの奴、こんな山奥で暮らしとったら、そら体力もつくっちゅうもんじゃ」

「ほな、わしらもここで休憩するか？」

「さっきも休憩したやろが。もうちょっと頑張れや、クニ」

「お前、元気やのう」

邦明と富夫のやり取りを聞きながら、弘之はもう歩きだしていた。渋々というふうに、邦明も後に続く。

定本吾郎が姿を消して一ヵ月が経った。巽という吾郎と親しくしていた男が、富夫を訪ねてきたという。彼の話から、吾郎の企てがわかった。

「アホなやっちゃ」

邦明は、吐き捨てるようにそれだけを言った。いなくなった釜焚きを惜しんでいるのだった。みなと湯には、新しいガス釜が据えられた。その操作を吾郎にまかせるつもりだったのに、慣れ親しんだ釜焚きはもういない。巽も吾郎の居場所には心当たりがないという。まるで自分の役目はすっかり終わったとでもいうように、彼は姿を消した。

自分が為した犯罪に関して、邦明や富夫や弘之に迷惑がかからないようにという気づかいからだろう。巽の話では、友永礼美と弟に、犯罪グループから奪取した一億九千万円を渡したらしい。どうやって渡したのだろうか。現金で持っていって押し付けたのか。それとも何か口実を作って礼美の銀行口座を聞き出して送金したのか。

どちらにしても、礼美は渡された大金に仰天したに違いない。しかし吾郎がどこにいるかわからなくなっていれば、返金することは不可能だ。その意味合いもあって、行方をくらましたのだろう。

その強固な吾郎の意志を尊重して、探し回るのはやめようとみなと湯で話しあった。だが、一週間前に富夫がふと口にしたのだ。

「ゴローの奴、もしかしたら生まれ育った家に戻ったんかもしれんな」

以前、吾郎と雑談をしていた時に、「いっぺんだけ山形の家に戻ってみたい」と言ったことを思い出したのだった。

もう廃村になっているようだし、そんなところに戻っても、生活できるとは思えない。そう言おうとした時、邦明が口を開いた。

「そうやな。あいつなら、そんなとこでもなんとか工夫して暮らせるかもしれん。長い間はおれんやろうけど、ちょっとの間、帰ってのんびりしとるかもわからんな」

ガス釜になっても、吾郎が積み上げた薪はそのままになっていた。邦明は片付けようとはしなかった。その上に腰を下ろして、三人はそれぞれの考えにふけった。

「行ってみるか」

そう言ったのは、邦明だった。

「たぶん、空振りやで」

富夫が愉快そうに言って笑った。

「まあ、ええが。ゴローがおらんでも、あいつが育ったとこを見て帰ってこうや。そんでふんぎりがつくやろ」

おそらくまだ邦明も自分の心が整理できないでいるのだろう。夏の東北を訪ねる旅行もいいかもしれない。弘之はそう考え直した。

富夫が吾郎から聞きかじった断片から、村を弾き出したのも弘之だ。手がかりは、「馬子の桜」というオオヤマザクラ。それと目の前に神室山の頂上が見え、その向こうに出羽富士と呼ばれる鳥海山《ちょうかいさん》が望める村。とうに廃村になった村だ。

それだけの情報を元にネットを駆使し、東洋新報の山形支局にも問い合わせてその村を割り出した。

「もしかしたら、違っているかもしれない」と念を押したのだが、邦明は行くと言う。彼が留守にしている間、長男にみなと湯をまかせるという段取りまでつけた。それで弘之も富夫も出かけることにしたのだった。二泊三日の東北旅行だ。

「打ち上げ旅行や」

邦明が言った。一月から起こった一連の出来事にケリをつけ、三人がまたそれぞれの人生に向き合うための一種儀式めいたもの。おそらくは吾郎には会えないだろう。それでも一つのピリオドとして、必要な旅かもしれない。

山形支局の記者が送ってくれた行程に従って、ＪＲ奥羽本線真室川《まむろがわ》駅からタクシーで三十分。車で行けるところまで行ってもらい、そこからは歩きだった。

「よいよい。登山までするとは思わんかった」

邦明は、山道を見てうんざりした顔をした。そこからだらだらとした山道で、「馬子の桜」が立つ峠まで行くのに、四十分ほどかかった。タクシーの運転手の話では、村に人が住んでいた時は車が通れる林道があったらしいが、今は荒れて通れないそうだ。その道を歩いて行かねばならない。

「こんなとこに、よう人間が住んどったな」

邦明の愚痴は止まらない。ふうふう言いながら歩き、立ち止まっては膝に手をついて息を整えた。吾郎が住んでいた村は、標高六百二十メートルの地点にあるらしい。「馬子の桜」まで行けばすぐだと運転手は言ったが、先は見えない。道には石がごろごろ転がっているし、崩れた場所もあって、歩きにくいことこの上ない。邦明同様、弘之も音を上げそうになる。

植林されたと思《おぼ》しき杉林も、枝打ちや間伐もされずに放置された様相だ。杉林の中を吹き渡ってくる風はひんやりして気持ちがよかった。林道の脇に、タニウツギやアズマギクの花がひっそりと咲いていた。

ふいに杉林が途切れて、見晴らしがよくなった。遠くの斜面に、崩れかけた家屋が数軒見えた。

「ああ、あそこか」

「やれやれじゃの」

そこからは下り坂になっていて、廃村の下に出る細い道がかろうじて通じていた。近づくにつれ、どの家も打ち捨てられて年月が経っているのがよくわかった。背後の山から伸びてきた蔓性《つるせい》植物にすっかり覆われている家もある。三人は、道に沿ってそんな家々を見上げながら歩いた。山襞《やまひだ》を越えた向こうにもぽつんぽつんと家屋が見える。

「まとまりの悪い村じゃの」

　富夫は悪態をついた。どの家が吾郎の家かまではわからない。三人は諦めて足を止めた。ようやく落ち着いて景色を眺めることができた。太陽は中天から、ブナの森や杉林を照らしていた。山々の光が当たる面の緑は明るく輝き、陰になった部分は暗く凝《こご》った緑だ。正面に神室山の頂が見えた。遠望の鳥海山は、幻のように輪郭を空に浮かべていた。

　斜面の一番上に、一軒の家が建っていた。そこから見る神室山が一番きれいだろうなと弘之が見上げた時、傾いた家の前庭で、動くものがあった。人が一人、家の中と庭とを行ったり来たりしている。やがて背もたれのついた木製の椅子に腰を下ろした。脚を組んで神室山を眺めているようだ。弘之が一点を見詰めているのに気がついた邦明と富夫も、そちらを見上げた。

「あ、あれ――」

　遠過ぎて目鼻立ちはわからない。

「あれはゴローやろ」

　それなのに、邦明が弾んだ声を出した。

「そうや、ゴローや。あいつしかおらんわ」

　富夫が嬉しそうに続ける。弘之は額に手をかざして目を凝らしたが、横顔がおぼろにしか見えず、やはり誰だかわからない。

　その場に立ちすくんだまま、三人は動こうとしなかった。近寄って別人だと知れるのを恐れるみたいに、初老の男たちはそれぞれの想像を膨らましている。

　なぜか弘之も、もうあれは吾郎以外の誰でもないと思ってしまう。

元チンピラヤクザで、みなと湯の釜焚きで、へたくそな手品師で、天狗堂に出入りして玩具や古道具に歓声を上げる無邪気な男。ふと知り合っただけの姉弟のために、罪を犯してまで金を調達してやる愚直な男。

「あいつ、やっぱりアホやな。こんなとこまで来て、のんきに山を眺めとるわ」

邦明が首にかけたタオルで汗を拭きながら言った。

「そのアホを追いかけてこんなとこまで来るわしらも、よっぽどやで」

富夫が明るい声で言う。

村人が放棄した家の庭に座る男の表情は窺い知れない。だが弘之には、その男がこれ以上ない幸福に浸っているように見えた。

何かしら甘いものを口に含んでいるような――。ただそれだけの幸福。

クマタカが、山襞の間を滑空してきた。広げた翼があまりに大きいので、灰褐色と白との横《よこ》縞《じま》がはっきりと見えた。

「うおっ！」

富夫が思わず上げた声に、遠くの男が振り返ろうとしている。

その上に、クマタカの影が落ちた。

太陽は、故郷に帰ってきたかつての子どもを祝福するように、金色の光をまき散らしていた。

Eagles—Desperado

イーグルス—ならず者（抜粋）

Desperado
Oh, you ain't getting no younger
Your pain and your hunger
They're driving you home
And freedom, oh, freedom
Well that's just some people talking
Your prison is walking through this world all alone
デスペラード、若さだけは取り戻せない
いくら装い切望しても
おまえを狂わせるだけさ
そして、ああ　真の自由を求め
誰かが噂するように
おまえは今、歩き続ける
この世界をたった一人で

Desperado
Why don't you come to your senses?
Come down from your fences, open the gate
It may be rainin', but there's a rainbow above you
You better let somebody love you
(Let somebody love you)
You better let somebody love you
Before it's too late
デスペラード
正気に戻ったらどうだい
塀から降りて来るんだ
明け方には雨が降るかもしれない
けれど頭上には虹がかかるさ
誰かに愛されるんだ
誰かに愛してもらうんだ
手遅れになる前に

謝辞

本書を執筆するにあたり、銀行業務、金融犯罪に関する専門的なアドバイスを、この業界に詳しい伊東慎弥さんよりいただきました。この場をお借りしてお礼を申し上げます。

本書は書き下ろしです。

宇佐美まこと（うさみ・まこと）

1957年、愛媛県生まれ。2007年、『るんびにの子供』でデビュー。2017年に『愚者の毒』で第70回日本推理作家協会賞〈長編及び連作短編集部門〉を受賞。2020年、『ボニン浄土』で第23回大藪春彦賞候補に、『展望塔のラプンツェル』で第33回山本周五郎賞候補に選ばれる。2021年、『黒鳥の湖』がWOWOWでテレビドラマ化。著書には他に『熟れた月』『骨を弔う』『羊は安らかに草を食み』『子供は怖い夢を見る』『月の光の届く距離』『夢伝い』『ドラゴンズ・タン』などがある。

装画　野村みずほ　　装丁　bookwall

逆転《ぎゃくてん》のバラッド

第一刷発行　二〇二三年二月一三日

著者　宇佐美《うさみ》まこと
発行者　鈴木章一
発行所　株式会社講談社
〒112-8001　東京都文京区音羽二-一二-二一
電話　出版　〇三-五三九五-三五〇五
　　　販売　〇三-五三九五-五八一七
　　　業務　〇三-五三九五-三六一五
本文データ制作　講談社デジタル製作
印刷所　株式会社KPSプロダクツ
製本所　株式会社国宝社

Printed in Japan ISBN978-4-06-530639-0
N.D.C.913　335p　19cm

KODANSHA